威廉華威克
警探
II

迷霧中的祕密

Hidden in Plain Sight

傑佛瑞・亞契 著
李冠慧 譯

致約翰與瑪格麗特・艾許莉（John and Margaret Ashley）

感謝以下所有人提供的寶貴建議和研究支持：

賽門・班布里吉（Simon Bainbridge）、強納森・卡普蘭御用大律師（Jonathan Caplan QC）、薇琪・梅勒（Vicki Mellor）、愛莉森・普林斯（Alison Prince）、凱瑟琳・理查茲（Catherine Richards）、馬庫斯・拉塞福（Marcus Rutherford）、（Jonathan Ticehurst）和強尼・凡・哈夫騰（Johnny Van Haeften）。

特別感謝蜜雪兒・羅伊克羅夫特偵緝巡佐（Michelle Roycroft，已退休）和約翰・薩特蘭總警司（John Sutherland，已退休），以及羅賓・拜拉姆ＱＰＭ[1]偵查警司（Robin Bhairam QPM，已退休）。

1 ＱＰＭ：女王警察獎章（Queen's Police Medal），英國和大英國協的獎章，授予行為英勇或表現傑出的警務人員。男性君主在位時則稱作國王警察獎章（King's Police Medal，KPM），獲得勳章者會直接在姓名後方加上勳章縮寫。

1

一九八六年 四月十四日

他們四人圍坐在桌子旁，上下打量著桌上的禮物籃。

「這是送來給誰的？」大隊長先出了聲。

威廉唸出手寫紙條上的字：「祝霍克斯比大隊長生日快樂。」

「你去把它打開吧，華威克偵緝警員。」人稱「獵鷹」的大隊長往椅背一靠。

威廉迅速站起身，解開兩條皮革綁帶打成的結，將這個大竹編禮物籃的蓋子掀開。籃子裡頭裝滿的東西，要是他父親在場，絕對會讚嘆一聲上等貨。

「這麼大手筆，看來有人很欣賞我們喔。」拉蒙特偵緝督察組長拿起一瓶放在最上層的蘇格蘭威士忌，看了一眼瓶身上那象徵頂級威士忌的黑牌標籤之後，笑得更開心了。

「而且他還知道我們喜歡什麼。」大隊長伸手取走一盒蒙特雪茄，放到他面前的桌上，隨後抽出一支古巴雪茄在手指間擺弄著，悠悠地添上一句：「輪到妳了，羅伊克羅夫特偵緝警員。」

潔琪不疾不徐地精挑細選，還挪開了一些包裝碎紙絲，最終拿走一罐鵝肝醬，以她的薪資而言是想都不敢想的奢侈品。

大隊長說：「最後換你了，華威克偵緝警員。」

威廉在籃子裡東翻西找，目光最終停留在一瓶來自義大利翁布里亞區的特級橄欖油，他知道貝絲一定會喜歡。準備坐回椅子時，他瞥見籃子底部有個小信封，收件人寫著霍克斯比QPM大隊長，並囑咐是私人信件。威廉把信封遞給老大。

霍克斯比撕開信封，抽出一張手寫卡片。他的表情沒有一絲變化，但是這張沒有署名的紙條洋洋灑灑寫著四個大字：下次好運。

卡片輪流傳到大家手中，每個人上揚的嘴角都垮了下來，把剛到手的禮物趕緊放回籃子裡。

「你知道更討厭的是什麼嗎？」大隊長說：「今天是我生日，他故意選在這天送來。」

威廉回應道：「還不只這樣。」接著告訴大家那天揭曉魯本斯的《耶穌下十字架》之後，他和邁爾斯．福克納在菲茲墨林博物館的對話內容。

「要是那幅魯本斯的畫真的是贗品，我們為什麼不直接逮捕福克納？把他送去老貝利[2]，諾爾斯法官就能撤銷他的緩刑，他就會進去牢裡待個四年。」

「那會是我夢寐以求的願望。」霍克斯比說：「但要是那幅畫是真貨，福克納就會當著法庭裡所有人的面成功耍我們第二次了。」

大隊長的下一個問題出乎威廉的意料之外。

「你有跟你的未婚妻說過那幅畫可能是贗品嗎？」

「沒有，長官。我想說在您確定我們下一步動作之前，我先不和貝絲提任何事。」

「很好，繼續維持這樣，我們才能有更多時間來商量接下來的對策。我們得用福克納的角度猜測他的一舉一動，這樣才有辦法逮到那該死的傢伙。快點把那東西拿走。」他手指著禮物籃。「記得拿去登記受贈財物，還要先去驗一下指紋，不過我覺得鑑識科的人只會驗到我們的指紋，可能還有哈洛德百貨公司無辜店員的。」

威廉把竹編禮物籃拿去隔壁辦公室，詢問大隊長的秘書安琪拉能否把它送去D七〇五室做指紋鑑識。安琪拉略顯失望地坦白道：「我原本打算挑那罐蔓越莓果醬的。」不久後，威廉回到大隊長辦公室，隊裡其他人正在拍桌起鬨，搞得他一臉困惑。

大隊長說：「請坐請坐，華威克偵緝『巡佐』。」

拉蒙特調侃道：「唱詩班小弟說不出話了，真難得。」

2 英國人慣用「老貝利」（Old Bailey）來代稱倫敦中央刑事法院。

「他安靜不了多久的啦。」潔琪一臉肯定的樣子，所有人哄堂大笑。

等到大家漸漸恢復平靜，大隊長問道：「你們想先聽好消息還是壞消息？」

拉蒙特偵緝督察組長第一個搶答。「先聽好消息，因為待會我要報告抓鑽石走私犯的最新進度，您聽了絕對不會有好臉色。」

「我猜猜看，」霍克斯比說：「你被他們發現，所以他們全都逃跑了。」

「我只能說，比這更慘。他們根本沒有出現，也沒有鑽石被運來。我和二十個部下就這樣全副武裝凝視了大海一整個晚上。所以拜託來點好消息吧，長官。」

「你們都知道這個好消息了，華威克偵緝警員成功通過了巡佐考試，雖然那個反核抗議人士被他踢──」

威廉連忙反駁道：「我才沒有做那種事，我只有好聲好氣地勸他冷靜。」

「考官竟然相信你這個說詞，你身為唱詩班小弟的名聲還真有說服力。」

威廉問道：「那壞消息是什麼？」

「你當上偵緝巡佐之後有新的任務，你要被調去緝毒組了。」

拉蒙特鬆了一口氣：「幸好不是我。」

「不過，」大隊長繼續說：「廳長很有遠見，覺得不該拆散正在勢頭上的隊伍，所以下個月初的時候，你們都會一起加入一支精英緝毒小組。」

「我辭職算了。」拉蒙特蹬腳起身以示抗議。

「別這樣，布魯斯，你再一年半就可以退休了。而且身為緝毒小組的新組長，你被晉升為偵緝警司了。」

大家又開始拍桌子起鬨。

「你們小組不會和現有的其他組毒隊共事。成立這個新隊伍只有一個目標，我等等再說明。我得先告訴你們，我們組會加入一位新的偵緝警員，他的表現說不定會超越我們的唱詩班小弟。」

潔琪說：「這我可要見識見識。」

「他快來了，其實你們很快就會見面了。他的履歷很完美，有劍橋的法律學位，還參加了牛津劍橋划船對抗賽。」

「他有贏嗎？」威廉問道。

獵鷹回答：「連贏了兩年。」

「那他應該去泰晤士河警備隊報到吧。」威廉嘲諷地說：「我沒記錯的話，划船對抗賽辦在河畔的普特尼區到摩特雷克區之間，他還不如重遊舊地去那邊執勤。」這句回馬槍讓眾人再度拍桌叫好。

待大家安靜下來，大隊長才說：「我認為你會發現他在陸地上也很優異，他已經在克勞利區的區域刑事小組待了三年。不過他來之前我要先提醒——」

忽然一陣敲門聲打斷獵鷹尚未說完的話。「請進。」

門緩緩打開，進來的是一位身材高䠷、英俊帥氣的年輕人。他看起來像剛從警察電視劇的拍片現場下班，而不是剛從區域刑事小組調來的人。

「午安，長官。」他開始打招呼：「我是保羅．阿達加偵緝警員。我收到通知要來找您報到。」

獵鷹回應道：「坐吧，阿達加。我來介紹一下隊裡的其他成員。」

威廉仔細觀察拉蒙特的神情，他與阿達加握手時沒有一絲笑容。倫敦警察廳希望能招募更多來自少數族裔背景的人，但就如同逮捕鑽石走私犯的成果一般，警察廳的政策有所野心卻成效不彰。威廉十分好奇保羅任職於警察廳的動機，也下定決心要盡快讓他融入他們小組。

大隊長說：「阿達加偵緝警員，我們每星期一早上會開高級調查人員會議，來更新各個大型案件的最新調查進度。」

「沒有進度也算是一種調查進度。」拉蒙特補了一句。

「我們繼續吧。」獵鷹無視拉蒙特的話。「還有更多福克納相關的消息嗎？」

威廉回答：「他的妻子克里斯蒂娜有來聯絡我說要見面。」

「真是意料之外，你知道她想幹麼嗎？」

「完全不知道，長官。但她已經明確表示過和我們有相同目標，她也想送福克納進去坐牢。所以我猜她找我去麗思飯店喝下午茶，不可能只是想品嘗他們新出的德文郡奶油司康而已。」

拉蒙特說：「福克納太太一定很了解她丈夫參與的其他犯罪活動，如果能從她身上早一步得知的話，對我們會很有幫助。不過我一點都不相信那個女人。」

「我也不相信她。」霍克斯比附和道：「不過和福克納相比，她算是比較好的了，但也只比她丈夫好一點點而已。」

「我可以拒絕她。」

「不行。」拉蒙特說：「這或許是我們至今最有可能逮到福克納的機會了。可別忘了，法官當時給他緩刑，所以不管現在能逮到他的罪行有多輕，我們都能送他進去至少蹲個四年。」

「沒錯。」獵鷹回應道：「但華威克偵緝巡佐，你要小心，我們在接近福克納的同時，他也一定在近距離觀察著我們。離婚的事情告一段落之前，他一定會安排私家偵探隨時監視他的妻子。所以你們可以在麗思飯店喝下午茶，但不能共進晚餐。明白了嗎？」

「遵命，長官。我想貝絲也會同意您的指示的。」

「你還要記得，福克納太太看似說漏嘴的話一定全都是演練過的假象，她一定知道你回來總部之後就會把她說過的每句話一字不漏地上報。」

拉蒙特說：「說不定她家司機把她載回伊頓廣場之前，你就跟我們講完所有細節了。」

「沒錯。我們先來處理一下手頭上的其他事情，你去緝毒組之前還要先和藝術與骨董組的其他人匯報幾個案子的進度。」

「長官，阿達加偵緝警員來之前，您正要跟我們說新的小組和現有的緝毒隊哪裡不一樣。」

獵鷹回答：「我現在還不能說太多，但你們只有一個任務，當然不會是去抓賣大麻給毒蟲的低級毒販而已。」

所有人聚精會神，準備聆聽大隊長接下來的話。「廳長希望我們找到某位人物，我們不知道他的名字也不確定他的下落，只知道他的根據地在大倫敦地區河流南邊一帶。不過，我們很確定一件事情，那就是他在做什麼勾當。」獵鷹打開一份標記著「最高機密」的文件。

2

「話說回來，你通過巡佐考試了嗎？」父親問道：「還是你一輩子就注定只是個偵緝警員了？」

威廉面無表情，彷彿正坐在證人席與這位赫赫有名的御用大律師對峙。

「您兒子總有一天會當上廳長的。」貝絲微笑著回應她未來的公公。

「我還在等考試結果出來。」威廉裝模作樣地嘆了一口氣，偷偷向他的未婚妻眨眼示意。

母親溫柔地說：「你一定會高分通過的，親愛的。」然後又補了一句：「但要是你父親去考試的話，我就不確定他能不能通過了。」

姊姊附和道：「我也這麼覺得。」

「你們缺乏事實和證據就胡亂下定論。」朱利安爵士起身，開始在房間裡四處走動。

「快告訴我，考試有哪些項目？」他迫切的心思展露無遺，緊捏著西裝外套的衣領，彷彿正對著舉棋不定的陪審團高談闊論。

威廉回答道：「總共有三大部分，首先是體能測驗，要在四十分鐘內跑完八公里。」

朱利安爵士一邊繞著房間繼續行走，一邊承認道：「我大概跑不動。」

「再來是自我防衛，這關連我都覺得很難。」

「這個我也沒辦法。」朱利安爵士回應道：「我只有辦法對付言語攻擊，實體攻擊我就無計可施了。」

「還有最後一項，你要穿著制服、拿著警棍在游泳池裡游三趟，腳全程不能落地。」

葛蕾絲說：「光聽就覺得好累。」

「這三個項目你們父親都無法做到。」母親回應道：「看來他這輩子確定只能當個警員了。」

朱利安爵士走到他們面前停下腳步，義正嚴辭地問道：「當警察都不用測驗智力方面的敏銳度嗎？還是警方只在乎誰能做最多下伏地挺身？」

威廉沒有坦承其實根本就沒有體能測驗，他只不過想捉弄一下父親。威廉還不想這麼快放過他老爸。

「父親，體能測驗結束後還有實戰測驗，看看您會不會表現得比較好。」

朱利安爵士說：「來吧，我準備好了。」，又開始繼續走動。

「你得實際去到三個犯罪現場，考官才能當場看到你在不同狀況下的反應。我第一個測驗表現得還不錯，幫一位和別人輕微擦撞的駕駛做酒測。酒測結果呈現黃色而非紅色，表示他近期有喝酒，但酒精攝取量沒有超過酒測值。」

葛蕾絲提問：「你有逮捕他嗎？」

「沒有，我口頭警告他之後就放他走了。」

「為什麼？」朱利安爵士有異議。

「因為他酒測值沒有超標，而且國家警察資料庫顯示，他只是個沒有前科的私人司機，如果我逮捕他，他會丟掉工作的。」

朱利安爵士沒好氣地說：「真是個膽小鬼，下個測驗呢？」

「我去了一家剛發生搶案的銀樓處理後續。其中一個員工一直在尖叫，經理則是被嚇到一臉茫然。我幫助他們冷靜下來，接著呼叫支援，最後拉好犯罪現場的封鎖線，等待支援部隊到來。」

母親誇讚道：「聽起來你目前為止都表現得很好呢。」

「我當時也這麼覺得。但是下個測驗，我帶一隊年輕警員到一場裁減核武的抗議遊行待命，事情卻突然一發不可收拾。」

姊姊問道：「發生什麼事？」

「有一個抗議人士罵我的手下是個法西斯主義雜種，我當下的反應似乎不夠冷靜。」

朱利安爵士說：「真難想像他們可能會怎麼罵我。」

「或你可能會怎麼罵回去。」瑪喬莉回應道。

所有人哄堂大笑，只有貝絲還在等威廉說出他當時的反應。

「我往他蛋蛋用力踹下去。」

母親驚呼：「我沒聽錯吧？」

「其實我當時只有抽出警棍作勢而已，但我們把他帶回警局之後他卻誇大其辭，我忘記在報告中提到實際情況，所以沒辦法幫自己作證。」

朱利安爵士說：「聽完這些項目，我必須承認我的表現大概不會比你好到哪裡去。」他一屁股坐回椅子上。

「父親，我就直說吧。」威廉遞給他一杯咖啡。「您一定會逮捕那個喝醉的駕駛，叫銀樓經理和他的助理不要那麼可悲，然後在警局裡毫不猶豫地再踹一次那個抗議人士的蛋蛋。請體諒我說話有點粗魯，母親。」

「你說測驗有三個部分的。」朱利安爵士還想扳回一城。

「第三部分是筆試。」

「看來我還有機會。」

「您需要在一個半小時內寫完六十道題目。」威廉停下來喝了一口咖啡。「假設您從鄰居的花園裡摘了一朵野花，把花給了您的妻子，請問您倆有犯罪嗎？」

朱利安爵士回答：「當然有，丈夫犯了竊盜罪。不過妻子知道那朵花是丈夫從鄰居花園裡摘的嗎？」

「她知道。」威廉回應。

「那她收受贓物，因此犯了贓物罪。真是簡單的案件。」

「庭上，我有異議。」葛蕾絲站起身來。「剛剛的陳述裡有個關鍵字『野』，如果所有相關人士都知悉那些花是野花，而非鄰居種的花，我的委託人就有權任意摘花。」

「跟我的答案一模一樣。」威廉回答道：「結果也證明我和葛蕾絲的答案才是正確的。」

「再給我一次機會。」朱利安爵士焦急地整理衣著，拉好他那想像中的律師袍。

「請問未成年人從幾歲開始要負刑事責任？八歲、十歲、十四歲還是十七歲？」

「十歲。」葛蕾絲在父親開口之前就搶答。

威廉回應道：「又答對了。」

「我只能說，我沒有很常接青少年犯罪的案子。」

「因為他們根本就付不起您那天價般的律師費。」葛蕾絲一針見血。

母親問道：「葛蕾絲，妳有幫青少年辯護過嗎？」這讓父親來不及上演他一連串的交互詰問。

「上週才剛作為代理人出庭，巴爾漢姆那邊有個十一歲兒童被指控店內行竊。」

「我猜妳一定有勝訴。只要宣稱這個可憐的男孩家境貧寒，父親常常毆打他就可以了。」

「是女孩。」葛蕾絲回應道：「她父親在她出生不久後就拋家棄女，只剩他妻子獨自一人身兼兩份工作並扶養三個孩子。」

母親回覆道：「這種特殊案例不該被告上法院的。」

「我也這麼覺得，母親。」葛蕾絲說：「照理來說是不會的，但是那個女孩剛好被抓到在當地超市裡偷高級原塊生肉，還放進墊著鋁箔紙的購物袋來逃過防盜偵測門。然後她沿著馬路走了一百碼，把肉塊賣給當地一位黑心屠夫。」

瑪喬莉問道：「法官最後怎麼判？」

「屠夫被罰了一大筆錢，女孩則接受安置了。但她終究沒有那麼幸運可以生活在在肯特郡的鄉間小屋裡，然後在中產階級父母的疼愛下長大。她從未接觸過家門幾英里以外的世界，甚至不知道自己居住的城市裡有一條河。」

「庭上，難不成我應該被判有罪，只因為我想讓我的孩子衣食無憂和贏在起跑點上？」

朱利安爵士說完才回歸正題：「考官應該快要受不了我了，能再給我一次機會嗎？」

瑪喬莉調侃道：「有人快哭出來了。」

「一位酒館老闆發現有顧客在他的露天啤酒花園裡吸食大麻。」威廉提問：「請問他有犯罪嗎？」

「當然有。」朱利安爵士回應道：「因為他讓自己的營業場所成為他人濫用管制藥物的地方。」

「那假如有個正在吸食大麻的顧客給他的朋友也抽了一口，他也有犯罪嗎？」

「當然，他持有並轉讓管制藥物，必須依法起訴。」

葛蕾絲說：「真是瘋了。」

「我也這麼覺得。」威廉附和：「警方沒有那麼多心力去追究每一項輕微罪行。」

「吸食大麻一點都不輕微。」朱利安爵士回應道：「準確來說，它正是一連串嚴重社會問題的開端。」

「要是老闆或顧客不知道吸食大麻是在犯罪呢？」貝絲提問。

「不知者無罪不能當作辯護的說詞。」朱利安爵士回答：「否則大家都可以隨心所欲殺人，再說自己不知道殺人有罪。」

「好主意，要是知道聲稱自己不懂法律就能無罪殺夫，我老早就在法庭上用這招了。矛盾的是，我唯一猶豫的點正是因為我上法庭的話會需要他來幫我辯護。」瑪喬莉的回應惹得眾人放聲大笑。

「母親，說實話，」葛蕾絲又補了一刀：「大律師公會裡一半的人會迫不及待幫妳辯護的，另外一半的人會自願作為證人出席。」

朱利安爵士手扶著緊皺的眉間，不耐煩地問道：「說了這麼多，這題我總算對了吧？」

「是的，父親。不過大麻在我有生之年或許會合法化。」

朱利安爵士感嘆道：「希望到時候我已經不在了。」

「這麼聽下來，」瑪喬莉一語道破：「你父親考得一塌糊塗，但你感覺一定能通過的。」

朱利安爵士說：「即便踹了抗議人士的蛋蛋也能通過。」

威廉反駁道：「我才沒有。」

「沒有通過考試還是沒有踹人家的蛋蛋？」所有人哄堂大笑。

貝絲趕忙幫未婚夫解圍。「瑪喬莉，您說中了。下個星期一開始，您們就要改叫威廉『華威克偵緝巡佐』了。」

朱利安爵士最先起身，舉起杯子：「恭喜你，兒子。讓我們為你漫漫長梯的第一階乾杯。」

所有人也起身高舉杯子，複誦道：「敬漫漫長梯的第一階。」

「那你什麼時候會當上督察？」朱利安爵士甚至都還沒坐定。

「別說了，父親。」葛蕾絲打斷他，「不然我要提起您最近的那個案子，讓大家知道法官在案件總結的時候是怎麼評論你的。」

「那個一意孤行的老古板。」

眾人異口同聲：「五十步笑……」

朱利安爵士問道：「兒子，那你接下來有什麼任務？」試圖轉移話題。

「獵鷹正在重整部門的人力，政府終於開始正視毒品對國家的危害了。」

瑪喬莉問道：「毒品的問題有多嚴重？」

「國內超過兩百萬人抽大麻，四十萬人吸食古柯鹼。我們身旁的朋友都可能是其中一人，我就有聽說某位法官會吸毒，雖然他說只有週末而已。更悲慘的是，超過二十五萬人被列為海洛因成癮者，所以國民保健署的人力才會這麼短缺。」

朱利安爵士說：「毒品這麼氾濫，一定有些黑心的混蛋就這樣靠著癮君子的錢賺得口袋滿滿。」

「有些大毒梟的收入可以高達上百萬英鎊。至於那些年輕的小毒販，一些甚至還在上學，他們一天最多可以賺到一百英鎊，比我們大隊長的單日收入還高，我區區一個偵緝巡佐更不用說。」

「這麼多錢作為誘因，假如你的同事裡有人心術不正，很有可能會見錢眼開而動了歪心思。」

「霍克斯比大隊長自有一套辦法，對他來說，貪腐的警察比任何罪犯都更不可饒恕。」朱利安爵士附和：「我也這麼覺得。」

葛蕾絲問道：「那他打算怎麼處置毒品問題？」

「廳長已經授權讓他建立一支精英小組，負責追查和搜捕某個大毒梟，其他各地的緝毒隊則集中火力牽制毒品的供應鏈，讓當地警方對付街上的毒販，還有那些為了買毒品而偷東西或入室搶劫的癮君子。」

「我最近有幫一兩個這種人辯護，」葛蕾絲回應道：「可悲的行屍走肉，苟延殘喘活著只為了拿到下一包毒品。政府什麼時候才會意識到這往往是醫療方面的問題，不是所有毒蟲都該被當作罪犯來看待。」

「但他們確實是罪犯。」父親說：「所以他們必須被繩之以法，絕不寬貸。哪天換妳家被搶劫，妳可能就會有不同想法了。」

葛蕾絲回答：「我們家已經被搶過了，兩次。」

「可能是沒辦法長期工作的人幹的。毒蟲首先會從父母下手，再來是朋友，最後變成誰家沒關窗戶就去偷誰。之前在街上執勤的時候，我曾經抓過一個年輕人，他公寓裡有六台電視機和一堆其他的電子設備、畫作、手錶，甚至還有一頂珠寶王冠。協助贓物買賣的人也能從中賺到一點錢，他們開設名義上的當鋪讓人把東西拿來換錢，顧客卻永遠不會拿錢來把東西取回去。」

「你們一定能讓那種店關門吧？」貝絲提問。

「是可以沒錯，但他們就像蟑螂一樣，踩死一隻又會有好幾隻從其他地方竄出來。毒品現在是一種全球產業，就像石油、鋼鐵或銀行業。如果掌握這個產業的巨頭們如實申報年收入，他們一定能躋身股票市場裡的前百大企業，財政部還能增加數十億的稅收。」

葛蕾絲回應道：「說不定是時候考慮合法管制一些毒品了。」

「我這條命還在就一定反對到底。」朱利安爵士堅決地說。

「如果不合法控制，可能會有更多條命就這樣繼續被奪走。」

朱利安爵士沉默了片刻，瑪喬莉把握這難得的空檔說：「謝天謝地我們住在索爾漢姆[3]。」

「母親，我跟您保證，索爾漢姆的毒販比交通管理員還要多。」

朱利安爵士問道：「獵鷹打算如何處理這麼嚴重的問題？」

---

3 索爾漢姆（Shoreham）：肯特郡（Kent）的鄉間小鎮，距離倫敦約一小時車程。

「擒賊先擒王，先抓到掌控倫敦一半毒販的那個惡棍。」

「那你們怎麼不直接逮捕他？」

「我們能用什麼罪名指控他？況且我們根本不知道他的長相、真實姓名還有住處。在道上大家都稱他為『毒蛇』，但我們根本還沒鎖定他的大本營，更別說——」

瑪喬莉試圖轉換氣氛，連忙問道：「貝絲，你們婚禮計畫得如何了？決定好日期了嗎？」

威廉回答：「應該還沒。」

貝絲則說：「已經確定了。」

「謝謝妳還記得要告訴我。」威廉說：「希望那天我不用執勤，或不用坐在證人席和一個老奸巨猾的罪犯對峙，看著我父親這個天價律師幫他辯護。」

「有我在的話，案子中午之前就會結束了。」朱利安爵士說：「我們來得及一起去參加你的婚禮。」

貝絲無視兩人，轉頭對瑪喬莉說：「我想請您幫個忙。」

瑪喬莉回答：「當然沒問題，有什麼事情我們都會樂意幫忙的。」

「因為我父親曾坐了幾年牢，而且——」

葛蕾絲打斷她的話：「審判不公的冤獄總算得到平反。」

「而且我們才剛找到同居的住處，」貝絲繼續說：「所以我在想我們能不能在您這裡的教堂結婚就好？」

「在我和瑪喬莉結婚的地方結婚，」朱利安爵士回應道：「沒有什麼能比這個更讓我開心的了。」

「邁爾斯．福克納被判刑四年呢？」威廉提出其他選項：「然後布斯．華生御用大律師被大律師公會除名？」

朱利安爵士思考了好一陣子，說：「我需要向法官提出暫時休庭，我可能要變更一下主張。」

「葛蕾絲，你覺得呢？」威廉問道。

「我只希望能和我的伴侶在當地教堂結婚。」

3

「恭喜你，巡佐。」潔琪也坐到了吧檯前。稍早她抽到下下籤，得開車送這位新科偵緝巡佐回家，所以整晚只喝了一罐仙地[4]，她答應過貝絲不會太晚載他回去的。

威廉喝光他的第四杯啤酒，回答道：「謝謝。」

「大家一直都相信你會通過的。」

「我父親除外。」

「我們真的要打烊了，各位。」酒館老闆語氣堅決，這裡大部分的顧客都是不該喝得爛醉的警察。不過事實上，等到一般市民都離開了之後，警察們往往可以享受打烊後的閉門包場時間，酒館老闆會繼續服侍店內所有身穿藍衣的人民保母們。每個轄區至少會有一間酒館向警察提供這樣的服務，店主不僅能增加收益，也不用擔心會被起訴。儘管如此，潔琪還是認為威廉該回家了。

---

4 仙地（Shandy）：英國流行的飲料，通常是一半檸檬水和一半的啤酒或蘋果酒，酒精含量較低。

「你看起來喝太多了。」潔琪提醒道：「老大叫我趕緊送你回去。」

「可是今天是我的慶祝派對。」威廉表示不滿。「潔琪，我偷偷跟妳說，其實這是我第一次喝這麼醉。」

「我一點都不驚訝呢，又多一個讓我趕快帶你回家的理由了。要是晉升的隔天就被降級，那會有多可惜。雖然這代表我有機會取代你就是了。」

威廉說：「我父親警告過我要小心像妳這樣的女生。」潔琪挽著他的胳膊，顫顫巍巍地將他攙扶出門，店內人聲此起彼落，有人呼喊著晚安巡佐或晚安唱詩班小弟，甚至還有人稱威廉為廳長，不過並沒有挖苦他的意思。

「在你當上督察組長之前，別指望我叫你長官或是親你屁股[5]。」

「妳知道『親屁股』這個說法的由來嗎？」

「不知道，但我怎麼覺得你要跟我說了？」

「十七世紀法國有位貴族叫做旺多姆公爵，他在上廁所的時候也會接待臣子，有一次他站起來擦完屁股之後，其中一個臣子就衝上前親了下去，說：『高貴的公爵，您擁有天使般的屁股。』」

潔琪回應：「我再怎麼想復職為巡佐，也不可能阿諛奉承到這個地步的。」

威廉一屁股坐進汽車後座，「只要妳別叫我比爾[6]就好。」

潔琪將車開出停車場來到維多利亞街上，朝匹黎可區駛去，威廉則慢慢閉上雙眼。僅僅一年前，華威克警員剛加入這個隊伍，那時的她還是位偵緝巡佐，安然佇立於漫漫長梯的第二階上。但是現在，隨著藍色時期行動以失敗告終，林布蘭畫作成功回到菲茲墨林博物館，她和威廉的職位調換了。潔琪沒有怨天尤人，能夠在大隊長的核心小組裡工作，她已心滿意足。威廉開始打呼，潔琪在轉角拐彎之後，立刻就認出那個人。

「是圖利普！」潔琪猛地踩下煞車，威廉也被這動靜驚醒。

「圖利普？」威廉問道，迷濛的雙眼試圖鎖定車外的人。

「他還在上學的時候被我抓過一次。」潔琪邊回答邊衝出車外，威廉只能看著她朦朧的背影沿著馬路跑向一處沒有路燈的暗巷，有一名手拿特易購市場提袋的年輕黑人，正在將某個東西遞給另一名被陰影遮住樣貌的男子。

威廉猛然恢復神智，腎上腺素取代酒精充斥全身。他急忙也衝下車追上潔琪，四處閃躲穿越車流，接連響起的喇叭聲讓圖利普察覺自己被盯上了，他立刻朝巷弄的另一端奔去。

威廉跑過潔琪身旁，她正在幫另一名男子上銬。而威廉則心知肚明，憑他今晚的身體

5 親屁股（kiss one's arse）的意思如同中文的「拍馬屁」。

6 比爾（Bill）一般是威廉（William）的暱稱，最知名的例子就是美國前總統比爾・柯林頓。但主角威廉並不喜歡這個暱稱，偏偏潔琪總是這麼稱呼他。

狀況，他是不可能跑得比一個同齡人還快的。街上的毒販不太會喝得爛醉，也不太會吸食毒品，因為他們知道吸毒可能會害自己丟了工作。圖利普在轉角拐了彎，跳上一台山葉機車疾馳而去，威廉則早已接受自己今天沒辦法抓住他的事實。他不甘心地在街道盡頭停下腳步，身體斜靠著路燈來穩住重心，彎下腰開始吐得整個人行道都是。

一位老先生快步經過，埋怨道：「噁心死了。」

威廉非常慶幸自己今天沒有穿著制服。他艱難地站直身子緩緩走回巷弄，只見潔琪在向犯人宣讀權利。威廉踉蹌地跟上他們的腳步並穿越馬路，試了兩次才打開後座車門，好讓潔琪將犯人推入車裡。

他坐上副駕駛座，潔琪開著車子在大街小巷快速竄動，朝著最近的一間警局駛去，威廉則努力壓抑著反胃的感覺。就如同計程車司機熟知飯店位置一般，潔琪對倫敦所有拘留所的分布地點瞭如指掌，她在羅徹斯特街警局後方停下車子，一把抓起後座的男子將他押進警局帶往拘留所，威廉甚至都還沒下車。

有些囚犯大聲叫罵以示抗議，一連串的污言穢語搞得局裡烏煙瘴氣，還有些囚犯按捺不住好鬥的性格，需要幾位壯碩的警察才能控制住打架的場面。不過大多數人只是溫順地點頭，默不作聲。威廉鬆了一口氣，他們抓到的犯人看來十分有影響力，才會讓眾人點頭表示尊敬。然而，他持續辦案幾週後就會知道，吸毒者往往無地自容，販毒者卻從不會感到羞愧。

三個人一同走至櫃檯前，羈押巡佐抬頭看了他們一眼。潔琪拿出她的警察識別證，報告她逮捕該名犯人的原因，也提及犯人在告誡後仍不配合。羈押巡佐從櫃檯下方拿出被拘留人紀錄表以及財物收發保管簿，將犯人拘留過夜前需要先記下相關細節。他在簿子上寫下「兩包白粉」後對犯人說：「小伙子，我們從你的名字開始吧。」

犯人神情堅決，閉口不言。

「我再問一次，你叫什麼名字？」

犯人死死盯著眼前的審問者，眼神桀驁不馴，依舊不說話。

「我再問你最後一次，你叫——」

威廉說：「我知道他的名字。」

❊ ❊ ❊

「你過了這麼多年都還記得他？」貝絲問道，威廉正準備上床一起睡覺。

「你不可能忘掉自己偵辦的第一起案件。」威廉回答：「當年還在讀預備學校[7]的時

7　預備學校（prep school）：為進入公學作準備的私立學校，所收學生為七至十三歲的兒童。

候，是我讓艾德里安．希斯被退學的，因為我找到證據指出他偷學校福利社裡的瑪氏巧克力棒。後來沒有人訝異我怎麼跑去當警察，而他的一些朋友也從沒原諒過我。我當時還不是唱詩班小弟，只是個告密仔。」

貝絲說：「我總覺得有點同情他。」並關上了床頭燈。

「為什麼？」威廉不解。「他的品行顯然更糟糕了，和我父親當時預測的一模一樣。」

「你平常不會這樣批判別人的。」貝絲說：「我想知道他和你失聯之後的幾年間發生了什麼事，以免我下錯了結論。」

「我不可能知道的，拉蒙特一定不會讓我繼續參與這個案子。」

「為什麼？你可能是唯一能讓艾德里安開口的人。」

「警察的黃金守則，絕對不能和嫌犯私底下有接觸。」

「你還不是和克里斯蒂娜．福克納私底下有接觸。」貝絲轉過身背向他。

威廉沒有說話。他還沒告訴貝絲，克里斯蒂娜又來聯絡他了。

「抱歉。」貝絲轉身回來面對威廉，親了一下他那鋸齒狀的紅色傷疤，那道疤痕似乎生理上或心理上都還未淡去。「你沒跟她變成朋友的話，我們可能就拿不回林布蘭畫作了。這讓我想到，明天晚上畫廊有募款活動，你不一定要來，但我希望你能來，因為有幾個年長的女士很喜歡你。」

「那年輕的女士呢？」

「她們禁止入場。」貝絲躺進威廉懷裡，不久後便睡著了。

威廉又繼續醒了好一陣子，試圖不去想起那晚在蒙地卡羅發生的事，現在大隊長希望他繼續和克里斯蒂娜見面，他總有一天能擺脫她嗎？克里斯蒂娜滿口謊言，假如貝絲有天問她，關於那天她爬上他的床之後發生的事，她也會說謊嗎？

＊＊＊

拉蒙特問道：「偵緝巡佐，所以你和嫌犯之前一起上過學是嗎？」威廉剛向警司匯報完他和潔琪前一晚離開派對之後發生的事。

「我們一起讀預備學校。」威廉回應：「艾德里安．希斯是我當時的摯友之一。我知道自己不能再參與這個案件了，羅伊克羅夫特偵緝警員會接替我的職位。」

「你在說什麼？現在正是是獵鷹期盼已久的大好機會，要是你能讓你朋友變成警方的線人，我們就可以因為知道內部消息而佔盡優勢。」

「但這件事也有可能導致最壞的情況，」威廉提醒道：「別忘了，我曾經害他被退學。」

「比起潔琪或其他警察，在你面前他還是會比較沒有戒備。」威廉不發一語。

「你現在立刻去羅徹斯特街拘留所。不管用什麼手段，趕快讓希斯變回你的好朋友。」

「遵命，長官。」威廉回應道，但他仍心存疑慮。

「既然剛好談到和朋友相關的話題，你回電給福克納太太了嗎？」

「還沒，長官。」威廉坦白。

「那就快點去，在你跟他們兩個熟到聖誕節要寄賀卡的程度之前，別來跟我報告。」

※　※　※

「克里斯蒂娜？」

「你是？」

「威廉．華威克，我回電給妳。」

「還以為你忘記我了。」電話那頭傳來親切的笑聲。

「考慮到我們上次見面的時候發生了什麼，要忘記妳實在不太可能。」

「也許我們該再見個面，我可能會跟你說一些符合我們共同利益的事。」

「到麗思飯店吃個午餐？」威廉惦記著大隊長的話，抱著一線希望提議。

「不行。」克里斯蒂娜說：「我們還在選第一道餐點的時候，就會有人通知我丈夫我在和那位逮捕他的年輕警探吃午餐了，所以這次得去隱密一點的地方。」

「那去科學博物館呢？」

「小時候去過，好久沒去了呢，真是個不錯的選擇。我下星期四得去市中心一趟，我們約十一點在正門入口處如何？」

威廉回應：「不能約在入口處，可能會有人認出我或認出妳，我們在史蒂芬森的火箭號[8]那邊碰面。」

「期待能見到你。」克里斯蒂娜說完便掛了電話。

威廉將他與福克納太太的對話內容整理成一份報告，放到拉蒙特桌上之後，他離開辦公室前往斯特拉頓街區。短暫散步的途中，他在腦海演練了一些要問艾德里安．希斯的問題，雖然根據昨晚的情況，他不覺得能從希斯口中問到什麼話。幾分鐘後，他已抵達羅徹斯特街拘留所門口。當他拿出警察識別證給接待巡佐確認時，那位老先生忍不住一臉驚訝。

威廉說：「我要和艾德里安．希斯面談，就是昨晚我們帶來的那個犯人。」

8 史蒂芬森的火箭號（Rocket）是英國第一台有效拉動火車的蒸汽火車頭，二〇一八年以前都展示於倫敦的科學博物館中。

巡佐回應：「請便，他在第二間。」他將資料填入被拘留人紀錄表裡的空格。「他今天早上拒吃早餐，我們應該下午才會帶他去見治安法官，所以你現在有很多時間可以問他。」

「那太好了，因為我打算和他慢慢聊天，我想知道的情報和他昨天被逮捕時犯的罪無關。」

「沒問題，但你聊完之後要向我簡述一下內容，我才有辦法把該填的資料都填好。」

威廉回答：「我會的。」接待巡佐將一把大鑰匙遞給他，說：「交給你了。」

威廉接過鑰匙，沿著廊道走到第二間囚室。他從鐵柵欄的縫隙仔細觀察艾德里安，躺著的他神情呆滯，看起來像從昨晚到現在都沒有動過一下。威廉將鑰匙插入鑰匙孔後旋轉，拉開沉甸甸的大門走了進去。艾德里安睜開雙眼，抬頭說：「這裡沒比預備學校好到哪去。」

威廉笑了出來，走至他身旁一同坐在有尿漬的薄床墊上。艾德里安頭上方的牆上有著過去囚犯刻下的文字：我是無辜的。

「我是很想準備茶點接待你，」艾德里安調侃道：「但這裡的客房服務實在是不怎麼樣。」

威廉回覆：「看來你還是一樣幽默。」

「你也還是想當加拉哈德騎士[9]。那你來是要拯救我，還是要把我囚禁在這裡一輩子？」

「都不是，不過要是你願意配合的話，我可能有辦法幫助你。」

「你想從我這裡得到什麼？我可不信老同學互相關照這一套。」

「我也不信。」威廉回答：「但我接下來的提議應該對我們都有好處。」

「你要一輩子提供我毒品？」

「你明知道這不可能，艾德里安。但我可以請治安法官下午從輕處理你的案子，不過這也不是你第一次出現在被告席上了。」

「這個條件很沒有吸引力。我可能也只會被關六個月，進監獄的話我可以獨享一間牢房，有電視有暖氣又提供三餐，更不用說還能弄到毒品，比流落街頭什麼的好太多了。」

「這是你第三次再犯了，你比較可能在彭頓維爾監獄度過聖誕節，和一個殺人犯共用同一間牢房，聽起來可就沒那麼好玩了。」

「來吧，唱詩班小弟，說點能讓我出乎意料的東西吧。」

出乎意料的人反而是威廉，他聲音夾帶著疑惑：「唱詩班小弟？」

「我的老朋友羅伊克羅夫特巡佐昨晚就那樣叫你，比預備學校時候的『福爾摩斯』好多了呢。」

9 加拉哈德（Galahad）是亞瑟王傳說中圓桌武士蘭斯洛特之子，最終尋得了聖杯。

威廉試圖重新掌握主導權，問道：「既然你這麼了解我在預備學校之後發生的事，那你這些年來又發生了什麼事？」

艾德里安盯著天花板沉默了許久，彷彿審問他的人並不存在。威廉知道這是經驗老道的罪犯會用的手法，當他正準備離開，一大串句子卻忽然從艾德里安嘴裡傾瀉而出。

「你害我被趕出薩默頓之後，我老爸動用關係讓我進了一間沒那麼好的公學。他們最初還會睜一隻眼閉一隻眼讓我在腳踏車棚那邊偷吸幾口菸，但我改抽大麻之後他們就沒放過我了，其實也不能怪他們。」艾德里安停頓了一下，雙眼始終沒有看向威廉，而威廉已從口袋掏出筆記本開始記錄。

「然後我爸就把我送去一間速成學校，接著我也莫名地收到一間離家很遠的大學的錄取通知，天知道這老頭花了多少錢打通關係。」一陣停頓後。「可惜我連大一都沒讀完，因為我被某個研究生帶去吸海洛因，過沒多久就上癮了，白天幾乎都在床上，晚上都在設法搞到下一包毒品。被退學之後，我的導師跟我說要是我戒掉毒癮就能回去上課，所以我爸就把我送去某間戒癮中心，裡面都是一堆想要拯救你靈魂的好心人。我當時清楚知道我的靈魂根本不值得被拯救，所以第一個星期結束我就取消治療了，從那之後就再也沒跟我老爸有聯絡。不過我有和我媽保持聯絡，她也資助了我好幾年，但最終她的耐心和錢也被我耗光了，所以我只能找其他方法湊錢活下去。要一直向同一群朋友開口借錢真的很難，更何況他們知道你根本沒打算還錢。」

威廉繼續寫著筆記。

「但我遇到瑪莉亞之後就重新回去治療了，也比以前更積極配合。」

「瑪莉亞？」

「我女友。不過她一直都沒完全相信我能夠戒掉毒品，有天晚上她抓到我在吸古柯鹼，所以就變成前女友了，她說她受夠了所以要回去巴西。我也不怪她，雖然我願意做任何事來挽回她的心，但我不覺得她會給我第三次機會。」

艾德里安武裝自己的盔甲出現了第一道裂痕，威廉盤算著。「說不定我能幫你說服她說你這段時間都很努力在戒毒？」

「怎麼說服？」艾德里安第一次表現出有興趣的樣子。

「比起被抓的一方，你有想過可以當抓人的一方嗎？」

「我為什麼會想當線人？被抓到的後果比死還更慘。」

「我們合作的話，或許就能夠做到一些有意義的事情。」

「別說笑了，唱詩班小弟。」

「我是認真的，你可以幫助我把真正的罪犯抓進牢裡，制裁那些去操場上拿毒品給小孩的人，那些毀了多少年輕生命的人。這樣或許就能說服你女友你已經改過自新了。」

威廉的話又迎來一陣漫長的沉默，他開始擔心自己的提議失敗了，這時艾德里安卻突然打破僵局。

「我會需要做什麼事？」

「有個大毒梟控制了河流南邊地區所有的毒品活動，我需要找出他叫什麼名字，還有他的製毒工廠在哪裡。」

艾德里安說：「那我要現金一百萬英鎊和兩張去巴西的單程票。」

「兩張去巴西的單程票應該沒問題，」威廉回答：「價錢的部分我們就要談一下了。」

「我會再告訴你我心中的期望價格，但是唱詩班小弟，你得先讓下午的治安法官給我一個警告就放我走。」

4

「火箭號建於一八二〇年代，設計者是著名的火車頭工程師羅伯特．史蒂芬森。」一群學童圍著古老的蒸汽引擎，正認真聽著一位年輕人的講解。

前排某個宏亮又稚嫩的聲音問道：「是羅伯特．路易斯．史蒂文森嗎？」

「不是喔，羅伯特．路易斯．史蒂文森是寫了《金銀島》的傑出兒童文學作家，他來自愛丁堡而非諾桑比亞。」

威廉站在孩子們後方微笑著，想起二十年前母親也曾帶他來聽過一模一樣的導覽內容。

「一八二九年在雨丘舉辦的火車頭駕駛競賽中，史蒂芬森贏得第一名，當時……」

威廉的思緒突然被打斷，他感受到有隻戴著手套的手觸碰了他的肩膀，但他並沒有回頭。

「謝謝你來見我，火箭人。」他立刻就認出這個熟悉的嗓音。「從各方面來說。」

「老大還在等著把你丈夫送進監獄。」威廉果斷進入正題，不浪費任何時間寒暄。

克里斯蒂娜說：「那可真是太棒了，但我現在幫不上任何忙，畢竟我和我丈夫正在如火如荼地準備離婚當中。你也該多體諒我一點吧，華威克偵緝警員。」

威廉沒有糾正她。

「總共有五組參賽者，第一名可以獲得五百英鎊的獎金。」博物館導覽員繼續介紹道：「五輛火車頭分別是『獨眼號』、『創新號』、『堅毅號』、『無敵號』，當然還有史蒂芬森的『火箭號』，最終史蒂芬森的〇－二－二引擎遙遙領先其他火車頭獲得第一名。」

威廉轉身看向克里斯蒂娜，她身穿一件低胸洋裝，裙子長度落在膝蓋上方，很難不引人遐想。整體來說，她打扮得像是要來物色下一任丈夫。

他問道：「你能回想一下他近五年內可能犯過的任何罪嗎？不論多小的罪都可以。」

「多到說不完，但他跟高地偷獵者[10]一樣擅長掩蓋自己的行蹤。我只知道自從林布蘭畫作那個案子之後，邁爾斯現在不搶畫廊或有錢的藝術收藏家了，也沒有保險公司願意跟他扯上關係。」

「但他不是會原地等待的那種人，你知道他近期有什麼非法活動嗎？」

「我也希望自己能知道。不過我覺得布斯・華生御用大律師依然是犯罪圈子的共同聯繫點，那個男人很樂意幫任何請得起他的妖魔鬼怪辯護。坦白說，我猜他的關係網都是靠監獄探訪建立起來的。」

「在競賽拔得頭籌之後，火箭號得到認可成為所有蒸汽引擎的原型，這項事蹟直至今日都是火車引擎歷史上最重要的突破。」

威廉放手一搏，問道：「你丈夫有使用過毒品嗎？」

「偶爾會抽大麻，但誰不會呢？他顯然也沒有讓自己上癮。」

「被抓到持有大麻的話還是能判個六個月的，再加上緩刑的四年——」

「如果他被抓到的話，布斯．華生一定會幫他辯護，然後強詞奪理說是你栽贓給他大麻的。」

「得獎之後，史蒂芬森獲得來自利物浦與曼徹斯特鐵路公司的合約，負責幫他們再建造七個火車頭。」

「我只知道從我離開林普頓大宅之後，邁爾斯就常常通宵舉辦派對，現場一定會有人在吸古柯鹼或更糟的毒品。但如果要當場逮到他們，你也得先通過大門那關，目前為止你是唯一成功過的警察，但別忘了，那時候邁爾斯不在。而且不管怎樣，你總不能跟治安法官說你懷疑有人在私人晚宴上吸毒，他不可能因為這麼薄弱的理由就給你搜索票。」

「一八三〇年，利物浦與曼徹斯特鐵路的通車典禮上，火箭號撞上一位站在軌道上的當

---

10 高地偷獵者（Highland poacher）：十八世紀蘇格蘭高地的非法狩獵者。當時的林地多是貴族、地主的私產，為了生計，平民只好鋌而走險，進行私獵活動。

地議員，他的傷勢非常嚴重，最後不幸宣告不治。」

「對了，我跟我們之前的女傭還有保持聯絡，如果有聽到任何消息我會馬上通知你。」

威廉回應：「再麻煩妳了。」轉身回去面向導覽員。

「火箭號在一八六二年結束最後一次任務之後，利物浦與曼徹斯特鐵路公司將這輛史蒂芬森的傑作捐贈給科學博物館，並一直持續展覽到現在。」

克里斯蒂娜問道：「還有什麼問題嗎，偵緝警員？我還得趕去麗思飯店赴今天中午的約。」

「如果妳能知道他下一場派對的時間——」

「我會第一時間告訴你的，威廉。」克里斯蒂娜說完便悄無聲息地溜走了。

「今天的小介紹就到這邊結束。」導覽員說：「如果有任何問題，我很樂意替你們解答。」

好幾隻小手從人群中竄起，威廉則轉身離開。今天他心中的所有問題都已得到解答。

※　※　※

威廉來到南肯辛頓站等地鐵，準備返回警察廳總部。正當威廉朝對面月台望去，他卻忽然看見「他」就站在那邊，乍看像是一位要通勤去上班的普通人。威廉立刻就認出他是誰，那個男人甚至還拿著跟那天晚上一模一樣的特易購提袋。兩人四目相對的瞬間，圖利普猛地轉身往最近的出口拔腿狂奔。這是他犯的第一個錯誤，假如他跳上下一班車，說不定就有機會能逃之夭夭。

威廉跑上手扶梯，一步跨兩階在後方緊追著。快跑到剪票口時，他看見圖利普把票遞給剪票員，剪票員則面露疑惑地檢查著票根。威廉跟著跑過剪票口，迅速向剪票人員展示證件，緊追不捨的腳步從未停下。眼前的獵物越來越近了，與當晚不同，現在的威廉頭腦清醒得很。

圖利普每回頭一次，威廉與他的距離就又少了一碼。這時他卻突然停下腳步，攔了輛正好經過的計程車就衝了進去，這是圖利普犯的第二個錯誤。計程車開走的瞬間，威廉已追到剩幾碼距離，恰巧車子才行駛一百碼就因為紅燈而停了下來。威廉把這次追逐戰當作奧運決賽來卯足全力，黃燈[11]亮起的瞬間，他與車子只剩幾步之遙，他衝向計程車並死命抓住車門，燈號轉綠的當下也堅決不放開，害得司機大力踩下煞車。

「你搞什麼啊？」司機大吼，走下車繞到後方，被堵住的其他汽車駕駛在背後惱怒地按

---

11 英國交通號誌在紅燈要變綠燈之前，會有紅燈加黃燈的組合燈號。

著喇叭。「我已經有載人了。」

威廉說：「我是警察。」並秀出識別證。他立刻打開車門，卻發現圖利普已從另一側衝出車外，但他下一秒就撞上經過的腳踏車騎士，威廉也把握這個時機抓住他的手臂向後反擰，再把他拖進去計程車裡。

「載我跟他去離這裡最近的警察局。」威廉斬釘截鐵地說，手還不忘將圖利普的臉緊緊壓在車窗上。

幾分鐘後，他們抵達肯辛頓警局，司機甚至親自為兩位乘客打開車門。

威廉告訴司機：「你待在這裡。」他反扭圖利普的雙臂押送他進入拘留所，直到要拿出搜索票給接待巡佐時才把手鬆開。

威廉清空圖利普的所有口袋，把那個特易購提袋和其他內容物一一放在櫃檯上。他搶走圖利普的皮夾並掏出兩英鎊。

接待巡佐立刻質問：「你在搞什麼鬼？」

「他忘記付計程車錢了。」威廉轉身就走。

「那這又是什麼？」巡佐指著特易購提袋問道。

「證物。」威廉回應道：「幫我登記在逮捕紀錄裡，我等等就回來。」他走出警局並將兩英鎊交給計程車司機，拿到錢的他首度展露笑顏。威廉問道：「你走之前我還有一個問題，那個人叫你載他去哪？」

「三根羽毛酒吧，在巴特西。」

這是圖利普的第三個錯誤。

威廉喜出望外，邊笑著邊走回警察局裡。但那份笑容很快就消失了，眼前的接待巡佐正狼吞虎嚥地吃著剛剛好不容易拿到的證物。

「你這是在幹麼？」威廉不可置信地發問。

「我在銷毀提袋裡的重要證物啊。」巡佐問道：「你也要吃一塊嗎？」

❊ ❊ ❊

「朱利安爵士，我有一件私事想詢問您的建議。」貝絲說。他們剛享用完午餐，正坐在客廳的一角歇息。

「親愛的，我希望妳能別再叫我朱利安爵士了，聽起來好老氣。話說，我能怎麼幫妳呢？」

「菲茲墨林博物館的同事們都覺得我們館長提姆．諾克斯值得受勳爵位，但我們都不知道該怎麼進行相關的程序。我們館已經連續兩年獲封年度博物館，遠超過泰德美術館和國家美術館的紀錄，而這兩家的館長都已有受勳。我想說既然您是爵士，您或許能為我們指點迷津。」

「別告訴任何人這件事，這句話會是我給你們的第一個建議，因為假如消息流出，他的敵人很可能會試圖從中作梗。」

「提姆為人正直又善良，很難想像他有任何敵人。」

「想要受勳的人一定不缺敵人，像是那些認為自己更值得獲得爵位的人。比較實際一點的建議的話，你們會需要一個德高望重的擔保人。你們博物館的董事會主席是誰？」

「基爾霍爾姆勳爵。」

「他是位值得尊敬的人。」朱利安爵士說：「前任內閣大臣，卸任後的聲望相比之前不減反增，這是非常難能可貴的事蹟。」他停頓了一下，接過瑪喬莉端來給兩人的咖啡。「但他還得徵求幾位藝術界大人物的推薦函，要記得他們不能都來自同個政黨。不過基爾霍爾姆是個久經沙場的老手，他知道該怎麼做的。」

「那他當然也會知道榮譽封號委員會的成員有誰囉？」

「沒有人知道委員會由誰組成，如果大家都知道誰在裡面的話，他們每個人得承受多少壓力。成員的身分比下一份預算案的內容還更機密，我們一般只尊稱他們為『至高無上的權威』。」

「真是有趣，您就是透過這些程序獲封爵位的嗎？」

「完全不是，我只不過出生在對的家庭罷了。我承襲我父親的爵位，我父親也是承襲他父親的爵位，我爺爺在勞合．喬治當上首相的時候就馬上投靠了自由黨。」

貝絲笑了出來：「所以總有一天威廉也會被稱作威廉爵士嗎？」

「那妳就會是華威克爵士夫人，聽起來——」

「你們兩個在竊竊私語什麼？」威廉從房間的另一端走向他們。

貝絲說：「我們在討論婚禮的計畫。」

「妳很適合當榮譽封號委員會的成員。」朱利安爵士低聲說。

＊＊＊

大隊長問道：「要來一塊黑森林蛋糕嗎，警司？」

「當然要了。」拉蒙特回答。

「你呢，羅伊克羅夫特偵緝警員？」

潔琪說：「我最愛吃黑森林蛋糕了。」大隊長切了厚厚一大塊給她。

「我們得消滅所有的證據。」獵鷹又切了第二塊蛋糕給保羅。「因為我聽說圖利普在考慮控訴警察廳一連串罪名：錯誤拘捕、平白無故對守法公民施加暴力，還有種族偏見。」

保羅調侃道：「可惜不是我去抓他的，這樣至少我們可以少一項罪名。」

「他還要求我們給予那名傷害他的警察停職處分，然後調查整件事是否有暴力執法的嫌疑。」

「真的該毀掉這些證物呢。」拉蒙特把剩下的碎屑也吃得一乾二淨。

「真抱歉我們不能給你吃一塊，華威克偵緝巡佐。」獵鷹說：「給你吃的話，你罄竹難書的罪名列表就要又多加一條收賄了。」

潔琪拚盡全力忍住不笑。

「可是……」威廉終於開口了。

「不過算你好運，」大隊長繼續說：「他身上的『毒品』是從當地的特易購市場偷走的，但是既然現在證據已經被我們銷毀了，我們別無選擇只能給他警告然後放他走。」

「可是……」威廉再度開口。

「跟你預期的六到八年徒刑差很多呢，華威克偵緝巡佐。」

「還有更慘的，」潔琪補充道：「想不到吧，圖利普給我們的那個地址根本不存在。」

「可是真的有那個酒吧啊。」威廉說。

「什麼酒吧？」大隊長的語氣突然正經起來。

「在巴特西的三根羽毛酒吧，這是他跟計程車司機講的地點。」

在場的四個警探繃緊神經。

威廉提議道：「也許我該去那裡暗中監視，試著找出其他毒販同夥？」

「想都別想。」霍克斯比阻止威廉。「他們在一英里外就能認出你這種唱詩班小弟，這個任務應該要交給經驗豐富的臥底警察，你記得不要跑去那附近讓他們記住你的樣子就好。」

威廉提問：「我認識您要找的那位警官嗎？」

獵鷹回答：「連他母親都不一定認得出他。」

5

「我是華威克偵緝巡佐。」他接起桌上的電話說。

「我知道你的目標叫什麼名字了。」威廉馬上就認出電話另一頭的聲音。「但我話先說在前面，你最好準備多一點錢。」

「一百英鎊？」威廉說：「你最好直接讓他來我面前簽認罪書。」

「想得美。」艾德里安說：「再加一百英鎊的話，我還可以告訴你每週五下午五點可以在哪裡堵到他。」

威廉問道：「我們去哪裡見面？」這時辦公室裡的另一支電話也響了起來。

「下星期三早上十一點去倫敦塔，在鹽塔下層的房間會合。」

潔琪一隻手緊摀著話筒，朝著威廉大喊：「有人找你，快一點！」

「我會先確認你帶來的現金，再考慮要不要告訴你他的名字，還有他星期五下午五點會出現在哪裡。」

潔琪吼道：「我覺得她再等下去就要掛電話了！」

「否則你去倫敦塔就只會看到皇家珠寶，花個五十便士就可以參觀了。」艾德里安掛斷電話。威廉把話筒摔到電話上，衝向房間的另一頭，從潔琪伸得不能再長的手中搶過話筒。

「我是華威克偵緝巡佐。」他又說了一次。

「偵緝巡佐？」她的語氣感覺很意外自己會被晾在一旁等那麼久。

「克里斯蒂娜？」威廉試著讓自己聽起來不那麼訝異。

「邁爾斯邀了九個好朋友，要在五月十七號八點於林普頓大宅辦晚宴。」

「那妳知道那幾個好朋友叫什麼名字嗎？」威廉連忙打開筆記本。

電話又被掛斷了。

「我等了多久，」威廉埋怨道：「結果兩個人剛好同時打來。」

拉蒙特問道：「有什麼新情報？」

「我的線人說他知道毒蛇的真實姓名，也知道毒蛇每週五下午五點會出現在哪裡，但他說沒有兩百英鎊不會告訴我們。」

「這些情報花多少錢都值得。」拉蒙特的正面回應出乎威廉的意料之外。「但前提是，他有老實把情報告訴我們，而且情報的內容沒有錯。」

「我們要冒這個風險嗎，老大？」

「你說了算，華威克偵緝巡佐。假如你決定赴約的話，我得先從大隊長那邊獲得許可，才能發放這麼大筆錢。你在聽到情報之前絕對不要先給他任何一毛錢，千萬別忘了，你的老同學不是你的好朋友，永遠都不會是。但這不代表你拿到情報之後就不給他錢了，你得遵守承諾，因為我們需要他的信任。那另一通電話呢？」

「是克里斯蒂娜打來的，她說福克納會在五月十七日舉辦晚宴招待九個朋友。」

「我恨不得直接去晚會現場偷聽他們聊了什麼。」拉蒙特說：「但應該就連你都不可能入場。」

「沒錯，但我們可以守在附近看看宴客名單上有誰。」

＊＊＊

貝絲問道：「你今天要出什麼任務？」威廉正從床上下來。

「我要去倫敦塔。」

「有人要去偷皇家珠寶嗎？」

「沒有，但我倒是希望今天離開的時候不會空手而歸。」威廉走進浴室，將熱水打開準備刮鬍子。他打算在十點半之前就抵達鹽塔，這樣就可以靜觀其變等他的老同學出現。但在這之前，他得先去一趟總部，拿走霍克斯比心不甘情不願才許可的兩百英鎊。

「如果你沒能得知姓名和地址，或是他的情報是錯的，我會從你的薪水把每一毛錢都扣回來。」

偵緝巡佐的薪水每週不到三百英鎊，所以這個警告非常有威嚇力。威廉很想回答說：「你在開玩笑吧。」但他心知肚明獵鷹是不會拿錢開玩笑的。

吃完早餐之後，他和貝絲一起搭公車去肯辛頓然後分道揚鑣，貝絲去菲茲墨林博物館上班，威廉則改搭地鐵去聖詹姆士公園站。走下階梯進入地鐵站之前，他路過瞄了一眼《每日郵報》今天的頭版，是黛安娜王妃和她兩個兒子的照片。坐在車廂裡時，他不禁想到貝絲，並憧憬著貝絲懷孕後的美好生活。不過目前，貝絲把菲茲墨林博物館的工作擺在第一順位。

威廉走進辦公室，警司正坐在桌前，桌上整齊地擺著兩疊十英鎊面額的鈔票。他在拉蒙特對面坐下，非常驚訝透明包裝袋竟然這麼地薄。「……十八，十九，二十。」拉蒙特謹慎地點好鈔票的數量，把它們放回袋子裡，打開抽屜照慣例拿出一張表格遞給威廉。

威廉小心翼翼地將這份文件讀了兩遍，又回過頭來再讀了一次那段粗體的重點內容：「遭控不當使用公款者，最重可處十年徒刑。」他在文件上簽名，阿達加偵緝警員也簽名作為見證人。拉蒙特複印了一張留作紀錄之後才把現金交給威廉。

威廉將錢塞進外套的的內袋裡，一聲不吭就離開了。走在路上的時候，他發現自己想到就會摸一下那個口袋，只為了確認錢是否還完好無缺。

搭地鐵去塔丘站的途中，他坐在車廂的最角落，反覆讀著倫敦塔的官方導覽，也時不時抬頭看向經過他附近的乘客。潔琪警告過他，倫敦地鐵裡的都是最為經驗老道的扒手。

二十分鐘過後，他重新沐浴在陽光之下。威廉站在人行道上欣賞著倫敦塔這座古老的城堡，然而草皮上的城堡周遭卻圍繞著不協調的現代玻璃建築，要是克里斯多福・雷恩爵士[12]能看到這個景況，他是一定不會認可的。湯瑪斯・摩爾爵士、蓋・福克斯和安妮・博林都在塔裡的地牢度過了處決前最後的日子，如果威廉兩手空空地回去總部，他的下場可能會跟他們一樣，他只好慶幸現在已經沒有酷刑了，所以不會被馬拖去刑場分屍。

威廉抄近路來到城牆邊的西側入口，加入眾多熱情遊客們排隊的人龍中，輪到他時付了五十便士買了一張門票。那一小群遊客緊跟著他們的導覽員，他是倫敦塔的御用侍從衛士，身穿傳統海軍藍及紅色的長袍並戴著標誌性的帽子。衛士帶領群眾向外走到城牆上方的的城垛處，邊走邊為他們講解，倫敦塔是由人稱「征服者威廉」的威廉一世於一〇七八年所建造，為了讓他所帶領的諾曼人入侵隊伍可以在城堡中安然無恙，避免被意圖復仇的當地人民攻擊。一隻嘎嘎叫的渡鴉讓眾人想起那個古老的傳說，只要倫敦塔裡還有渡鴉棲息著，英國

12 克里斯多福・雷恩爵士（Sir Christopher Wren）：英國天文學家、建築師，曾監造許多知名建築，例如倫敦的聖保羅大教堂、格林威治天文臺、肯辛頓宮等。

就能安全抵禦任何入侵的異教徒。他們一群人朝著皇家珠寶的珍藏庫走去，導覽員就像是讀懂大家心思一般地說：「接下來就是你們期待已久的機會，親眼欣賞由兩萬三千五百七十八件無價的寶物所構成的皇家珠寶。」

「這些寶物是誰的？」

「女王陛下。」衛士很快就給予解答。

有人問道：「不是人民的嗎？」

「不是。」衛士說：「這些珠寶在王室代代相傳，沒有一個政客能動到這些寶物。」

走來珠寶庫的路上，威廉一眼注意到這裡沒有任何一個守衛，負責導覽的衛士看起來已年過六十，而且身材略微肥胖。不過導覽手冊裡信誓旦旦地寫著，近千年來從沒有人成功從倫敦塔逃走過。

但威廉可不是遊客，今天才不是來參觀皇家珠寶的，所以他默默地脫隊，跟隨指示前往鹽塔。他朝著伊莉莎白女王拱門的方向走下斜坡，溜進一個昏暗的地下房間，一二三〇年代末期亨利三世另外擴建了環繞城堡的防護牆，這裡就是其中一部分。這個由石頭堆砌而成的八角形小房間空無一人，可能只有滿腔熱血的歷史學家才會有興趣到訪此處。

威廉記得伊莉莎白・哈德威克曾經因為遭控施展巫術而被囚禁在鹽塔裡，說不定這就是艾德里安挑這裡見面的原因。他選擇坐在石造的壁龕上，這個位置有良好的視野可以盯著入口，才不會被突然進來的人嚇到。

一兩個遊客探頭進來，但看了一眼後就馬上離開前往更有趣的景點了。威廉聽見十一點的鐘聲響起，但他本就不期待艾德里安會準時。他又一次輕拍胸前口袋裡的兩疊鈔票，等待線人的到來。

威廉一抬頭，一個熟悉的身影站在拱廊處，像一隻被逼至角落的猛獸般掃視著整個房間。看見威廉後，艾德里安快步走至他身邊，還沒坐定就連忙問道：「你錢有帶來嗎？」

「一分不少。」威廉展示其中一個透明包裝袋的一角，看見全新的鈔票讓希斯的臉上閃過一抹微笑。威廉一眨眼就將它們放回口袋裡。

他冷靜地開口：「首先，他叫什麼名字？」

「阿塞姆．拉希迪。」

「你有看過他本人嗎？」

「沒有。」

「那你怎麼確定毒蛇就是他？」

「因為瑪莉亞曾經和他交往過一陣子，這也是為什麼我會認識她。」

「你相信她說的話？」

「她是我唯一相信的人。」

威廉回憶起拉蒙特交代的話：「千萬別忘了，你的老同學不是你的好朋友，永遠都不會是。但這不代表你拿到情報之後就不給他錢了，你得遵守承諾，因為我們需要他的信任。」他掏出其中一袋錢交給希斯，轉眼間就進了他的口袋。

「另外一百呢？」希斯問道。

「拉希迪每週五下午五點會去哪裡？」

「博爾頓街二十四號。」

「他住在那裡嗎？」

「誰知道。我只負責找出地點，快把錢拿來。」

威廉掏出第二袋錢交給他，說：「要是你的情報有誤，我會親自把你抓回來這裡，再親自把你綁上肢刑架折磨你。」

「真是不友善呢，」希斯回應道：「虧我為了我的老同學還在調查更大的情報。」

威廉忍住雀躍之情問道：「有什麼發現了嗎？」

「還沒。但如果我成功了，我要夠多的錢讓我跟瑪莉亞可以從此消聲匿跡。」

威廉問道：「消聲匿跡去哪裡？」然而，不像曾經被囚禁在此的伊莉莎白・哈德威克，希斯已經成功溜走了。

6

「我賭他們是要逃去巴西。」威廉說。

拉蒙特提問：「為什麼是巴西？」

「希斯第一次會面的時候說溜嘴了，他提到他女友來自巴西。」

「先別直接下定論。」獵鷹回答：「要是你的老同學給的情報都沒有錯，他會是我們不可多得的關鍵線人。」

「但同時也會花光我們的錢。」

拉蒙特說：「如果阿塞姆．拉希迪的情報是真的，花多少錢都值得。」

「是真的有阿塞姆．拉希迪這個人。」威廉回應道：「國際刑警組織說阿塞姆．拉希迪不是他出生證明上的名字，但的確是他現在使用的名字。」

「這點情報還不值兩百英鎊。」霍克斯比說：「我們還知道些什麼？」

威廉讀著國際刑警組織的報告，一字不漏地匯報：「他在一九四五年出生於法國馬賽，父親是位阿爾及利亞籍的農業工作者，二戰的時候加入法國的抵抗運動[13]，在戰爭結束的幾個星期前遭德方所殺。」

「他的母親呢？」

「法國里昂地方政治世家的千金，家裡直到阿塞姆．拉希迪錄取索邦大學之後才認同他的身分，他也不負眾望地以榮譽學位畢業。」

「接下來呢？」

「他進了巴黎的商學院，然後就像所有移民二代一樣，」阿達加揚起眉毛。「他付出加倍的努力來和土生土長的其他人競爭，最後也如願被里昂的茶葉進口商馬塞爾奈夫公司特別聘任。僅僅三年之後，二十七歲的他就當上阿爾及爾總部的區域總監，是公司史上最年輕的人選。」

霍克斯比問道：「結果怎麼樣？」

「幾年過後，他沒多做解釋就突然請辭，所有馬塞爾奈夫的員工都不清楚確切的原因，畢竟他在的期間讓公司獲益翻了一倍。」

拉蒙特提問：「所以他到底是辭職還是被解僱？搞不好他們只是不想透露他究竟幹了什麼。」

「我也這麼想，所以我已經請反詐騙組去公司註冊處以我們的名義展開全面調查，看看能不能挖到一些他無端辭職的線索。」

「更奇怪的是，」阿達加說：「過了五年之後，他又突然一聲不吭地回到里昂，任命自己為董事長後掌管了整間公司。沒人知道他的資金是從哪來的，那些多嘴的人不是被解僱就是從此人間蒸發。」

威廉回應道：「我很確定馬塞爾奈夫根本就是拉希迪表面上經營的公司罷了，他要掩蓋真正進口的東西，想當然絕對不會是茶葉。英國在一九七三年加入歐洲經濟共同體之後，拉希迪和他的母親就搬來倫敦。她現在住在博爾頓街，我的老同學掛保證說拉希迪每週五下午五點都會去找她。」

「你們覺得她知道自己兒子的雙重身分嗎？」拉蒙特問道。

「我覺得她不知道。」潔琪把握機會加入話題，開始匯報：「我這幾天都在監視著拉希迪太太，她給我的印象就是個模範公民。她會和其他女士相聚吃午餐，會去聽威格摩爾音樂廳定期舉辦的音樂會，喜歡德布西和史特勞斯的曲子，是無國界醫生當地委員會的一員，而且每周日早上一定會去布朗普頓聖堂參加彌撒。這些習慣可能是精心設計的假象，也有可能她是真的不知道自己兒子的真面目。」

13 二戰期間法國的抵抗運動，為了抵抗納粹德國的占領和維琪政權的統治。

霍克斯比問道：「她家應該現在隨時都有人監控著吧？」

「日夜無休。」拉蒙特回答：「但是除了一些當地的業務員和堂區神父偶爾會來訪之外，沒有其他人了。」

「她有僱傭任何人嗎？」霍克斯比繼續問道。

阿達加回答：「一個司機，曾經是隸屬於皇家衛隊的下士。一個廚師和一個女傭，都在她家工作好幾年了。」

「你們下星期五應該會全員出動去確認拉希迪有沒有出現，對吧？雖然拜訪自己的母親可不是什麼罪。」

「對面住了一個退休的事務律師，他迫不及待地借了他的頂樓公寓給我們。更棒的是，他沒有多問什麼問題。」

「那我們就希望拉希迪真的會每週都去找他母親，那兩百英鎊可就算是值得了。」

「還不只這樣，」威廉說：「老同學說他正試著弄到更大的情報。」

「什麼情報？」拉蒙特問道。

「不知道，但他說那個情報會要我們花更他媽多的錢。」

獵鷹回答：「那他的情報最好更他媽勁爆。」

拉蒙特試著總結：「大情報的話只有兩種可能，他聽到有大批毒品要從海外運來的消息——」

「或他找到拉希迪的屠宰場在哪了。」保羅幫他把句子說完。

「屠宰場？」威廉表示疑惑。

「製毒工廠的代稱，毒品在賣出去之前製作和包塑膠膜的地方。」保羅解釋道：「也叫做鍋爐室或溫室。」

「如果真的有大批海外貨物的話，」霍克斯比說：「不要在港口就直接逮捕所有人，要跟著貨物運行的方向一路追蹤到他們的屠宰場。廳長只想要逮到拉希迪，對一些小嘍囉沒有興趣。那這樣就值得期待了，看是威廉的老同學還是潔琪手下的臥底警員比較快追到他們的溫室。」

「我勸你們先別把錢賭在華威克偵緝巡佐身上，」潔琪說：「因為我的臥底警員昨天剛給我新的消息了。」

所有人的注意力集中在羅伊克羅夫特偵緝警員身上。

「從華威克偵緝巡佐的情報下手，我手下代號叫萬寶路的臥底警員現在在三根羽毛酒吧當兼職酒保。」

保羅笑道：「我相信他會努力工作然後當上正職員工的。」

「但也不能過度努力到會讓人起疑的程度。」

「他怎麼這麼快就被錄用了？」威廉發問。

「編號九號的偵緝警員提供了來自威爾特郡某間酒吧的推薦信，裡面的內容能讓任何酒吧老闆眼前一亮，他現在假裝自己是一個西南部來的土包子，正在適應都市喧囂。」拉蒙特提問：「酒吧老闆跟他們是一夥的嗎？」

「他不這麼覺得。」潔琪回答道：「但櫃檯常常會收到好幾大把的鈔票，那個老闆都會假裝沒看到，萬寶路說他當兼職酒保賺到的小費比臥底偵緝警員的薪水還高。」

「這麼辛苦的工作，能多賺一點也是不錯。」拉蒙特安慰道。

威廉皺了一下眉頭，沒有多講什麼。

「他有挖到什麼大情報了嗎？」獵鷹問道：「還是我們還不能太急？」

「他發現一些有勢力的毒販都常常聚在三根羽毛酒吧，所以屠宰場應該離那邊不遠。他也有看到圖利普，但目前還沒有主動和他接觸。」

「做得好。」獵鷹說：「對臥底來說，耐心真的太重要了。如果圖利普懷疑萬寶路可能是警察，他會立刻割破他的喉嚨看著他失血過多，然後悠閒地去點下一杯酒。」

「怎麼會有人想做風險這麼高的工作？」威廉難以想像。

「萬寶路曾經目睹他弟弟因為吸食海洛因過量而死。」潔琪解釋道：「他有自己的理由。」

＊＊＊

潔琪和保羅輪流盯著望遠鏡，監視著二十四號的大門。威廉則和在二十四號附近待命的手下們保持聯絡，囑咐他們要假裝自己是當地居民，才不會讓拉希迪起疑心。與此同時，他也定時彙報現場動態讓留在總部裡的拉蒙特知道。

所有人屏息以待，他們以為拉希迪的司機會開著專門的轎車從廣場的盡頭出現，結果卻出乎眾人的意料之外，一輛黑色計程車在接近五點整時停在了二十四號的門前。攝影師警員調整好鏡頭焦距，從計程車門開啟的那刻就直按快門。走下車的是一位中等身高且衣著得體的男人，儘管下午天氣很溫暖，仍身穿黑色大衣，戴著帽子、圍巾和皮革手套。他踩上人行道，推開大門，踏上通往前門的小徑。最後，敲了一下門。

拉希迪的母親開門又抱了一下她兒子的那刻，攝影師已經捕捉到了三十九幀畫面，但他對結果卻並不樂觀。前門關起的瞬間，威廉立刻下令出動不載客的警察廳專屬計程車來現場待命，畢竟如果拉希迪離開的時候是用走的，他可不能冒險讓警車尾隨他。同時，威廉也急忙呼叫總部，向警司報告最新狀況。

「小心點。」拉蒙特叮囑道：「我們不用急著知道拉希迪每週五下午會去哪裡。但是假如他突然懷疑有警察盯上他，我們現在就會看著他跑了。要記住，慢慢來才能萬無一失。」

「收到。」威廉回答。

潔琪和保羅死死盯著二十四號的前門，一刻也沒有鬆懈。

這時，威廉聽到對講機傳來聲響。

「我在地利根德路了。」另一頭傳來聲音。

「記得避人耳目。」威廉說：「等我一下令你就打開空車的標示燈，然後開進來博爾頓街。沿途不要載任何人，你的乘客穿著黑色大衣，戴著帽子圍巾和手套。」

「收到。」

接近兩個小時過後，前門終於再度打開，而拉希迪也終於再次出現在眾人眼前。他的母親給了他一個更久的擁抱，一旁的唇語專家告訴眾人他母親說了什麼：「阿塞姆，我們下週五見。」攝影師也再度把握時間猛按快門。

拉希迪沿著小徑開始向外走，威廉立刻拿起對講機下令：「就是現在，目標一號移動中。」

拉希迪打開大門踏上人行道的瞬間，計程車一分不差地出現，寫著空車的標示燈在傍晚微暗的天色中隱隱發亮。然而，拉希迪直接無視計程車並繼續往前走。

「該死。」潔琪大感不妙。拉希迪在轉角處拐了彎，消失在眾人視野中。

「快去啊，阿達加。」威廉說：「上去那台計程車。」

「沒問題，巡佐。」保羅躍下階梯往街上奔去，計程車已經在那裡待命。他衝進車內的當下，司機立刻踩下油門，害得他身體傾倒在後座。他們跟著拉希迪轉彎之後，保羅看見他坐上另一輛開往他們方向的計程車，不禁懷疑為什麼拉希迪一開始會無視他們的計程車。就在紅燈的瞬間，拉希迪搭的那輛計程車在道路盡頭左轉，要不是有輛大貨車擋在前面，丹尼・艾夫斯警員恨不得趕快闖紅燈追上去。

「我們跟丟了。」丹尼說。

「你要去跟華威克偵緝巡佐坦承嗎？還是我？」保羅問道。

「真是個蠢問題。」

❊ ❊ ❊

「你們跟丟了？」獵鷹一臉不可置信。所有人都已回到總部，圍著他辦公室裡的桌子正襟危坐。

「恐怕是這樣，長官。」威廉說：「但我們現在知道他有自己專屬的計程車，我們接下來會跟著車，不只是跟著人。」

「那你們要記得每週換車牌，如果追很遠的話要換不同輛計程車。我不在乎你們要花多少個星期五才能追到他的屠宰場，我只在乎結果。」

拉蒙特附和道：「沒錯。」他翻閱著現場的照片說：「拍到的照片有什麼有用的資訊嗎？」

「只知道我們要對付的是個很謹慎的人，」威廉說：「我們幾乎看不到他的正臉。但鑑識科有發現一些有趣的情報。」

「願聞其詳。」霍克斯比說出了他的口頭禪。

「可以近距離觀察一下他的手套。專家們仔細分析了每張照片，他們確信拉希迪的左手無名指是斷掉的。」

「怎麼看出來的？」

「仔細看一下第四十六幀畫面的特寫，他的大拇指有碰到他母親的背，但手套在無名指的地方是鬆的。對照到第五十二幀畫面的特寫，所有手指包括無名指都有緊貼著他母親的手臂。」

「厲害。」獵鷹稱讚道。

「拉希迪也不遑多讓。」威廉說：「我們經不起任何失誤。」

「你想表示什麼，華威克偵緝巡佐？」拉蒙特問道。

「他很顯然是個老奸巨猾又謹慎行事的人，所以我們得隨時處於警戒狀態，不然每週五都只能眼看著他從花園廣場離開。」

「講重點，華威克。」獵鷹說。

「拉希迪明明是個極其富有的人，但他去拜訪母親的時候卻不是讓司機接送，而是搭不知名的計程車。他也沒有保鏢，可能因為不想引人注目。我就直說了，我們面對的是個本來可以當上大公司的董事長、內閣大臣或是在倫敦政經學院任教的人，但他卻選擇了犯罪生涯。」

拉蒙特說：「賺的錢可比那前面三個職業加起來還多呢。」

威廉掃視了一圈，凝重地說：「你們有聯想到哪個我們認識的人嗎？」

「我們的目標根本就像是另一個福克納。」獵鷹哀嘆了一口氣。

潔琪說：「希望他們永遠不要認識彼此。」

「除非是在彭頓維爾監獄裡。」

7

每個上班日大約早上七點半的時候，潔琪會搭地鐵到聖詹姆士公園站，然後過馬路走到對面的倫敦警察廳總部。但星期四是個例外。

每星期四，她會提早一站在維多利亞站下車，從出口走到維多利亞街，直行幾百英尺之後右轉，走過鋪著石磚的城市廣場後，抵達西敏主教座堂的南側入口。她會跟在團體行動的遊客們後面，才不會引人注目。

這星期四早晨，踏進教堂後映入眼簾的景象一如往常，零星幾個教徒四散在長椅的座位上，正低著頭向她不再信仰的神祈禱著。潔琪沿著左側的走道緩緩前進，一邊努力不引人注目，一邊欣賞著每根柱子上艾瑞克・吉爾以耶穌苦路十四站為題的浮雕作品。她突然意識到，如果這位偉大的雕刻家還在世，她或許得立刻逮捕他[14]。不過既然殺了人的卡拉瓦喬都能憑藉權勢獲得教宗的赦免，樞機主教又何嘗不能寬恕吉爾不檢點的私生活呢？況且十誡裡

14 艾瑞克・吉爾（Eric Gill）為英格蘭雕刻家，因對其女兒及寵物施行性虐待而惡名昭彰。

可沒有提到他的罪行。

潔琪在聖母瑪莉亞的雕像前停下腳步，十幾支剛點燃的蠟燭照耀著肖像，下方則是一個奉獻箱。確認四周沒人注意到她之後，潔琪從皮包裡拿出鑰匙將木造的小箱子打開。箱底四散著幾個硬幣，她心想：「甚至比上週更少了呢。」再次確認沒人看見她之後，潔琪從箱子裡取出擺放在角落的萬寶路菸盒，迅速放進皮包裡，最後將箱子鎖好恢復原狀。她接著繼續走向祭壇，朝著十字架低頭敬禮，繞到右側走道，走經這一側的苦路十四站浮雕後離開了教堂。

潔琪只花了五分鐘就完成任務並繼續去上班。進入總部時，她並沒有像往常一樣搭電梯直達四樓的辦公室，而是去到地下一樓，也就是操作黑魔法的地方。

潔琪不疾不徐地行走在燈火通明的走廊上，來到一扇門前才停下腳步，印在毛玻璃上的整齊黑色文字寫著「貝克沃斯警員」。

潔琪敲門後不等回應就進入了辦公室，徑直走向貝克沃斯警員，將菸盒放到她的桌上。這位年輕女警抬頭看了潔琪一眼，臉上毫無訝異之情。她一聲不吭地打開菸盒，熟練地取出盒子內側的銀紙，將其鋪平在桌上，並小心翼翼用掌心將紙上的一些皺摺壓平。接著，她拿著銀紙走到房間另一端角落裡的機器那邊，掀開機器的蓋子將銀紙放在銅片上。她蓋上機器並打開開關，一陣亮光出現在機器內部，她等了一下之後才又把蓋子掀開。她專注地觀察著銀紙，有些文字正慢慢浮現，她接著將銀紙上的訊息抄在一張白色的小卡片上，將卡片放入信封並密封好，最後交給那位一週見面一次的訪客。潔琪鞠躬致意，這是她唯一會的手語，貝克沃斯警員以更流暢的姿勢回禮，並走回她的辦公桌。

轉身離開之前，潔琪向這位年輕警員舉起大拇指示意，但她已經開始繼續忙著手邊的工作，正將銀紙收進桌旁的檔案櫃裡。

潔琪搭電梯來到四樓，安琪拉著急地帶她進入大隊長辦公室。她十分訝異，威廉和獵鷹已經都坐在辦公室裡，而且看起來等了她一陣子。潔琪將密封著的信封交給老大，大隊長打開信封並詳讀卡片許久之後，說：「雖然我不能直接說出卡片上的內容，但我可以將和你們案子相關的資訊告訴你們。」

潔琪坐到威廉旁邊的位子上。

「每週四早上大約七點的時候，我們的臥底警察會將一個空菸盒投進西敏主教座堂裡的奉獻箱，接著一小時後再由潔琪去將菸盒取回，這就是臥底向我匯報資訊的方式。」

威廉問道：「那你怎麼聯絡他？」

「潔琪每週三傍晚回家途中會去同樣的奉獻箱裡投入空的菸盒。我想貝克沃斯警員沒讓妳知道今天的訊息吧？」大隊長對潔琪說。

「沒有，長官。」

「卡片上總共提到六個名字，只有三個名字和你們目前的案子有直接關聯。艾德里安．希斯，毒品使用者，我們原本就知道了。圖利普，毒販，我們也知道。不過眾神偶爾會賜予我們小禮物，邁爾斯．福克納，不定期的毒品買家，還真是個意外之喜，而且可能會是我們的突破口。如果福克納十七號在林普頓大宅的晚宴會需要毒品，你或許可以打給你的老同學問問看能不能挖到什麼細節。」

「我沒辦法打給他。」威廉說：「一直以來都是他聯絡我的。」

「那我們就只能等到他沒錢了。」獵鷹說：「每個毒蟲的致命傷。」

「希斯說不定能確認福克納是不是真的有吸毒，甚至找出向他提供毒品的人，但希斯會不會願意出庭作證就是另一回事了。」

「你跟我說過他女友很想回去巴西，他也很想一起回去。如果我們跟他保證可以去巴西的話，說不定他就會同意出庭。」

「那就希望他對瑪莉亞的愛有超過他對拉希迪的恐懼了。」

＊　＊　＊

「然後你就再把黑球放回原位。」威廉一邊教學，一邊拿起巧克塗抹球桿的尖端。

保羅倚著司諾克球檯的邊緣，把母球和紅球們排好準備下一次出桿。

「沒救了。」他喃喃自語。保羅瞄準的紅球沒有成功落袋，反而彈回球檯正中央，讓威廉的下一次擊球變得輕而易舉。

威廉一上場就連續拿下三十二分，保羅就算接下來再怎麼阻礙威廉擊球也差之千里，他乾脆坐在一旁放棄了比賽。

威廉將他的球桿收回袋子裡，問道：「有空喝點小酒嗎？」

「當然可以，巡佐。」保羅回答道。

「執行勤務的時候才需要叫我巡佐。」兩人一同靠在娛樂室角落裡的桌子上，威廉喝了一小口啤酒後提問：「你被派到這裡之後還習慣嗎？」

保羅回答：「我很高興能被調來總部，這是我一直以來的夢想，沒想到真的實現了。」

「有你的加入是我們的榮幸。」威廉說：「我或許知道怎麼處理林布蘭畫作的案子，但對於毒品我還是個徹頭徹尾的菜鳥。」

保羅回應道：「過不久你就會懂得跟任何一個毒販一樣多了，到時候你就會恨不得把他們全部抓去關起來，然後把牢房鑰匙丟掉希望他們永不見天日。」

「連那些癮君子也是嗎？」

「他們不一樣，你到最後只會覺得他們很可憐。」

「我好像本來就這麼覺得了。那你適應得怎麼樣？」威廉試圖轉移話題。

「還不錯，我覺得我已經融入大家了。」

「有遇到什麼問題嗎？」

「都還應付得來。」

「有人對你露出你怪臉色嗎？」

「老一輩的人會，但坦白說他們永遠都不可能接受我的。不過年輕一點的就不會這樣。」

「有哪些人會故意找你麻煩嗎？」

「拉蒙特很明顯不太能接受我來的事實，但我也不怎麼意外，他就是老一輩的思想，我只需要證明我自己就夠了。」

「不知道能不能安慰到你，但我剛加入隊伍的時候拉蒙特也不接受我。別忘了，他是蘇格蘭人，所以我跟你對他來說都算是非法移民。」

保羅笑了出來。「就算我不是在拉哥斯[15]而是在格拉斯哥[16]出生，對他來說也應該也不會有什麼差別。」

「你有發現大隊長、潔琪和他們的臥底警察三個人之間的共同點嗎？」

「沒有，」保羅放下啤酒杯說：「我從來沒想過。」

「他們都是羅馬派的。」

「羅馬天主教？」

「其中拉蒙特還是共濟會的，你可以注意他奇特的握手方式。他們難免會質疑我們的能力，因為我們都是透過快速升遷計畫進來的，所以我們要照顧彼此。不說這些了，你當初為什麼會想當警察？」

「小時候讀太多柯南．道爾，讀太少薩克萊[17]。更慘的是，我父親是老師，他覺得我只要沒當上大隊長學校就白念了。」

「我家也有一樣的問題。」威廉舉起他的酒杯。「但我父親更誇張，沒當到廳長他是不會認同的，你記得別跟其他人說。」

「大家早就知道了。」保羅邊笑邊回答：「但我還是會全力以赴，不會輸給你的。」

「期待你的表現。要再來一局司諾克嗎？」

「不了，我今天晚上已經被羞辱夠了。」

「要不要順道來我家吃個晚餐，和貝絲見個面？」

15 拉哥斯（Lagos）：奈及利亞的第一大城，在故事的當年仍是該國首都。

16 格拉斯哥（Glasgow）：蘇格蘭最大城市。

17 薩克萊（William Makepeace Thackeray）：英國小說家，《浮華世界》（*Vanity Fair*）的作者。

「下次再看看吧，威廉。我今晚有個約會，信不信由你，我覺得她還挺喜歡我的。」

「肯定是第一次約會。」

＊　＊　＊

威廉正沉浸在夢鄉，床頭的電話卻突然響起。博物館的同事不可能這個時間點打給貝絲，那就只有可能是他了，威廉拿起話筒，希望電話鈴聲沒有吵醒她。

「我們得馬上見面。」電話那頭是熟悉的聲音。

威廉差點就脫口而出自己早就等他很久了，但最後忍住只問道：「哪裡會合？什麼時候？」

「泰德美術館，明天早上十一點。」

「為什麼選那裡？」

「因為美術館裡不會有毒販在那邊閒晃等買家上門。我記得藝術史是你上學時候最喜歡的科目，那就交給你來選見面地點。」

「三號畫廊裡有個亨利．摩爾的大型作品。」

「亨利．摩爾是誰？」

「你絕對能一眼看到它的。」

「那明天十一點在那裡會合。」

威廉糾正道：「已經是今天了。」但艾德里安早已掛斷電話。

「是誰打來的？」貝絲醒了。

❊ ❊ ❊

「我是喬瑟芬．霍克斯比。」

「午安，霍克斯比太太，我是貝絲．雷恩斯福德。不好意思來電打擾您，只是——」

「妳有邀請傑克和我去參加你們下個月的婚禮，我們非常期待。」

「謝謝您這麼說。」貝絲回應道：「威廉和我都很高興您們能夠出席。不過這並不是我致電給您的原因，我有一件私事想尋求一些建議，但可能不太適合在電話裡講。」

「當然沒問題，我們下星期五去喝杯下午茶吧，下午五點在福南梅森[18]見面如何？在那裡我就確定不會有愛管閒事的警察來偷聽了。」

18　福南梅森（Fortnum and Mason）是英國知名的百貨公司，專賣高級食品及奢侈品。

＊＊＊

向拉蒙特匯報完清晨那通電話之後，威廉離開總部前往泰德美術館與他的老同學會合。威廉迫不及待想知道艾德里安為何急著見面，他爬著陡峭的階梯來到美術館入口，邊走邊思考一些該問的問題。

時間還早，但威廉還是直接來到了三號畫廊，有一小群遊客正在欣賞著亨利・摩爾的《斜倚的人形》。他默默等待希斯出現，為了不那麼焦慮而開始四處走動，重新回憶起一些以前讀過的藝術作品，也多認識了一些新的作品。他時不時就回頭看向摩爾的雕塑，但希斯這次又遲到了，他只好放慢腳步又繞了一圈。

時間來到十一點二十分，希斯這才慢悠悠地走進三號畫廊，可能盤算著遲到會讓他比較有優勢。威廉已經晃去艾瑞克・吉爾的《耶穌受難像》面前，希斯沒多久後走到他旁邊。

「我們邊走邊說，」威廉說：「才不會被聽見。」

希斯點頭回應，威廉走到米萊的《奧菲莉亞》前停下腳步，他試圖專注在希斯身上而非眼前美麗的景象。「幹麼這麼急著見面？」

「你還記得圖利普嗎？」

「當然，他是你的毒販。」

「現在不是了。」

威廉問道：「為什麼？」有人來到旁邊共同沉溺於《奧菲莉亞》的哀惋神貌，他們趕緊移動到史塔布斯的《馬遭到獅子攻擊》畫前。

「圖利普在被警察抓走之前把一包古柯鹼吞了下去，所以現在住院了。」

「職業傷害。」威廉冷冷回應。

「可以好好利用一番，他請我在他住院期間幫他供貨給買家。」

威廉假裝專心地欣賞康斯塔伯筆下諾福克郡的河流美景，實則在心裡仔細衡量艾德里安那句話能為他們的調查帶來多大的優勢。

有人口中唸唸有詞地走到他們旁邊：「康斯塔伯和透納只差一歲，作畫風格卻天差地別。前者崇尚古典且老派，後者忠於自我且反骨，也難怪他們兩人當不成朋友。」

「聽起來跟我們很像。」希斯走向別的地方，假裝要欣賞其他畫作。威廉一跟上他的腳步，他就立刻開口：「我們還是談正事吧，我需要你幫個忙。」

「幫什麼忙？」他們俯身近距離看著莫蘭的《占卜師》。

「圖利普不在，我要把握這個機會大撈一筆好讓我遠走高飛。你們警察這幾週先不要來盯我，我只要求這樣。」

「我們憑什麼要順你的意？」

「圖利普一回來，我就告訴你們他所有聯絡人的名字。」

「他會殺了你。」

「在他發現之前我會先逃到地球的另一端，這樣就沒事了。」

威廉說：「只有聯絡人的名字還不夠。」有兩個人也來到他們旁邊欣賞莫蘭的作品。

希斯問道：「你還要什麼？」他們再次往沒人的地方去。

「拉希迪的屠宰場在哪裡？」

「這連瑪莉亞都不知道，但我已經在找了。」

「那我們從簡單一點的任務開始吧，讓你證明一下自己。」

「什麼？」

「圖利普有個買家叫做邁爾斯．福克納。」

「我在名單上看過這個名字，他不是常客，每次都只要最純的貨，而且都一次結清一大筆錢，不過他最近都沒有跟圖利普聯絡。」

「他近期會聯絡的。」威廉沒有多作解釋，「他聯絡你之後，我要知道他訂了哪些毒品，還有指定毒品要送去哪裡。」

「要是我告訴你這些資訊，你就會讓我在圖利普回來之前安心處理我的事？」

「還得先經過我們長官同意。但是假如他同意了，你卻沒有完成任務，我會親自到醫院探望圖利普，跟他說他不在的時候你都在幹麼。」

「你不會這樣對待老朋友的。」

威廉說：「就像康斯塔伯和透納一樣，我們不是朋友。」他們已經走回艾瑞克．吉爾的《耶穌受難像》前面。

「我得承認，」希斯說：「摩爾的作品真的還不錯。」

8

「車牌不一樣，但是是同一台計程車。」潔琪放下望遠鏡說。

威廉問道：「你怎麼知道？」

一台黑色計程車緩緩開進博爾頓街。

「後座置物架上的那盒舒潔衛生紙一模一樣。」

「好眼力。」威廉說。他們看著拉希迪走出計程車，打開二十四號房子的大門。

「跟上次一模一樣的帽子、手套、大衣和圍巾。」保羅說：「真是個生活有規律的人。」

威廉說：「他的規律也可能變成他的敗因。」

拉希迪一踏出計程車外，攝影師就立刻開始猛按快門。他已經事先提醒過威廉，因為拉希迪全身都包緊緊，他不覺得今天拍到的照片會比上週五好到哪裡去。

拉希迪還沒敲門，前門就已經打開。他的母親像上週一樣給他大大的擁抱，攝影師也抓住機會近拍他的左手手套。片刻過後，這對母子就進了門。

威廉打開與總部連線的對講機，向各單位宣布：「所有人員待命，所有人員待命，目標一號已抵達地點並進入屋內。根據上週的情況，他至少兩個小時過後才會出來。」

「你支援安排得怎麼樣？」拉蒙特問道。

「廣場的三個出口都各有一台計程車待命，一下令就能馬上行動。」

「現場的警力呢？」

「計程車後座都各有兩名便衣員警。」

「車子呢？」

「博爾頓街到伯爵宮之間有四輛偵防車待命，一下令就能馬上行動。」

「他出來的時候再通知我。」

「遵命，長官。」

拉蒙特關掉對講機，埋怨道：「你都不會希望我們在現場發號施令，而不是坐在辦公室裡監督嗎？。」

「當然。」獵鷹坦承：「但我老婆會生氣。」

＊＊＊

「牛奶和糖都要嗎？」

「牛奶就好，謝謝您，霍克斯比太太。」

「叫我喬瑟芬就好了。」她將一杯茶遞給貝絲。「我們通電話之後，我已經想了很久要跟妳說什麼。」

「可是我還沒提過我為什麼想與您見面。」

「不難猜，妳想知道我和一個警察結婚三十年是怎麼度過的。」

「這麼明顯嗎？」貝絲被猜中了。

「和警察結婚後的日子用兩個字概括就是地獄。每個等不到人的深夜、突如其來取消的約會、不能問出口的問題，還有最難受的就是害怕他哪天突然就沒有回家的恐懼。可是儘管如此，我對傑克的愛從來沒有變過。」

「但是警察廳裡有好多離婚的案例。」貝絲說：「拉蒙特警司還有潔琪，這還只是我們組裡的人而已。」

「的確。但你會開始接受事實，罪犯什麼時候出現，警察就也得出現，雖然罪犯還比警察有更多假期可以到處遊玩。」貝絲笑了出來。「警察從來都不是朝九晚五的工作。傑克有跟我提過威廉，他說他不像那些問題百出的警察們。」貝絲放下了茶杯。「他不會雄性激素過於旺盛，到處跟女警亂來。」

「有什麼辦法可以確定他會不會安分守己一輩子？」

「沒有辦法。但傑克跟我說過妳們家威廉是個傑出的年輕人，全心全意只忠於妳一個伴侶。」

「我也全心全意只愛他一人，但是他會需要一個也同樣傑出的人作為伴侶，而我只是個菲茲墨林博物館的研究助理，真的就做著朝九晚五的工作。」

「幸好你們其中一個人是有正常工作的。」喬瑟芬邊說邊挑了一塊小黃瓜三明治。

「但我怕他心裡已經有更重要的東西了。」

「妳是指他滿心都只有工作嗎？」貝絲點了點頭。「親愛的，每個優秀的警察都是這樣的。但是假如我回到了三十年前，他再重新跟我求婚一次，我還是會答應當年的那個傑克．霍克斯比警員。」

「喬瑟芬，我能問一個私人一點的問題嗎？」

「當然可以。」

「妳有想過和妳丈夫離婚嗎？」

「從來沒有，但謀殺倒是想過幾次。」

❊　❊　❊

「你有收到婚禮的邀請函嗎？」拉蒙特問道。

「有，我和喬瑟芬都很期待，不過現場應該會有很多我只在證人席上看過的大律師。」

「說不定還會有幾個罪犯。」

「不會的。」霍克斯比說：「御用大律師朱利安．華威克爵士做人公私分明，所以布斯．華生絕對不可能受邀的。」

拉蒙特噗哧一笑，說：「你有見過貝絲了嗎？」

「只有去菲茲墨林博物館看林布蘭畫作揭幕的那時候有見過，不難看出威廉為什麼會喜歡上她。」

「誰來救救那個可憐的女孩。」

「怎麼說？布魯斯。」

「我離了三次婚，羅伊克羅夫特偵緝警員也離過一次。說實話，就只有你是個特例。」

「我有預感威廉也會是那個特例，我只擔心貝絲會想要他離開警察廳。」

拉蒙特回應道：「我那三個前妻都努力過了，結果還是一樣。每次我一晉升，就有一個妻子離開我，離婚之前還不忘把我的錢花光。」

「我很確定威廉不會跟你一樣的。」獵鷹說：「但我還得仰賴你把唱詩班小弟身上的乖乖牌氣息洗掉，不然我根本不會考慮讓他升上偵緝督察。」

有黑咖啡。」

「那阿達加呢？」

「假如他能撐過在路上執勤時會遇到的種族偏見——」

「更別說還有總部裡的了。」拉蒙特說：「我剛入職的時候，放眼望去黑色的東西就只

「你有看《除暴安良》[19]嗎？」獵鷹問道。

「有，我每集都有看。我覺得我根本就是男主角。」

獵鷹忍不住偷笑，說：「但你有發現上禮拜重播的片段哪裡出錯了嗎？」

「請說。」

「我們會用『黑色瑪莉亞』來代稱囚車對吧？劇中雷根偵緝督察說是以一位聽審時總穿著黑色洋裝的女子命名的，但是阿達加偵緝警員告訴我，這個詞實際上是源自一位叫瑪莉亞的女人，她在波士頓經營一家不正經的民宿，警察得經常去那裡抓人。」

拉蒙特說：「阿達加跟華威克一樣，常常告訴我們一些沒用的知識。」

「他們也一樣都很聰明。」獵鷹說：「坦白說，威廉這次真的棋逢敵手。而且到二〇二〇年的時候，警察廳說不定會迎來第一位黑人廳長。」

「只要不是女的來當廳長就好。」

獵鷹正準備說點什麼，對講機傳來的聲音卻突然將兩人拉回現實。

「目標出現了。」威廉說。

※ ※ ※

兩人道別前的舉動與上週相同，母親給了他一個擁抱，接著一起沿著步道走向大門。這次唯一的差別在於拉希迪走出大門踏上人行道之後，他向左轉，不再是向右轉。

「所有人員隨時待命，他往博爾頓花園的方向過去了。隨時待命。」威廉接連下令。

「發現目標，發現目標。」對講機傳來聲響。「目標搭上一輛空車標示燈沒有亮的計程車，他們開走了，在布朗普頓路上往西邊前進。」

「發現目標，我看到他們了。」丹尼說。

威廉回應道：「再跟緊他們一英里就好，你們後面有偵防車等著接手。」

「收到。」丹尼保持著適當的距離，不會太遠也不會太近。過了不久他又回報道：「目標移動到外側車道，可能要右轉。」

威廉回答：「也可能繼續直走，這樣我們說不定能跟到他的住處。」

19 除暴安良（*The Sweeney*）：英國七〇年代高人氣的警察電視劇。

「我比較想知道他工作的地方，」拉蒙特說：「但我不期待我們能這麼幸運。」

威廉給出下一個命令：「丹尼，你可以先撤退了，換偵防車接手。不過你還是要隨時待命，以免等一下還需要你出馬。」

威廉被眼前的景象逗樂了，四台偵防車都是車齡五年的奧斯汀阿萊格羅，而且車身都是最常見的顏色，所以沒有外人會多看它們第二眼。只不過每台引擎的加強馬力其實都能隨時衝到一百二十英里，但是現在眼前的那四台車車速都不超過四十，平穩地開在大西部路的中間車道上。

「目標開到奇斯威克圓環了，看起來要上M４高速公路。」

「計程車開上M４公路之後通常會去哪？」威廉心裡其實已經有答案，卻仍拋出這個問題。

丹尼回答：「機場。」

「知道這樣就夠了。」

「我們越來越能確定他要上高速公路了。」偵防車的司機回報道：「已經快要沒有匝道可以下去了。」

「你開上漢默史密斯高架橋，讓丹尼接手跟著他，畢竟計程車出現在高速公路看起來比較正常，尤其拉希迪又是要去機場。但是丹尼，假如他們的計程車繼續留在外側車道的話，就換偵防車跟著，你就從希斯洛出口那邊下公路，然後直接回來總部。」

「沒問題，巡佐。」

「目標切回中間車道，而且車速變慢了。」丹尼說：「我覺得你的預測是正確的，巡佐。他們一定是要去希斯洛機場。」

「該死。」威廉責怪自己：「我安排的人數不夠分配到三個航廈。」

「他看起來要去第一航廈，國內航班。」

「保持距離。」威廉說：「保羅，準備好跟著他一起進入航廈。」

「我已經做好萬全準備了，巡佐。」

接著是一陣短暫的沉默，威廉在房間裡來回踱步，假如每週都要經歷這樣的高壓考驗，在他們找到目標要去哪裡之前，他的鞋底會先因為他太常焦慮地走來走去而被磨平。

丹尼回報現場情況：「他下車了，正往出境的地方走去，保羅跟在他後面。」

「他有提著任何東西嗎？」

「沒有，巡佐。」

「那他不太可能要搭飛機去別的地方。」

潔琪說：「難道他是要在這裡和別人會合嗎？」

「不太可能約在出境大廳見面，我猜這又是他慣用的伎倆，用來甩掉想跟蹤他的任何人。」

丹尼回報道：「保羅進去航廈了。」

「拉希迪剛剛搭的計程車去哪了？」威廉發問。

「開走了，我要跟上去嗎？」

「不用，如果司機是內行人，他會發現你在跟蹤他。先等保羅告訴我們拉希迪要去哪裡。」

「我跟丟他了，長官。」保羅語氣心虛地坦承：「出境這裡的出入口太複雜了，而且四面八方都有好幾千個人在走來走去。」

「是我的問題。」威廉說：「我應該讓丹尼跟上那台計程車的。」

「下星期記得三個航廈都安排人力就好。」霍克斯比說，剛才的所有狀況他都一字不漏地聽到了。

「你怎麼確定他下週還會去找他母親？」威廉盡力掩蓋住沮喪的語氣。

「拉希迪和我有一個共同點。」獵鷹說：「我們都不會放母親的鴿子。」

9

「車子已經來了喔。」貝絲的父親敲了敲臥室的門。

貝絲的母親回答道：「我們快好了，亞瑟。再給我們幾分鐘。」

亞瑟看了一眼手錶，禮車司機今早試走了一趟從這裡到教堂的路，只花了十一分鐘。他知道按照傳統新娘本來就可以晚一點進場，但也不應該晚到新郎會開始緊張的地步，更不用說全場有兩百位賓客正在等待。

貝絲再次注視著鏡中的自己，她的美貌一如既往，無法想像有比她身上這套婚紗更美麗的其他選擇了。父親至今犧牲了太多，只為了讓今天成為她人生中難忘的回憶，她深知自己對父親的感激之情永遠無以回報。

「每個新娘子在婚禮當天都會這麼忐忑不安嗎？」她小聲地唸道，幾乎像是在自言自語。

「我結婚那天也是這樣的。」她的母親一邊坦承，一邊幫貝絲調整好頭紗的位置。「所以每個新娘應該都會不安的。」

敲門聲再次響起。

「典禮一定要妳們出席了才會開始喔。」亞瑟再一次提醒她們，接著走下樓打開前門，著急地在步道上徘徊。

不久後，貝絲終於從樓梯間登場。看見她的這一刻，就和所有新娘子的父親一樣，亞瑟成了世界上最驕傲的男人。他走出屋子打開勞斯萊斯後座的車門，等貝絲上車之後才跟著坐上後座，就連這個簡單的步驟他都已經排練過好多次。勞斯萊斯平穩地出發，亞瑟猶豫是否該請司機加速，最後還是打消了念頭。

他轉頭再次看著今天盛裝打扮的女兒，說：「妳簡直美若天仙，威廉可真是個幸運的男人。」

「我好緊張。」貝絲說：「希望沒有人看得出來。」

「這種場合怎麼可能不緊張呢？妳今天可是要去簽一份為期終生的合夥協議書，而且還是沒有豁免條款的那種。」

「父親，我真不知道該如何感謝您。不只是今天，這麼多年來要是沒有您超乎常人的慈愛和付出，現在我所珍惜的一切都不可能實現，我知道我有時候一定快把您逼瘋了。」

「不只有時候，是很多時候才對。」亞瑟笑著回應道：「但我很高興能夠將這個責任交付給威廉。託他的福我才能離開監獄和繼續工作，當時只有妳還沒有放棄希望。」他握住貝絲的手。「全世界的父親都會覺得沒有人能配得上自己女兒，更何況妳又是獨生女，但我很期待看到威廉成為我的女婿。當然他還沒有好到可以配得上妳，但他將來會的！」

貝絲笑了出來，說：「母親說您有去酒吧參加威廉的告別單身派對。」

「我去一下子而已。」

「她可不是這樣說的。」

「別擔心，警察廳總部裡一半的人都在場監督他。他那天只不過講了幾個粗俗的笑話然後唱歌的時候大走音，除此之外我載他回家的時候他都還是清醒的。妳知道他的綽號嗎？」亞瑟問道。車子轉進大街，堂區古老的聖安多尼教堂映入眼簾。

「唱詩班小弟。」她回答，但沒有說出平常私底下叫威廉的小名。

她和威廉這週已經來教堂彩排過幾次，年長的馬丁・帝斯戴爾堂區神父是一位令人景仰的紳士，他一步步帶他們走過儀式流程，並強調一定要在神的見證下朗誦結婚誓詞，最後也提醒他們當天不可能全程順利，計畫趕不上變化。

勞斯萊斯在教堂外停了下來，亞瑟又看了一眼手錶，他們已經遲到七分鐘了。他知道現在的威廉一定急得焦頭爛額，但他也知道，當歡天喜地的教堂鐘聲響起，新娘從走道盡頭出現的那一刻，威廉的不安就會煙消雲散。

亞瑟走出車外，扶著車門讓女兒下車。首席伴娘快步來到貝絲身後拉起拖曳著的裙擺，接著向其他伴娘點頭示意，她們也迅速排成一列。背景響起孟德爾頌的《結婚進行曲》，貝絲挽著父親的手臂一起走入教堂。

眾人聞聲起立，貝絲在走道上緩步向前。她望向左側，零星幾個面孔是她學生時期還有就讀杜倫大學時的朋友，其餘大部分人都是菲茲墨林博物館的同事。

而在右側，坐滿長椅的一大群人像是警察集會或是一支來比賽的橄欖球隊，中間穿插幾位威廉學生時期還有就讀倫敦國王學院時的好朋友。看見吉諾的時候她不禁莞爾，想起和威廉第一次約會的場景。[20]

貝絲繼續往前走，經過霍克斯比夫婦、緊牽著手的葛蕾絲和克萊兒、潔琪·羅伊克羅夫特、保羅·阿達加，還有朝她微微頷首的提姆·諾克斯。最後，她看見站在祭壇台階上的威廉，他看起來英俊瀟灑，身穿燕尾服和白色襯衫，繫著一條銀色領帶，扣眼別著一朵粉紅色的康乃馨。他一臉緊張地微笑著，和初次見面時貝絲注意到的笑容一模一樣。那天他來到菲茲墨林博物館參加本該由館長主持的講座；要是提姆沒有生病，貝絲就不會臨時被叫去頂替他演講，她和威廉也不會初次相遇。貝絲不曾向任何人說過一件事，連威廉都沒有；那天首次在公開場合演講就已經夠困難了，竟然還有個極度帥氣的年輕男子沒在專心看畫，眼神時不時飄過來，害得她更加不知所措。

貝絲和父親走到了祭壇的台階前。亞瑟·雷恩福德鬆開勾著的手，退後一步到前排長椅和妻子一同坐著，他明白下次再牽起女兒的手時，她就比現在多一個身分了。

貝絲走上台階，威廉深情的眼神一刻都沒有離開過她，彷彿不敢相信自己竟能如此幸運與夢中情人終成眷屬。

「我等不及要解開妳的第七層紗了。[21]」威廉戲謔地低聲說。

「收斂一點，你這個野蠻人。」貝絲很慶幸威廉看不見她紅得發燙的臉頰。

當最後一個和弦結束，管風琴安靜無聲，神父便歡迎新娘及新郎的到來並開始儀式。他面對著台下群眾朗誦道：「各位親朋好友，我們今天齊聚一堂，在上帝及諸位的見證下……」

整個儀式的流程貝絲已經熟記於心，她現在就像是一位在等待布幕升起的演員，準備獻上人生中最重要的演出。所以當神父說出：「假如有任何男士反對這對新人共結連理……」貝絲心裡只顧著思考：「那女士呢？」她從彩排的時候就在疑惑了[22]。

「……，請現在提出異議，否則請永遠保持緘默。」

20 吉諾是高級餐廳的服務生，曾第一集中，熱心地想幫第一次與貝絲約會的威廉加分。

21 七層紗：典故來自王爾德的歌劇《莎樂美》（*Salome*），莎樂美身穿七層紗在希律王面前跳舞。

22 「任何男士」（any man）原意指「任何人」，但因「人」及「男士」共用同一個詞彙，令緊張的新娘陷入鑽牛角尖的疑惑中。

神父在彩排時有提醒過他們，按照傳統他問完那句之後一定得停頓一下，然後才會接著問威廉：「你願意娶這位女子作為你合法的妻子嗎？」

神父也確實停頓了，但這時台下卻突然傳來呼喊聲：「我要提出異議！」

眾人頓時一片錯愕，所有人當即轉頭望向聲音傳來的方向。那個貝絲只見過一面的男人踏上走道，大搖大擺地朝著她的準丈夫走來。他來到祭壇台階前，指著威廉大喊：「這個人和我妻子有一腿，害我們的婚姻分崩離析。他根本不打算對他未來的妻子忠誠，而且我有證據。」

會場裡嘰嘰喳喳的嘈雜聲瞬間如雷貫耳，貝絲頓時哭了出來。威廉大步衝向福克納，伴郎和兩位工作人員趕緊拉住他才阻止兩人纏鬥在一起。

馬丁·帝斯戴爾神父主持儀式四十多年，第一次遇到有人提出異議。他趕緊回想該怎麼應對這種情況，總不可能打電話去問主教。

這時，朱利安爵士出手相救，他從前排長椅處小聲地提醒道：「也許我們兩邊親家和福克納先生可以跟你到祭衣室裡解決這件事。」

「新人兩方的家人和這位有異議的先生，請你們跟我一起到祭衣室處理一下這件事。」神父大聲宣布。

威廉和貝絲不情願地走下台階，跟在神父後面去到祭衣室，雙方父母也一同前往。所有人在祭衣室裡屏氣凝神，等著威廉的控訴者登場，福克納過了好一陣子才慢悠悠地走進祭衣室內。

神父問道：「先生，你叫什麼名字？」

「邁爾斯．福克納。」他趾高氣揚的神情與前陣子證人席裡的模樣如出一轍。

「這個人是被判緩刑四年的詐欺犯。」朱利安爵士說：「我的兒子正是逮捕他的警官，剛剛那場鬧劇不過就是這個蠻橫無理的人復仇的手段。」

「福克納先生，你因為詐欺罪而被判刑的這件事是事實嗎？」神父發問。

「沒錯。」福克納回答。「但我今天來此是為了揭發我出庭時沒有提到的事情，可以證明朱利安爵士指控我因仇恨而來不過是想讓我閉嘴，我根本只是在履行身為基督徒的義務。」

所有人各持己見開始爭論不休，互相指控的辯論聲告一段落之後，神父說：「福克納先生，我們會給你這個發聲的機會。這裡不是法庭，但我們身處更高權威的見證之下，祂會做出最終的審判。」

福克納彎下頭敬禮，對眼下這個莊嚴的場合表示尊敬。

他嚴肅地說：「在上帝的面前，我指控這個男人和這個女人已經訂婚之時還與我的妻子有染，如此不忠的行逕對我們的婚姻造成不可抹滅的損害。」

這句話在朱利安爵士聽來顯得過於咬文嚼字了，想也不用想一定出自那位惡名昭彰的御用大律師之筆，但此時他也不確定威廉該怎麼自證清白。

威廉反駁道：「我只有和福克納太太見過三次面，每次都只是單純在執行警察的勤務。」

「你趁我在安然在地球另一端的時候，和我的妻子在蒙地卡羅共度春宵，你否認這件事嗎？」

威廉堅定地回答：「我們在同一間屋子裡過夜，但沒有睡在同一張床上。」

「在上帝面前，你否認我的妻子當晚有爬上你的床嗎？」

威廉閉口不言，這次朱利安爵士就愛莫能助了。

「他說的是事實。」所有人轉頭看向從祭衣室後方聲音的主人。

克里斯蒂娜・福克納向前走了幾步後繼續說：「威廉作為客人來我家過夜的那晚，我在他他睡著之後擅自溜進他的臥室，然後上床躺到他的旁邊。」

所有人聚精會神聽著她娓娓道來，彷彿克里斯蒂娜正在皇家阿爾伯特音樂廳的首演之夜演出。

「沒有女人喜歡被拒絕。」她小聲地說。「但威廉拒絕我了，他甚至直接請我離開。我到死那天都不會忘記他跟我說的話：『我的心只屬於一位最特別的女人，就算妳說會把林布蘭畫作還給菲茲墨林博物館，我也不會因此就對不起她。』如果你們能想到我那時候有多丟臉，你們應該可以想像現在在上帝和你們面前坦白的我有多犧牲。」她再度停頓，接著發表最後一段話：「神父，還有兩件事情可能會對你的判斷有所幫助。我在認識華威克偵組巡佐的好久之前就在計畫離婚了；更重要的是，我們從蒙地卡羅那晚之後就再也沒見過面了，我丈夫安插在我身邊的私人偵探一定可以作證。」

貝絲伸手摟住威廉，輕吻他的雙唇。「真是太感動了，沒想到我在你心中比林布蘭畫作還要重要，沒有比這更棒的新婚禮物了。」

除了福克納之外，所有人都鼓掌為這峰迴路轉的結局叫好。沉默已久的亞瑟走上前擒住福克納，用他身為前業餘摔角手的技巧把他的手臂半摺在背後，然後押著他來到後門。他用另一隻手打開了門，再用擦得發亮的皮鞋一腳將福克納踹到墓園裡。

福克納踉蹌地向前走，卻因重心不穩而單腳跪倒在地。他摸摸鼻子走人的當下，亞瑟在後方大喊：「我已經因為殺人罪被逮捕過一次了，別逼我再被抓第二次！」他大力甩門然後走回大家身邊，神父正引用聖經說：「主說伸冤在我，我必報應。」

新娘和新郎重新站上祭壇台階，底下響起一陣熱烈的掌聲，神父這才發現他剛剛忘記關上祭衣室的門了，所以方才的的脣槍舌戰大家都聽得一清二楚。

「我被無禮打斷之前，儀式進行到哪裡了？」神父的這番話引得眾人哄堂大笑，掌聲再次響起。「啊對，你願意娶這位女子作為你合法的妻子嗎？」

威廉和貝絲交換誓詞之後，神父立刻說：「我正式宣布你們結為夫妻，你現在可以親吻新娘了。」所有人鼓掌恭賀華威克先生及華威克太太，他們走下台階來到走道。

喜宴開始之後，所有人總算有機會大肆討論福克納的掃興行逕，接下來的致詞中大家也就都識趣地不再提起。四點整一到，亞瑟又開始焦慮了，要是貝絲換衣服的時間拖到，這對新人就可能會錯過飛機，他們的新婚之夜就要在禮車的後座度過了。

他早就跟貝絲說過很多次，開車去蓋威克機場至少要一個小時，她這次又把提醒當耳邊風了。但是當貝絲換好衣服再次登場，身穿藍白相間的喀什米爾羊絨套裝，搭配紅色絲綢圍巾和米白色的小手提包，亞瑟的不滿就立刻被拋到九霄雲外了，他趕忙塞給司機十英鎊的小費，叮囑他不要讓他們錯過飛機。

「坐穩了，巡佐。」司機說：「我可能得超速駕駛了。」

「不會吧，丹尼。怎麼是你？」威廉埋怨道：「拜託今天不要再更糟了。」

四十六分鐘過後，他們抵達機場，兩人飛奔至出境大廳時只聽見廣播聲：「最後登機廣播：搭乘〇一九班機往羅馬的旅客，請立刻至三十一號門登機。」

這對新婚夫婦是最後一批登機的乘客，他們直到飛機開始滑行之前都不敢鬆懈，威廉緊握著貝絲的手等待飛機起飛，這時駕駛艙卻傳來廣播聲：「各位旅客您好，這是來自機長的廣播。非常抱歉通知各位，工程師發現右側引擎有輕微故障，所以我們得折返回登機口請各位下飛機，等待合適的替代班機帶你們前往羅馬。」

機艙內頓時哀鴻遍野，眾人心急如焚地問了一連串問題，機組人員卻完全給不出答案。

「我向各位保證，」機長繼續說：「旅客的安全是我們的優先考量，希望不久後你們就能如願繼續旅程。」

「要是那個工程師其實就是福克納，我一點也不會驚訝。」威廉說，貝絲卻笑不出來。

旅客們陸續離機回到航廈，眾人來到大廳內享用茶點並等待進一步的通知。隨著時間一分一秒過去，地勤人員掛在嘴邊的「應該不用再等太久。」聽著越來越沒有說服力了。這時，航空公司的廣播聲終於響起。

「非常抱歉通知各位旅客，目前沒有可以替代的班機，我們已安排所有旅客搭乘明天早上第一趟航班前往羅馬。」

威廉伸手摟住貝絲，說：「華威克太太，看來我們成為夫妻的第一個晚上要在機場大廳度過了。」

「至少我們多了個荒謬的回憶可以和兒子分享。」貝絲說。

「兒子？」

「也可能是女兒，華威克先生，我懷孕了。」

10

「華威克夫婦？」

威廉不確定自己要過多久才會習慣這個稱呼，他眨了眨眼抬頭，只見一位在飛機上看過的空服員站在面前。

「怎麼了？」

「不好意思打擾，麻煩您和您妻子跟著我走。」

威廉輕輕搖醒貝絲。

「發生什麼事？我好不容易睡著了。」她睡眼惺忪地埋怨道。

「我也才剛醒，跟著空服員走就會知道了吧。」

貝絲起身，舉起手臂伸了個大懶腰，像隻剛從冬眠醒來的動物一樣打著哈欠，然後才心不甘情不願地跟上她的丈夫。

威廉低語：「說不定她要帶我們去頭等艙的貴賓室。」

「那就有比較高級的沙發可以睡了。」

「還有免費的食物跟飲料。」

他們經過了貴賓室，接著走出航廈，貝絲說：「你猜錯了，還真是個大偵探。」

外頭是一輛有著航空公司標誌的小型禮賓車，久候多時的司機為他們打開車門。威廉說：「越來越讓人摸不著頭緒了。」，他們坐上後座。

貝絲問道：「他們要帶我們去哪裡？」

車子出發了，威廉回答：「反正一定不是羅馬。」

「也不會是倫敦。」貝絲說。司機無視往高速公路方向的指示，左轉開到一條鄉間小路上。

繼續往前幾英里之後，車子慢慢降速經過一排鐵製的柵欄，濃密的森林裡開闢了一條更窄的道路。他們又往前了一英里，才慢慢看見一棟線條流暢的喬治式風格宅邸，蜂蜜棕色的石壁爬滿了常春藤蔓。車子在門口處停下之後，一位穿著時髦綠色制服的年輕男子立刻上前打開後座的車門。

兩人一踏上碎石車道，那名男子就說：「華威克夫婦您好，歡迎蒞臨湖畔紋章飯店，麻煩您們跟著我走。」

偌大的橡木門緩緩開啟，一個身材高䠷、衣著得體的男子出來迎接他們，他一身黑色西裝外套、條紋長褲配上銀灰色領帶，看起來像剛從他們的結婚典禮過來。

「華威克夫婦您好，我是飯店經理布萊恩．莫里斯。」

他帶著兩人走上一列佔地廣闊、鋪著厚重地毯的階梯來到二樓，一排雙扇門的牌子上有著金葉構成的大字「奈爾．圭恩[23]套房」，莫里斯先生拿出專用鑰匙，打開門帶他們走進這間擁有好幾個寬敞大房間的套房，比他們在富勒姆的公寓還要大間。

經理說：「這間是俯瞰湖景的新婚套房。」他們走過凸出牆外的觀景用窗台。「希望外面那群孔雀不會打擾到你們。」接著經過已經布置好兩人用器皿的餐桌，經理把稍微皺了的餐巾拉平，然後帶他們走到主臥室。房間裡有一張大床，假如有四個人躺在上面都不會碰到彼此。經理的導覽還沒結束，他又帶他們走到浴室，裡面有個偌大的按摩浴缸，旁邊隔開的淋浴間甚至可以容納一整支足球隊。

兩人瞠目結舌，跟著經理走回主臥室時發現他們的行李竟然憑空出現了，行李中的睡衣已經拿出來鋪好在床上。旁邊還有個冰塊桶裡插著一支香檳，經理拔去軟木塞，倒了兩杯拿給兩位尊貴的客人。

「歡迎隨時撥打電話點晚餐，」他說：「菜單已經放在餐桌上了。」

「我可以待在這裡一輩子嗎？」貝絲發問。

23 奈爾．圭恩（Nell Gwynne）為查理二世的情婦，英國的許多飯店會以名人的名字命名套房。

「您們明天還要出發去羅馬呢，夫人。」經理向他們鞠躬之後便離開了房間，輕輕地關上雙扇門。

「我在做夢嗎？」貝絲舉起酒杯說：「我不覺得航空公司有辦法給每個在大廳過夜的旅客這樣的服務。」

「我們不要問太多，不然有可能被丟回去大廳裡。」威廉邊說邊看著那寬闊的雙人床，兩手解著貝絲外套的鈕扣。

她笑著說：「你這個野蠻人。」

他回應道：「這裡可不像個山洞。」

＊ ＊ ＊

「你說她要求什麼？」福克納一臉不可置信。

「林普頓大宅，還有宅內所有的裝置和配件，包括七十三幅油畫，但她說你的雕像你可以自己留著。」

「還有什麼嗎？」

「一年兩萬英鎊來支付薪資給她底下的員工。」布斯．華生繼續說：「還有財產分配要給她一百萬英鎊。」

「應該沒了吧？」

「還有，她會拿走她的所有個人物品，珠寶、衣服等等，然後賓士跟司機艾迪都歸她，司機的費用由你出。」

「跟她說她想得美。」

「我有委婉表示過了。」

「別忘了她和華威克在蒙地卡羅睡過了，而且現在還是情人。」

「我不這樣覺得，邁爾斯。我叫你不要去婚禮但你還是去了，然後你明明也在當場知道他們根本沒有一腿。」

「你還敢說，我的稿子是你寫的。」

「你叫我寫的，我也是百般不願。」布斯・華生很是無奈。

「我沒料到克里斯蒂娜會出現。」

「因為她跟你不一樣，她是受邀去婚禮的，更加證明了她和華威克沒有一腿。」

「不管怎樣，她說的話還是比我說的話更有說服力。」

「一邊是淚眼汪汪、被辜負的妻子，另一邊是因為詐欺被判緩刑的壞男人，陪審團會站在哪邊應該不難想像吧？」

「這些都不重要，因為你告訴過我，陪審團不會知道我之前被判過的任何刑責。」

「非常荒謬的規定，但的確對你很有利。但陪審團總不可能過去一年沒讀過國內報紙吧？」

「所以他們會在法庭上拿這件事來對抗我？」

「假如你堅持不和解的話，一定會。」

「我不可能就這樣把我的畫作拱手讓人。」福克納說：「這是我花了一輩子才完成的收藏。」

「邁爾斯，如果你不打算放手的話，你就要給他可以替代的東西。但很可惜，你的收藏加起來價值超過你的三棟房子、遊艇和飛機，這些她一樣都沒有興趣。」

「布華，盡可能拖延和解的期限，我這裡可能還有一張底牌。」

※ ※ ※

早餐在隔天早上十點整送來房間，一旁的茶几上放著《泰晤士報》和《電訊報》。

「終於出現一個我能挑毛病的點了。」貝絲笑著說：「不過會來這裡的人應該不會想讀《衛報》。[24]」

威廉回應道：「也不可能會讀《太陽報》。[25]」他狼吞虎嚥地吃著英式早餐盤，貝絲則喝了一口剛榨好的柳橙汁，開始讀起安德魯王子和莎拉．費格遜的婚禮計畫。

十點二十分時，外頭傳來輕輕敲門的聲響，莫里斯先生像灰姑娘的神仙教母一般地出現了。

「希望兩位昨晚睡得安穩。」他試探性地說。

威廉把手上那杯咖啡喝完，回應道：「我們睡得非常好。」

貝絲心想：「才怪，跟一個野蠻人過夜怎麼可能有時間睡覺。」她很想說出來，但最後還是放在心裡。

「我沒有別的意思，只是因為您們昨晚沒有點餐，所以我才那樣問。」

貝絲老實回答：「我們昨天吃太多花生和洋芋片了。」

「非常可惜您已經錯過清晨往羅馬的班機，但我們有成功幫您們訂到一二三五班機，航空公司已經幫您升級至商務艙，晚點會有禮車來接您們回到機場。」

「我就知道。」貝絲喃喃自語。

---

24 《泰晤士報》（*The Times*）和《電訊報》（*The Telegraph*）的受眾多為社經地位較高的人，風格也較偏向保守派。而《衛報》（*The Guardian*）會多探討社會正義、環境等較傾向自由派的觀點。

25 《太陽報》（*The Sun*）多刊載明星八卦等刻意譁眾取寵的新聞。

「不好意思可以請您再說一次嗎，夫人？」

「她的意思是，住在這裡真的是一次很難忘的體驗，多虧了你的悉心照料。」

「先生，您的這番話真是太抬舉我了。那我先離開了，我會請行李員幾分鐘後來幫您提行李。」莫里斯先生和昨晚一樣，語畢鞠躬後才走出房間。

「華威克偵緝巡佐。」貝絲勾住她丈夫的手臂說：「你最好趕快升遷，越升越高。」

「為什麼？」威廉一臉無辜。

「因為我想享受這樣的生活。」威廉正準備抗議，貝絲就又開口：「不過目前，我就姑且讓你每年結婚紀念日都帶我來這裡就好。」

＊　＊　＊

經理在電話中說：「他們剛離開，先生。」他從辦公室裡看著窗外，禮車在車道上越開越遠。「我們完全按照您的囑咐辦理。」

「莫里斯先生，交給你我很放心。我女兒幾分鐘前打來跟我說他們因為飛機引擎問題滯留機場，但航空公司後來精心補償他們了。」

「那可真是太好了，先生。請問帳單該寄去哪裡呢？」

「請你寄去我在馬里波恩的辦公室並標記為私人信件，指定收信人為亞瑟・雷恩斯福德。」

※ ※ ※

拉蒙特偵緝警司拿起話筒，電話那頭傳來公學子弟的標準英腔，令他的蘇格蘭耳朵感到刺耳。

「回報長官。」

「當頭頭的感覺怎麼樣啊，阿達加偵緝警員？雖然只是趁華威克偵緝巡佐去度蜜月暫時頂替他而已。」

「我每分每秒都樂在其中。我很希望在他回來之前就把案子解決，但他應該不會延後回來的日期吧，長官。」

「他不可能延後的。」拉蒙特說：「華威克剛剛才從羅馬打電話來，他想知道我們找到拉希迪的住處了沒。」

「我還真是一點都不意外。」

「所以拉希迪的案子進度到哪裡了？」拉蒙特結束寒暄，回到正題。

「你的命令是正確的，長官，我們三個航廈都有人守著，然後發現拉希迪這次在第三航廈那邊下車，但他又走過去第一航廈。」

「那他接著去哪了？」

「一輛深藍色ＢＭＷ來接他走，他們的目的地是牛津郡的一個村莊，叫作小查爾伯里。」

「找到他房子的地址了嗎？這樣華威克偵緝巡佐打來的話時候就可以跟他說了，不然他問個不停。」

保羅笑了出來，回答道：「不能說是房子，那根本是一座城堡了，長官。那棟建築甚至有專屬的護城河和吊橋，佔地少說超過一千英畝，和附近的其他戶人家相距至少一英里。」

「那你在和當地警方作簡報時最好要小心點。拉希迪手上這麼多錢，說不定有買通幾個警察，至少警察應該不太敢動他。」

「當地只有一個管村莊的員警，應該只有他那台快散了的腳踏車看起來能比他還老。」

「城堡的保全呢？」

「易守難攻，有精心設計過。整個城堡被十英尺高的牆圍著，上面還鋪著電網。」

「一般來說，罪犯都會比老實人更小心翼翼維護自己和資產的安全。」獵鷹也加入了談話。

「你覺得他的毒品工廠有可能在城堡裡嗎？」

保羅回答：「我想不太可能，長官。」

「不知道他們找到工廠了沒。」威廉正對著一座大理石雕像喃喃自語。

貝絲挖苦道：「沒有你在的這幾個星期，他們一定會努力生存下去的，偵緝巡佐。」她翻閱著手裡的導覽冊子。

「話說回來，妳今天下午安排了什麼行程？」威廉語帶心虛。

「去波格賽塞美術館，你就可以看到貝尼尼的三大作品、拉斐爾的名畫，還有——」

「提香的《神聖與世俗的愛》。」

「創作於哪一年？」

「一五一四年。」

「我有時候都會忘了你在國王學院是唸藝術史的，白天唸書然後繞著煤渣跑道訓練，晚上讀阿嘉莎．克莉絲蒂的偵探小說。」

「錯了，我都看西默農的，而且是法文。那我們什麼時候會看到達文西和米開朗基羅的作品？」

「你這傢伙別這麼急。我們還有一個星期的時間可以好好欣賞那兩位史上最偉大藝術家的作品。」

「我個人其實更喜歡卡拉瓦喬。」

「那你應該知道，羅馬的美術館和教堂裡有他的十一幅作品。請問一下，華威克偵緝巡佐，假如現在是一六〇六年，你有機會逮捕卡拉瓦喬並以殺人罪將他處以絞刑的話，你會怎麼做？」

「我會毫不猶豫地絞死他。」威廉說：「絕不會像當時的教宗保祿五世一樣，那個貪婪的偽君子。」

「幸好你前世不是教宗，」貝絲說：「不然我們現在就沒辦法看到這九幅傑作了。」

＊＊＊

「你覺得獵鷹知道我們有一腿嗎？」潔琪說。

「他一定知道。」洛斯回答：「所以才會派妳當我的聯絡官。」

「大家都以為你離開警察廳了。」

「連我媽都這樣覺得，這全都在霍克斯比的計畫之內，太多年輕警員待了一兩年之後就辭職，然後很快就被淡忘。」

「但選擇當長期臥底警員真的是瘋了，風險那麼高。」

「我本來就習慣孤身一人。」洛斯回答：「獵鷹從一開始就注意到了，然後善用了這點。」

「那你目前有蒐集到什麼情報了嗎？還是只是瘋狂領加班費？」

「我的進度我自己知道。目前確定圖利普是三根羽毛酒吧的常客，其他幾個毒販的名字我也快要蒐集到了，這本來就不是我能催促的事。對臥底警員來說，如果你不想死的話，耐心不是美德，是必需品。要是那些混蛋有那麼一秒懷疑我是緝毒組的人，下一次妳看到的我就會是在河上被潮汐推來推去的浮屍。」他的一隻手慢慢摸上潔琪的大腿內側。

「還不行。」她把他的手移開。

「可是我好幾個星期沒做了。」

「我才不信。獵鷹有收到你最新的情報，還叫我恭喜你一聲，但他現在要你找出拉希迪的屠宰場在哪。」

「這可能要花更久的時間，因為毒蛇不會在你證明自己值得信賴之前，邀請你進入他的巢穴，而我現在只是個最低等的跑腿小弟，所以短時間內應該不太可能。」他伸手摟住潔琪的腰，低頭輕吻她的胸。

潔琪忽然忘了獵鷹要她跟洛斯說的的另一件事。眼前男人的舌頭貪婪地在她身上緩緩往下游移，她順勢躺下，在這一刻忘記所有職務。完事之後，洛斯沒等多久就立刻下床穿好衣服。

「你不去洗個澡嗎？」

「誰規定做完一定要洗澡的。」他理直氣壯地說。

潔琪瞬間回到現實，大隊長的指令浮現在腦海裡。「老大要你注意一個叫艾德里安・希斯的毒販，他有在你上次給的名單上。確認他最近的動靜然後隨時回報。」

「他有提到為什麼要查這個人嗎？」

「獵鷹只下命令，不會多說。」

「也對，我問了個蠢問題。」洛斯推開窗戶。

「下次你突然來的時候，記得先敲個門。」

「為什麼？」洛斯爬上逃生梯。

「床上可能會有別人。」

11

朱利安爵士坐在桌子的一側，面露微笑地看向坐在對面的委託人。

「妳丈夫同意要讓出林普頓大宅，但不包括畫作；也會讓給妳伊頓廣場的那間公寓，租約還有九個月到期。錢的部分，他一年會給妳一萬英鎊支付員工薪資，財產分配會給妳五十萬英鎊。」

「我該怎麼回應？」

「接受林普頓大宅和伊頓廣場的公寓。但可以要求更多錢，一年要給妳一萬六千英鎊，然後財產分配至少要八十萬英鎊。畢竟妳丈夫有道德和法律上的義務，他必須讓妳繼續過著當他妻子這麼多年來習慣的生活模式。」

「朱利安爵士，我覺得你現在很樂在其中。」

「沒有這回事，女士。我只不過是在履行對委託人的忠實義務[26]罷了。」

26 律師必須以委託人的利益為首要考量。

「那你看起來還真是起勁。」

朱利安爵士露出一個微妙的笑容。他對福克納太太並沒有其他感覺，但也不討厭與她共事的時光。「我得請問妳，」他接著說：「妳有多希望在財產分配的時候得到那七十三幅畫作？」

「極度希望。」她回答：「說實話，要是得不到，我絕對不會善罷甘休。」

「我想請問一下原因，福克納太太。因為妳曾清楚表示過妳對藝術作品毫無興趣？」

「婚姻無效的判決下來之後，我就會立刻拍賣那些畫作，邁爾斯一定會想把它們買回去，而我絕對不會便宜他。」

朱利安爵士沒有問出心裡的問題，只淡淡地回應：「那我會向他們堅決要求林普頓大宅裡的畫作。」

「七十三幅，一幅都不能少。」克里斯蒂娜說：「你可以告訴邁爾斯，別想用複製品或贗品打發我，如果被我發現，我會直接打給霍克斯比大隊長。」

朱利安爵士忍住笑意，說：「針對財產分配，妳還有其他問題嗎，福克納太太？」

「我只有一個問題，對方有同意承擔我委託你的費用嗎？」

「有的。」

「那朱利安爵士，我以後會常常打電話向你尋求建議的，不一定是跟離婚有關的問題，但一定跟邁爾斯有關。」

※ ※ ※

威廉桌上的電話正響個不停，潔琪快步走向辦公室的另一頭接起電話。

「我是羅伊克羅夫特偵緝警員。」對方立刻掛斷了電話。

「可能是威廉的老同學。」拉蒙特說：「他不會和威廉以外的人說話的。」

「他再打來的話怎麼辦？」

「就希望華威克到時候已經回來了。」

「要是還沒呢？」

「那就交給妳來決定要不要打擾他的蜜月時光了。」

※ ※ ※

威廉注視著西斯汀禮拜堂的天花板，根據導覽手冊所言，眼前的作品改變了西方藝術的歷史。

貝絲問：「米開朗基羅花了多久才完成這一大幅油畫？」

「從一五〇八年直到一五一二年。」威廉回應：「這位可憐的畫家在那四年內幾乎都躺在一個粗糙不平的支架上作畫，等到他完成之後，他早就已經無法正常行走了，當時的教宗儒略二世甚至沒有如期付給他錢。」

貝絲被眼前的作品驚豔到說不出話，抬起頭來的視線一刻都沒有移開這幅傑作，直到她的脖子開始隱隱作痛。

「妳可以從地上的那些大鏡子看，就不用一直抬著頭了。」威廉貼心地建議。

「我也可以直接買張明信片。要不是羅馬到處都是傑作，我一定會每天都來這個教堂，直到你把我拖走！」

「就算妳每天早上都要和其他信徒一起排隊，妳也願意？」

「米開朗基羅躺了四年來完成這幅獨一無二的傑作，我花個幾小時排隊來致敬他也心甘情願。」

＊　＊　＊

威廉桌上的電話又響了，這已經是那天早上的第三通，拉蒙特終於忍不住了。

「接起來吧。」他厭煩地說：「但別告訴他威廉正在度蜜月。」

潔琪拿起話筒說：「華威克偵緝巡佐現在不方便接電話。」

「我有急事要找他。」

「我可以幫你跟他說。」

「告訴他福克納的晚餐訂單來了。」

「還有嗎？」

「我一個小時後會再打來，希望接電話的人會是他，我不相信有任何事能比當場逮到福克納還重要。」

「但他一個小時後還是不會在。」潔琪回答，但電話又被掛斷了。

＊＊＊

威廉剛刮完鬍子，電話就響了，他趕快接起廁所裡的分機，只希望沒有吵醒貝絲。

「你好。」他小聲地打招呼。

「威廉，是我，潔琪。你的老同學剛剛打電話來說福克納的晚餐訂單來了，我完全不知道是什麼意思。他說他有急事要找你，你要我等他下次打來的時候給他你的手機號碼嗎？」

「當然沒問題，請他盡快聯絡我。」威廉低聲回答後便掛了電話。

他回到臥室，只見貝絲睡眼惺忪地問道：「跟別的女人偷偷聊天？」

「你永遠不用擔心這個問題。」威廉走到貝絲身邊，在床的邊緣坐下，將頭輕輕靠在她的肚子上。「我好像有聽到聲音。」

「是個小男生？」

「是個小女生。」

「你怎麼知道？」

「她在抱怨。她的父親要拋棄我們回家，不再去看一次米開朗基羅。」

「我可以去啊，只不過我們得排隊。」

「我先去排隊買票，你過幾個小時再來和我會合，這樣你就有時間和警察廳聯絡，我也不會聽到是誰打給你。」

＊　＊　＊

「好消息，福克納太太，對方無條件接受我們的要求了，我可以擬定最終版的協議書了。」

「邁爾斯同意我拿走林普頓大宅裡的所有畫作？」克里斯蒂娜半信半疑。

「是的，所有畫作，對方還給了一份清單讓妳確認。」朱利安爵士遞給她一份兩頁的文件。

克里斯蒂娜詳讀著清單上的每個作品，還沒確認到維梅爾之前，她就斷定：「這些一定是複製品。」

「我就知道妳會這麼說，所以我按照妳的吩咐告訴布斯．華生，在簽協議書之前妳會請專家驗證每個作品是不是真貨。」

「他怎麼回答？」

「他說他的委託人沒問題。」

「我不信，邁爾斯不可能這麼容易就服軟。」克里斯蒂娜停頓了一下，說：「他一定有什麼陰謀。」

❊　❊　❊

一個小時過去了，艾德里安還沒打來，不過他本來就是遲到慣犯。威廉幾分鐘就看一次手錶確認時間，但電話始終沒有絲毫動靜。他在兩個選項之間猶豫，他該不去西斯汀禮拜堂，然後面對大發雷霆的貝絲？還是直接去找她，從此過著幸福快樂的生活？就在他穿上外套準備出門的瞬間，電話響了，他在第二聲鈴響之前就迅速拿起話筒。「我是威廉・華威克。」

「你說過你想知道林普頓大宅週六晚宴的菜單。」威廉沒有打斷他的話。「前菜是頂級大麻，最高價位的那種；主菜是上等的九十六％純哥倫比亞古柯鹼。」他停頓了一下之後說：「你欠我兩百英鎊。」

「我們會給你錢的，一分不少。」威廉說：「等你先送貨去他家之後。」

「星期六晚上七點，我會送貨去林普頓大宅。我可以八點左右跟你回報然後拿走我的錢。」

威廉心想：「我不在啊。」但沒有說出口。「你願意出庭作證說你提供毒品給福克納嗎？」

「也許吧。但我們需要談好條件，因為假如我同意出庭，我這輩子都不能在英國工作了。凡事都是有錢才好商量。」他沒說聲再見就直接掛斷了。

威廉立刻打了一通電話給拉蒙特警司回報最新情況，接著就趕緊跑出門。他有信心自己不會遲到，但他知道自己等等可能沒辦法認真欣賞米開朗基羅的《創造亞當》，因為他滿心只想著看到邁爾斯垮台。

＊＊＊

「威廉剛從羅馬打來。」拉蒙特說：「他回報了和老同學的對話內容，我提議我們這星期六晚上全面出動，只可惜威廉會錯過這次行動了。」

「我會問他要不要縮短蜜月的天數，但貝絲可能會先宰了他，然後接下來就換我了。」獵鷹說：「布魯斯，告訴我你的計畫，我才能去向廳長報告。」

「我已經拿到林普頓大宅的搜索票……」

＊＊＊

一起走回飯店的途中，貝絲說：「也許你該提早幾天飛回家？」

「不行。」威廉斬釘截鐵地回答：「蜜月一生只有一次，可不能被邁爾斯．福克納給毀了。」

「但是之後可能不會有這樣的機會了，而且你這十天只和警察廳聯絡一次，你盡力了。」威廉沒有回應。「我怎麼覺得，比起這星期六晚上和我在鮮花廣場再吃一次義大利麵，你更想去林普頓大宅抓福克納？」

「我沒有。」威廉說，但語氣不再那麼堅定。

「華威克偵緝巡佐，你可能不知道，但是在福克納試圖阻止我們結婚之後，我其實也很樂意看到他鋃鐺入獄。」

「而且妳很想在他離婚之後拿走幾幅他的收藏品。」

「我只想要其中一幅而已。」貝絲澄清道：「我覺得它能為菲茲墨林博物館錦上添花，但在親眼看到那幅畫掛在博物館裡之前我還不能確定。」

「妳最近在我背後偷偷跟誰商量了什麼？」

「我的新朋友克里斯蒂娜・福克納答應我說她離婚之後，菲茲墨林博物館會是她贈與林普頓大宅裡那七十三幅作品的首選。我看中了維梅爾一幅小而美的畫作《白色蕾絲領子》，放在博物館的南側出口一定會很漂亮。」

「妳怎麼知道她不會和她丈夫一樣說一套做一套？」

「因為你父親是律師，然後克萊兒已經幫我們擬好同意書了，所以我們現在是一起對抗邁爾斯的同一陣線。」

威廉在服務人員的櫃檯前停下腳步。

「您好，先生，請問需要什麼服務？」

「我要一張飛往倫敦的機票，越快越好。」

＊＊＊

空服員才剛打開飛機門，威廉就像隻掙脫鏈條的獵犬一般，立刻從門縫鑽了出去，他飛快地奔跑著，直到看見一排公共電話。

「你在哪？」拉蒙特問。

「蓋威克機場，大概一個小時之後可以跟你們會合。」

「貝絲有說什麼嗎？」

「其實是她先問我要不要回來的。反正不管我在不在，她都會再去看一次某個有背痛問題的畫家的作品。」

「那叫她順便跪著祈禱一下，因為我們可能需要神的幫助才有辦法完成這次行動。說正經的，你趕快回來吧。」

威廉徑直走到等待檢驗護照的排隊人潮的前頭，拿出他的警察識別證。入境人員快速檢查了他的護照就趕緊讓他過關。幸好貝絲願意幫他把行李帶回來，他才不用多跑一趟去托運的地方，可以直接去搭蓋威克機場快線。半個鐘頭之後，火車抵達維多利亞站，他衝到剪票口成為最快把票拿給剪票員的人，接著一路狂奔至警察廳總部。自動門開啟後，他無視電梯，前往樓梯大步跑上四樓，直奔大隊長辦公室。

在走廊上疾馳的途中，威廉注意到其他警察都用怪異的眼神盯著他，他這才想起自己還穿著開襟花襯衫、牛仔褲和休閒涼鞋，但他們不知道，幾個小時之前他還悠閒地漫步在羅馬街頭，享受攝氏三十度的溫暖天氣。

他敲了敲大隊長辦公室的門，停下來喘口氣才開門進去。隊裡的其他人在他進門之後全體起立，興奮地拍桌叫好。

吵鬧聲結束之後，獵鷹說：「坐吧。多虧有你的情報，助理廳長已經授權明晚全面搜查福克納住處的行動。我知道你一直都有自己的特色，華威克偵緝巡佐，但就算在義大利，穿成這樣去抓人應該都太招搖了。」

12

威廉坐在計程車後座，等著警司上車。

他們早上在大隊長辦公室討論了三個多小時，行動計畫裡的每個細節都抽絲剝繭地確認過三遍。

中午在總部餐廳吃午餐的時候，拉蒙特又再次檢查計畫是否有任何漏洞，放在一旁的湯都冷掉了。威廉知道，要是這次又像藍色時期行動一樣以失敗告終，老大一定會工作不保，他絕對不想以落魄的樣子度過在警察廳最後的日子。

五點整一到，拉蒙特坐上計程車來到威廉旁邊。司機是丹尼．艾夫斯，他很清楚目的地的位置，因為他前一天就試跑過一次了，甚至連停車的地點都已經決定好。阿達加偵緝警員、羅伊克羅夫特偵緝警員和攝影師坐在第二台計程車裡，已經準備好等丹尼出發。

兩輛計程車從總部往西朝M４高速公路開去，距離林普頓大宅剩五英里時，丹尼在加油站停下。車子其實還有充足的油，經驗老道的他不可能犯這種低級錯誤，只是他們需要等天暗一點再繼續前進，才能更好地隱藏行蹤。

潔琪下車伸展雙腳，威廉則去商店買了一塊巧克力，他沒有肚子餓，只是為了打發時間。他繞著加油站走了幾圈之後，拉蒙特終於下令：「我們走吧。」

威廉從來沒有這麼緊張過，這次行動的成敗完全取決於他的線人，要是希斯沒有如期出現，整個行動就會中止，他們就要空手回去總部面對火冒三丈的大隊長。威廉知道自己會必須負起責任，他的警察識別證會被拿掉「偵緝」二字，他就得再次穿上警察制服上街巡邏了。

在高速公路上開了一段時間過後，丹尼轉彎進入一條鄉間小路，再前進大約一英里後，兩台車在馬路邊的灌木叢裡停下，那個位置可以清楚觀察到林普頓大宅的任何風吹草動。拉蒙特迅速下車，拿出望遠鏡對準大門口。

「這位置選得太好了，丹尼。」他說：「我們看得見他們，他們看不見我們。」

攝影師走出計程車，為了清楚地看見道路，他爬上一旁的橡樹。照片要到明天早上才能在大隊長辦公室裡給大家看，在那之前，他都還不能有什麼貢獻。在場的人只有他心繫著明天，其他人都專注在眼前的這一刻。

拉蒙特轉頭看向道路另一側的農地，四輛載著警員的警車和兩台後座沒有車窗的廂型車在穀倉後方隱密地待命。

「你怎麼辦到的？」威廉很好奇。

「農地的管理人是這裡的治安法官。該怎麼說呢，他這幾年來似乎對福克納沒有什麼太好的印象，所以二話不說就答應幫我們了。」

潔琪走到拉蒙特旁邊，拿著對講機向他報告：「所有計程車皆已抵達火車站並停好待命，準備觀察是否有福克納的客人搭火車來。」

「不太可能。」拉蒙特說：「罪犯不太會選擇搭火車，行進中的火車會妨礙他們的行動，沒辦法隨時一溜煙逃跑。」

「大隊長會來嗎？」威廉問道。

「他現在應該在辦公室裡跺腳等著我們的消息，我費了好大的功夫才說服他不要來。」

「跟諾曼第登陸那時候一樣，邱吉爾也得勸喬治六世不要參與行動。」

「謝謝你的歷史課。」拉蒙特語氣平淡地發揮蘇格蘭人專屬的幽默感。他們走回車裡，只有丹尼看起來一派輕鬆。

「所以照理來說，華威克偵緝巡佐，過不久我們就會看到你的老同學開車載貨來給福克納。要是他沒有出現……」拉蒙特停頓了一下，語氣突然轉變。「獵鷹的命令很清楚，撤退，他沒來的話我們就立刻中止行動。除非能定罪福克納的證據確實出現，不然我們絕對不能闖進去他家。」

威廉盯著手錶，已經六點四十七分了。

「別緊張。」潔琪在他耳邊說。

所有人不發一語地看著同一個方向，眼神死死盯著道路的盡頭，只期盼看到一台車子出現。希斯和威廉見面的時候的確很常遲到，但他說什麼也得準時為福克納這樣的大客戶送貨。又過了幾分鐘，威廉終於如釋重負，一輛紅色的名爵汽車朝著他們開來，他拿起望遠鏡確認開車的人正是希斯。七點過幾分鐘後，車子開過他們身邊。

拉蒙特用望遠鏡看著車子一路開到林普頓大宅的大門前停下，一名警衛從門房裡走了出來，手裡拿著一張名單。他和希斯溝通了幾分鐘後，大門緩緩開啟，那台紅色的名爵汽車在漫長的車道上前進，最後消失在視野裡。

拉蒙特拿出對講機按下紅色按鈕。「老同學已經抵達並進入宅邸。」

「他一出來就通知我。」獵鷹回應。

「遵命，長官。」

拉蒙特焦急地在樹叢之間走動。這次行動的成敗現在正取決於別人，他不免感到心煩意亂，腦中只蹦出一句話：「潔琪，妳有記得帶三明治來嗎？」

「有的，長官。你要起司加蕃茄的，還是火腿的？」

「起司蕃茄。」

「你呢，威廉？」

「不用了，謝謝。」威廉心想，不到四十八小時前他還和貝絲在鮮花廣場的餐廳裡吃著最道地的蛤蜊義大利扁麵，喝著皮埃蒙特區產的巴羅洛紅酒。

二十六分鐘過後，大門再次打開，希斯的車子重新出現在望遠鏡裡。眾人安靜地看著車子離他們越來越近，經過他們躲著的地方，最後越過道路盡頭的小丘，再也不見人影。拉蒙特立刻拿起對講機告訴大隊長最新動態。

「照理來說，」霍克斯比說：「下一輛出現的車子就會是第一個來到晚宴現場的客人，你等所有客人到齊之後再通知我。」

沒等多久，一輛綠色的捷豹就從他們眼前疾馳而過，後座一大片灰色的車窗擋住乘客的臉。

「假如可以從車窗清楚看到乘客的長相，車裡的人一定不怕別人知道自己的身分。」拉蒙特分析著眼前的情況。

威廉在筆記本裡寫下車牌號碼，說：「我不覺得福克納的朋友有可能不怕別人知道自己的身分。」又有三台車接連來到現場，威廉依序記下三組車牌號碼。這時，對講機傳來聲響，是在火車站待命的人員打來的。

拉蒙特問道：「怎麼了，阿達加偵緝警員？」

「有一名客人剛抵達火車站，是七點三十二分從滑鐵盧到這裡的班次，他已經搭上我們安排的計程車，正往林普頓大宅過去。」

「這代表開車的警員就可以進去大門，還可以近距離看到宅邸的樣子，雖然只有沒幾分鐘的時間就是了。」

「我已經叫他出來之後向您報告了。」

「做得好，保羅，繼續守著整個月台。」

幾分鐘之後，一輛黑頭計程車開過他們旁邊並閃了兩次車燈，樹上的攝影師今天第一次笑了出來，因為他清楚地拍到了乘客的長相。拉蒙特一手拿著望遠鏡，一手拿著碼錶，眼神緊跟著車子的動向。兩分十八秒過後，警衛確認完邀請函，大門再次開啟。

一輛禮車快速駛過，拉蒙特說：「我們的人再幾分鐘就會出來，運氣好的話，他可以告訴我們一些我們不知道的資訊。」

又一台勞斯萊斯銀雲從他們眼前開過，威廉寫下車牌號碼，還不忘分析道：「這些惡棍們似乎特別喜歡勞斯萊斯。」

「而且一定要最新款。」丹尼補充道。

「買最高級的車來彰顯自己在罪犯之中的地位，低俗又膚淺。」拉蒙特嗤之以鼻。

威廉喝了一小口水，依舊沒有動那塊剩下的火腿三明治。計程車從大門出來，開下來路邊的樹叢與他們會合，此時此刻威廉的心跳已經無法跳得再快了。潔琪接過望遠鏡，計程車司機和威廉及拉蒙特一同坐到車裡開始討論。

「你從乘客身上有看出什麼端倪嗎？」這是拉蒙特問司機的第一個問題。

「他是個銀行家，但我不知道是哪家銀行。他的口音聽起來像是從中東來的。我剛才有刻意放慢速度經過你們，攝影師應該能拍到不錯的照片，我的車窗從來沒有擦得這麼乾淨過。」

「你從大門到宅邸花了多長時間？」

「一分四十秒，但我有刻意減速，所以應該可以去掉至少二十秒。」

「客人的專車都停在宅邸外面的車道上嗎？」

「沒有，長官，都停在溫室後方的牧場裡。從我聽到的聲音來推測，那些司機們應該也正聚在一起狂歡作樂。」

「但我們能確定他們是不會喝酒的，裡面一定有幾個人是特殊背景，兼任保鏢或許才是他們今天主要的工作。幹得好，警員。你先回去火車站然後隨時待命，晚點可能會需要你們掩護。」

「希望如此，長官。」大家笑了出來。

潔琪向眾人說：「所有客人都到了。」第九台車從他們旁邊經過。

拉蒙特看著最後一位客人的車在門房前停下，司機拿出邀請函給警衛確認，他的望遠鏡緊追著車子的動向，直到它消失在視野裡。

「全員到齊。」拉蒙特說完便拿起對講機通知大隊長。他接著向在火車站管理警車行動的督察報告近況，最後也和阿達加警員聯絡，他還在努力監督著月台的每個角落，等待下一班火車到站。

「我們來討論一下要怎麼過警衛那關，」拉蒙特說：「他看起來不像是外行人，門房裡一定有很多拿來攔住不速之客的裝備，所以在他發現我們沒有邀請函之前，我們就得趕快把他解決掉。」

「您覺得我們要什麼時候出動，長官？」

「十點過後吧。這樣他們應該已經吃完晚餐，可能正在享用剛剛送到的飯後甜點，我們一進去就能逮個正著。」

「要是他們真的在吃蛋糕怎麼辦？」潔琪令人冷場的一句話引發眾人的哀怨聲。

接下來的一個小時裡，威廉時不時就低頭看向手錶，但時針並沒有因此走得快一點。

再幾秒鐘就十點了，拉蒙特拿起對講機宣布：「準備好，各位。」威廉不知道自己還能再多準備什麼了。「我五分鐘後會下令開始行動。」計畫正要如期進行時，對講機卻突然發出聲響。

「阿達加，你在搞什麼？」

「有突發狀況，長官。從倫敦出發的末班車剛到站，有十個穿著暴露的年輕女子搭上三台我們的計程車往林普頓大宅過去了。」

「叫司機開進去大門的時候放慢速度，我們的警車就能趁這機會跟在後面偷渡進去，這樣警衛的問題就解決了。」

「收到，長官。他們大概十分鐘後會經過你們那裡。」

拉蒙特趕緊通知大隊長，獵鷹盤算著該怎麼處理這個突如其來的狀況，他的下個命令卻出乎警司的意料之外。「把行動延後至少一個小時，布魯斯。」

「為什麼，長官？」

「這樣我們就能看到他們一絲不掛地被上銬了。」

13

「妳有想過自己當媽媽桑的樣子嗎？」
「噢不……長官，我拒絕！」潔琪連忙抗議：「這超越警察的職責了吧。」
拉蒙特回應：「說不定妳會因此升上巡佐喔。」
警司一邊比手畫腳一邊向潔琪描述他心裡的畫面，威廉則努力忍住不笑。
等他好不容易解釋清楚，丹尼提議道：「長官，潔琪可以搭我的計程車，警衛就會以為我們是從火車站過來的。」
「好主意。」拉蒙特說：「不過讓潔琪負責和對方溝通就好，演戲不是你的強項。」
「好的，長官。」丹尼回覆。
「我們最後再重新順一次計畫，潔琪會從……」

＊＊＊

十五分鐘過後，丹尼開著他的黑頭計程車出發了，後座載有一名乘客。他緩緩開向林普頓大宅，來到緊閉的大門前，門房裡的警衛走近他們的車子。潔琪把裙擺往上拉了一點，搖下車窗，對著他用力擠出最魅惑的笑容。

「我能為你效勞嗎，女士？」

「你還真猜對了，我是媽媽桑[27]。」潔琪說，心裡暗自慶幸他的眼神正聚焦在她的美腿上。「我叫布蘭琪，我來確認我的小姐們是否有平安抵達這裡，這是我的習慣。」

警衛翻了翻名單。「但我這邊沒看到您的名字。」

「她們不是也沒有在名單上嗎？」潔琪賭了一把。「這就是邁爾斯的作風，你懂的。」

警衛看起來並沒有被說服，但還是很客氣地問道：「請問您是怎麼來的？」

丹尼握緊車門的把手，生怕下一刻就行跡敗露。

「我從火車站過來的。」潔琪回應道：「和我的小姐們一樣。」

「可是到林普頓山林的末班車在一個小時之前就到了。」警衛一點也不買帳。「我必須打電話到宅邸向馬金斯先生確認您的身分，可以請您再說一次您的名字嗎？」

一聽到這句話，丹尼猛地推開車門往警衛身上狠狠撞去，潔琪也立刻衝出車外直奔門房，略過狼狽跌坐在地上的警衛。她掃視著檯面上所有的按鈕，最後終於鎖定了標示著「大門」的開關，但回過神來的警衛也已經趕到她旁邊，舉起手一揮就輕鬆將她推開；他正準備按下緊急警報按鈕，卻不料潔琪使出渾身解數，抬起膝蓋就對著他的胯下送上重重一擊。

警衛疼得彎下腰來，雙手緊捂著褲襠；痛覺佔據了他的注意力，他根本沒辦法躲開下一秒潔琪的上鉤拳。結果顯而易見，不用裁判倒數十秒，任何人都能看出倒在地上的警衛已經不可能再爬起來了。

丹尼坐到警衛昏迷的身體上，潔琪連忙打開開關，鐵製的大門緩緩敞開。

幾秒鐘後，引擎空轉已久的四台警車快速開過他們身邊，往漫長的車道前進。他們車燈未亮、警笛未響，司機非常慶幸今晚的月亮是弦月，暗中潛入才不會被發現。

「妳要怎麼解釋？」丹尼看著躺在地上的男人。

潔琪說：「當事人拒捕。」

「那妳最好希望他們進去能找到夠多犯罪的證據。要是沒有，妳就不用指望升遷了，妳會——」丹尼停下說到一半的話。帶頭的第一輛警車在行駛七十二秒過後發出煞車聲，停在宅邸的門外。

拉蒙特立刻下車，跑上台階來到前門，他的拇指緊緊摁住門鈴，兩台警車則左轉分別堵住牧場的出口，以免那八名司機和幾個保鑣跑出來搗亂，他們有些人正安靜地打瞌睡或在聽

27 「女士」與「媽媽桑」的英文都是madam。

車上的收音機。

門鈴響了許久，拉蒙特正準備下令砸開前門，這時門卻打開了，眼前的男子或許是這棟宅邸裡目前唯一衣著完整的人。

「先生您好，請問需要什麼？」馬金斯的語氣像是把拉蒙特當成遲到的客人了。

「我是拉蒙特警司，我手上有這棟住宅的搜索票。」他把文件舉到管家眼前，然後撞開他直接走進大廳。十六名緝毒組警員和兩隻緝毒犬也跟著進入大廳，立刻開始大展身手，這裡殘餘的大麻氣味逃不過他們的鼻子。

拉蒙特站在大廳正中央監督著四周，警員們分散在宅邸各處搜查，完全不理會那些客人，他們有的忙著穿好褲子，有的看起來狼狽不堪，還有一位較年長的客人倒臥在地不省人事。

威廉過了一陣子才進入宅邸，他第一眼看見的是康斯塔伯的風景畫，時隔一年依舊掛在牆上，但他下一秒就被某個上次沒見過的作品干擾了注意力。威廉不可置信地看著邁爾斯・福克納本人的半身雕塑，一隻老鷹站在他的肩膀，上方還有專屬的聚光燈。威廉正準備脫口而出幾句惡毒的意見，忽然樓上傳來聲響，一名男子吼道：「你們在搞什麼？」

威廉抬頭，福克納就站在樓梯的最上方，身穿一襲紅絲綢浴袍，正與他們怒目相視。他慢慢走下那廣闊的大理石台階，直接站到拉蒙特面前，兩人的鼻尖都快碰到彼此了。

「你現在是在幹麼，督察組長？」

「現在是警司了。」拉蒙特說：「我有這棟住宅的搜索票。」他再次掏出那份文件。

「那你們是想搜出什麼呢，警司？難不成又是林布蘭的畫？就算我擺在你眼前你也不一定認得出來。」

「我們合理懷疑你持有大量非法藥物。」拉蒙特平淡地說：「而且不只是為了私人用途，這違反了《一九七一年藥物濫用法》。」

「法條說得都對。」福克納回應道：「但我可以跟你保證，警司，你們今天不會有什麼發現的，因為我的客人都是守法的好公民。」他走到一旁開始撥打電話。

「你要打給誰？」拉蒙特嚴厲地出聲。

「打給我的律師。這是我的合法權利，你應該知道的吧？警司。」

拉蒙特回覆：「只能打給他。」他死死盯著福克納的一舉一動，其他警員仍在努力四處搜查。

打完電話之後，福克納在一旁的扶手椅坐下並點了一支雪茄，馬金斯為他倒了一杯白蘭地。等到他的高腳杯空了又滿了兩次，而雪茄只剩下一點餘燼，那些四處搜查的侵入者們卻只找到幾個大麻碎屑和一顆搖頭丸。原本積極搖著尾巴的緝毒犬現在只能夾著尾巴乖乖坐好。威廉沿著長廊直走，眼神都停留在牆上排列整齊的畫作，廊道的盡頭是福克納的書房，裡面一本書都沒有，只有福克納和各種名人合照的相片。忽然，威廉看到放在桌上的那個東西，腦海裡萌生一個理論，他懷疑這個想法正確的機率有多高。

他走回大廳，只見福克納對著拉蒙特說：「不知道你們這場尋寶遊戲還要持續多久，我可以去換個衣服嗎，警司？」

拉蒙特遲了一下才回覆道：「當然可以，但是必須要由華威克偵緝巡佐陪同。盯緊他，華威克。」

「難不成我會像彼得潘一樣，從窗戶飛走然後消失得無影無蹤？」福克納起身上樓，威廉緊跟在後面，這次他經過牆上陳列的畫作時連看都沒看一眼。

來到二樓之後，他們沿著長廊直走，抵達金碧輝煌的主臥室。威廉直勾勾地盯著床頭牆上掛的那幅維梅爾畫作，正是貝絲說過等福克納離婚後會成為菲茲墨林博物館新收藏品的那幅。

「趁現在多看幾眼吧。」福克納開口說：「不過你應該不是第一次看到那幅畫了吧。」福克納說完便打開浴室的門，裡面站著一位只穿著內褲的年輕女子。

「你沒告訴我今天不只一個人。」她看了一眼威廉，露出滿意的微笑。

福克納說：「他不是客人。我樓下的事情快處理好了，不會再讓妳等太久。」他換上一件乾淨的衣服。

那名女子略顯失望，她再次含情脈脈地對威廉微笑，然後才走回了浴室。

威廉過了一下才回過神來，福克納拉上牛仔褲的拉鍊，並戴上第一次被威廉逮捕時就戴著的卡地亞坦克手錶。一換裝結束，福克納大步走出臥室下樓，返回他在大廳角落裡的座位。

福克納向拉蒙特問道：「有找到什麼可以回報給霍克斯比大隊長的東西嗎？」馬金斯走近為他倒了一杯白蘭地，那個問題卻遲遲沒有得到回答。

拉蒙特不禁開始懷疑唱詩班小弟是不是被他的老同學陷害了，或許他已經傍上新的金主，那就是眼前這位悠閒地又點了一隻雪茄的人。忽然，拉蒙特的思緒被門鈴聲打斷。前去應門的管家說：「您好，先生。」布斯．華生昂首闊步走進大廳，在整個屋子走了一圈，觀察每個被警員翻箱倒櫃的地方。

「你們的搜查還真是收獲頗多呢，警司。」他看著桌上標示「證物」的兩個小塑膠袋，一包裝著幾個大麻碎屑，另一包裝著一顆搖頭丸。「你等等可以打給霍克斯比大隊長，跟他分享你們今天可真是大豐收。」

福克納大笑，掐滅了雪茄，慢慢走到他的律師身邊。

「這點證物根本構不成什麼罪行。」布斯．華生繼續說：「你知道的，警司，我的委託人是個模範公民，平時安靜度日，投入大量心力為社會大眾做善事，他前陣子才將畫作贈送給菲茲墨林博物館，我相信你一定很清楚。所以說，為了我的委託人也為了你自己的名聲，我覺得你現在至少可以下令讓晚宴的客人離場，讓他們回到溫暖的家裡。還是你認為他們有人轉讓非法藥物，然後你要把他們抓去最近的警局？」他停頓了一下，盯著那兩包證物說：「我也想不到你能怎麼起訴他們就是了。」

拉蒙特不情願地點頭同意。幾分鐘後所有客人都安靜地離開宅邸了，一兩個客人安排其他手下前來護送，幾乎每個人都和福克納握手後才離開，甚至有個客人還說：「要告他們的話，我願意當你的證人，邁爾斯。」布斯・華生記下他的姓名和電話號碼。

所有客人都離開之後，布斯・華生轉頭就對拉蒙特說：「警司，你毫無疑問讓我的委託人非常難堪，更不用說你對他的人際關係造成了多大的傷害，那些客人都是他熟識的朋友或共事已久的商業夥伴。我不知道你們這一趟白費心思的行動會花費多少納稅人的血汗錢，但我可以確定，你們對這棟美麗的宅邸和屋裡的無價珍寶造成的所有損害，我都會為我的委託人討回應得的補償。」

眾人環顧四周被撕裂的沙發和傾倒在地的上等古董傢俱，有幾個警員不免露出尷尬的神情。布斯・華生向他們露出他面對陪審團的招牌笑容，馬金斯則四處拍下物品損毀的樣子。

威廉在拉蒙特耳邊小聲地說了一句：「幫我拖住他們。」便快速沿著廊道再次偷溜進去福克納的書房。

「你得體諒一下，布斯．華生先生。」拉蒙特說：「我們是根據情報出動的，並非惡意找碴。」

「那你們情報的來源還真是不可靠。你有發現嗎，警司？就以往與我委託人相關的案例來說，隨便聽信資訊就出動根本已經變成你們的嗜好了吧。」

拉蒙特努力保持冷靜。

威廉撥打他筆記本裡抄下的電話號碼，並衷心祈禱對方能趕快接起來，幸運的是，電話那頭過不久就傳來回應。

「請問你是？」

「我是威廉．華威克。很抱歉這麼晚還打給妳，克里斯蒂娜。但是現在有個緊急狀況，我覺得妳是唯一有辦法幫上忙的人了。」

「你該慶幸我有接電話，威廉。我剛結束一場初次見面的晚餐約會，聊了太久所以才剛到家。我猜你的困難一定跟邁爾斯有關吧，我能怎麼幫你？」

威廉趕緊解釋他們現在的窘境，而當克里斯蒂娜脫口而出答案的時候，他覺得自己就像個傻瓜，因為答案這一整個晚上都在他們眼前。

威廉說：「謝謝妳，我明天早上再跟妳說後續如何。」

「別太早打來，我的約會對象比我小了好幾歲。」

威廉今晚第一次笑了出來，說：「好好享受吧。」便掛了電話。他花了一點時間思考該怎麼做，正要回去大廳時又看見了桌上捲起來的二十英鎊鈔票，他對自己的答案更有信心了。威廉拿起它，離開書房，回到大廳。

「看看是誰回來了。」布斯．華生調侃道：「這不是我們新上任的巡佐嗎？不對，是偵緝巡佐，但這頭銜應該也不會繼續多久了。」只有福克納笑了出來。

「偵緝巡佐，」布斯．華生不屑地看著威廉手中的二十英鎊鈔票。「看看你那自信的樣子，是抓到火車大劫案的搶匪了是嗎？」

「比那更好。」威廉沒有多作解釋，他將紙鈔裝進塑膠袋裡，並標示「證物」。接著，他慢悠悠地走到福克納的半身雕塑面前。「只有過度自我中心的人才會將這種醜陋的東西跟滿屋子的名畫擺在一起。」

布斯．華生說：「希望你已經找好下一份工作了，偵緝巡佐。因為我覺得你當警察的日子已經快結束了。」

「我還沒找到。」威廉回應：「但我應該很適合當鑑定藝術品真偽的專家。」他舉起眼前的半身雕塑。

「快把它放下！」福克納大吼：「那個雕塑很稀有！」

「的確是長得蠻特別的。」威廉說：「既然你這麼希望我把它放下，邁爾斯先生，那我就恭敬不如從命了。」威廉鬆開手放任雕塑墜落，大理石地板上頓時多了幾百個碎片。

眾人瞠目結舌地盯著地板，但他們的注意力不在碎掉的雕塑，而是散落一地的十幾個小袋子，每個都裝著白色的粉末。

緝毒犬的尾巴開始激動地左右搖擺，攝影師們也開始動作，他們處理完前置作業後，十幾名警員開始將證物搜集起來。

「純度高到不可思議。」資深的緝毒警員正拿著其中一袋仔細觀察。「警司，我會把這幾包物質帶回實驗室檢驗，週一早上會立刻將報告送到你的辦公室。」

拉蒙特走上前，將福克納的雙手壓制並上銬。「我等這一刻等很久了，福克納先生。」布斯・華生拿著筆記本在一旁記錄現在發生的事情。「華威克偵緝巡佐，這個光榮的任務就交給你了。」

威廉站到福克納面前，他緊張到差點忘記怎麼宣讀權利。

「邁爾斯・福克納，我在此以持有並意圖轉讓A級毒品的罪嫌將你逮捕。你有權保持緘默，不用違背自己的意思陳述，但你所說的每句話都將作為呈堂證供。」

他將犯人押出宅邸，並將他送上在外頭等候已久的警車。車子開走時，威廉忍不住揮手和他們道別。

拉蒙特拿起大廳電話的話筒開始撥打電話。「我決定聽你的建議，布斯・華生先生。」

他滿臉笑意。「我要打給霍克斯比大隊長，跟他說我們今天大豐收。」

14

威廉與阿達加偵緝警員前往警察廳總部地下一樓的會客室，艾德里安．希斯已經到了，面色凝重地坐在桌子的一側，臉上毫無平時自信的神情。

兩位警員還沒坐下，他就急著開口問道：「你們把福克納抓起來了嗎？」

「他目前被關在警局裡。」威廉回答：「但是他星期一下午會去申請保釋，治安法官很有可能會許可停止羈押，所以他在出庭之前就有大把時間可以在外頭懸賞你了。」

「就算他沒被保釋出來，」希斯說：「他也一定會用盡方法找到我。所以你們要怎麼幫我？」

威廉回應道：「別急，我們首先要問你幾個問題，你的答案會決定我們要給你多少幫助。」

「這不公平。」希斯連忙抗議：「我明明有遵守承諾完成每個條件。」他忍不住開始發抖。

「我知道。但我還有一個困惑的點，你把十二包古柯鹼交給福克納之後，你說他付給你八百英鎊，然後每一張鈔票都是二十英鎊的面額？」

「沒錯，但他拿到貨之後先打開了一包，然後用其中一張鈔票吸了一下檢查貨的品質，確認滿意之後才把錢給我。」

阿達加警員說：「但是希斯先生，警察後來去接你的時候，你身上的現金只有七百八十英鎊。」

「那他可能漏給我他用來試毒品的那張鈔票了。」

「是這張嗎？」威廉拿起他在福克納書房的桌子上找到的二十英鎊鈔票。

「你覺得是就是吧。」希斯說：「我到底什麼時候可以拿到錢？」

威廉遞給希斯兩疊他最近成癮的東西，那就是用透明袋子裝著的現金。

「還有你們從我這裡拿走的八百英鎊，那是屬於我的錢。」

保羅說：「那些錢現在是皇家檢控署的證據了，但我們會確保你拿到應得的錢。」他停頓了一下。「前提是你要繼續遵守交易的承諾，審判結束之後你就能拿回全款。」

希斯問道：「我接下來要做什麼？」

「大約六個月後，你會以檢方主要證人的身分出庭。」威廉說：「你會在證人席回答問題，然後遵守誓詞據實陳述，就這樣。」

「我已經依照你自願提供的內容幫你寫好書面陳述。」阿達加說：「華威克偵緝巡佐和我已經認證過了，你只需要簽名就好。」

「我想先知道我簽了之後會拿到什麼回報。」

「現金三千英鎊，還有給你和瑪莉亞．魯伊斯去里約熱內盧的兩張單程機票——」

「我要坐商務艙，然後還要上面印著新名字的護照。」

「應該沒問題。」阿達加說。

「那出庭之前的六個月呢？要是沒有警察保護，在外面四處亂晃的我根本就是任人宰割。」

「你不會淪落到那樣的。」威廉說：「你和瑪莉亞會加入證人保護計畫，被安置在隱密的地方。審判結束之後，就會有人載你和瑪莉亞去希斯洛機場。所以福克納坐在囚車裡去彭頓維爾監獄的同時，你們已經在商務艙裡準備飛去里約了。」

「話可不能說得太滿。」希斯反駁：「福克納有太多逃跑的手段了，他根本就是魔術師胡迪尼。」

「你自己決定。」威廉說：「看你是要等著被宰還是待在安全屋？」

「你這樣說的話，我根本沒有什麼選擇。那我現在要去哪裡？」

「要載你們去安全屋的車子已經在外面了？」

「安全屋在哪裡？」

威廉回答：「就連我都不知道。」

＊＊＊

「麻煩跟著我走。」接待巡佐說：「我帶你去見你的委託人。」

布斯．華生跟著巡佐沿著一條燈光昏暗的磚牆廊道前進，經過幾間牢房，最後停在了有個值班的年輕警員守著的牢房外面。巡佐從眾多鑰匙裡選出一把，開鎖後拉開沉重的鐵門。兩名警察站到一旁讓資深的御用大律師進門，警員把門關上後返回他的崗位，巡佐則回到他的桌前。

布斯．華生看見他的委託人坐在床的末端，看起來非常不耐煩。他還穿著週六晚上派對時穿的的衣服，但他現在整個人面色憔悴、邋遢而且極度需要刮個鬍子。

「快把我從這裡弄走。」福克納低頭喃喃自語，率先出了聲。

「早安，邁爾斯。」布斯．華生淡然地說，猶如他在中殿律師學院[28]辦公室裡日常的諮詢環節。他在床的另一端坐下，放下他的公事包，又放下一個過夜用的行李袋。

「我在這個鬼地方待一整天了。」福克納沒了平時神氣的樣子。「我已經登記完身分、壓完指紋，也被訊問完了。所以我不得不請問一下，我花大錢委託你到底有什麼鳥用？」

「他們在問之前有先宣讀權利嗎？」布斯．華生無視他突然失態的發言。

「有。我一句話都沒說，他們問了一堆問題，卻一個答案都沒得到。」

「很好。」布斯．華生很慶幸自己的委託人有按照他的指示行動。

「接下來呢？」

「我們明天下午會去治安法院，我會代表你去申請保釋。」

「成功的機率高嗎？」

「那就得看法官是誰了。假如是個想趁機享受一時名氣的地方議員，他可能就會拒絕保釋來吸引群眾注意，你就得還押候審；不過假如是比較資深的專業法官，我們就有機會，到時候就知道了。[29]」

「被拒絕保釋的話會怎樣？」

「你就得繼續被關著等待法院處理準備程序了。」

「準備程序要多久？」

28 倫敦有四所律師學院：林肯律師學院、中殿律師學院、內殿律師學院及格雷律師學院，所有英國執業的大律師均屬於其中一間學院的會員，學院中會有自己的辦公室。

29 英國治安法院有兩種法官：一種是由沒有法律背景的民眾所擔任的志工法官，另一種則是專業的全職法官，負責處理較複雜的案件。

「六或七個月。你不用想那麼多，先專注在申請保釋。」

「我明天出庭的時候要做什麼？」

「沒什麼，就陳述你的名字和地址。」

「就這樣？」

「也不算是。我們要確保你看起來像個得體的守法公民，而不是剛從性愛派對過來的醉漢。所以我就擅自從你家幫你拿了一些適合明天場合的衣服。」他打開行李袋拿出一件深藍色西裝外套、白色襯衫、西裝褲、一雙襪子，還有一條哈羅公學[30]的領帶，最後又將一個有名牌印花的盥洗收納袋放到馬桶旁邊。

「要是我得繼續待在這裡，你還需要帶更多東西。」

布斯．華生其實的確已經打包好了另一個更大的行李，只是還放在辦公室裡沒帶來，但他沒有說出口。

「邁爾斯，我們法庭見。」布斯．華生起身離開。「治安法官問你話的時候，記得稱呼法官為庭上。」他捶了幾聲門，等待警員為他打開這道沒有門把的鐵門。

＊＊＊

「我兩點前要到法庭。」威廉坐到父親對面，將托盤上的餐點一個一個拿下來。

「福克納的保釋申請嗎？法官的決定很難預測。」朱利安爵士拿起刀叉。

「審判之前他都應該被牢牢關著。」

「話是這麼說，但你沒辦法影響這件事的走向，布斯．華生倒是可以。」

「真可惜，」威廉說：「他真該和福克納被關在一起。」

「注意一下禮儀，我們可是在林肯律師學院用餐，別忘了學院的宗旨是要情同手足地善待彼此。」威廉不得不擠出笑容。「話說回來，你去林普頓大宅的那天，你有確認福克納收藏品都還是真跡嗎？還是如他妻子所擔心的，都被調包成複製品了？」

「我只能說，那天同事們在四處搜查毒品的時候，我有盡我所能地仔細觀察那些作品。」

「然後呢？」

「雖然我不是專家，但就我看下來的樣子，每幅畫的確都是真跡，一定價值不少錢。」

「是個好消息，因為那些畫作、那棟宅邸和伊頓廣場的公寓會在財產分配的時候歸到我的委託人名下。福克納太太告訴我，婚姻無效的判決一確定，她會把所有收藏品拿去拍賣，

---

30 哈羅公學（Harrow School）是英國歷史悠久、聲望很高的名校。

除了一幅畫之外。她篤定福克納會寧願超出預算也要把畫作都買回去。」

「心狠手辣的女人。」威廉評論道。

「我這時候就得幫她平反一下了。」朱利安爵士說：「福克納太太已經答應要捐贈一幅維梅爾的畫作給菲茲墨林博物館，全是貝絲的功勞。」

「又一個心狠手辣的女人。」

朱利安爵士回應：「說到這個，你姊姊今天下午會在治安法院代表檢方反對福克納的保釋申請。」

「那就代表整個福克納的案子都交給她了嗎？」

「怎麼可能，他們一定會派地位相同的御用大律師對上布斯．華生，還有負責交互詰問福克納。其實檢控署長今天早上有打來問我要不要代表他們出庭，戴斯蒙德．派諾說我欠他人情，所以我跟他說我會再想一下。」

「接下福克納的案件的話，你可以指定葛蕾絲當你的事務律師。」

「我可不想打輸。」

「父親，大家都說她就快成為御用大律師了。」

「我不認同女的御用大律師。」

「下次跟她對上你就知道了，你說不定會收回你的話。」

＊＊＊

位於市政廳的治安法院平常都是處理店內行竊、酒醉及妨害社會安寧等案件，偶爾也會接受酒類營業執照的申請。但是這星期一下午，早在喬瑟夫．蘭尼恩ＯＢＥ[31]治安法官和兩位同事坐上法官席之前，現場就已經擠滿了人潮。

蘭尼恩法官向下望去，看著底下的盛況故作鎮定，眼前是國內著名的幾位大律師和他們的事務律師，還有來自各大媒體的記者群，而旁聽席更擠滿了群眾，今早抵達的時候書記員還特別告知他法庭外頭正大排長龍。

法官看著坐在被告席的男子，他身材高䠷、容貌英俊，又有著一頭散發電影巨星氛圍的金色捲髮，這就是媒體時常爭相報導的福克納。他身穿深色西裝外套、白色襯衫且戴著一條白色細紋相間的海軍藍領帶，他打扮得像是位事業有成的股票經紀人，根本不像是遭控嚴重毒品罪行的被告。

蘭尼恩法官向法警點頭示意，法警轉向被告並大聲說：「被告請起立。」

福克納抓著被告席的欄杆，搖搖晃晃地起身。

31　ＯＢＥ為官佐勳章的縮寫，獲得勳章者會在姓名後方加上勳章縮寫。

「法庭紀錄所需，請被告陳述全名以及現居地址。」

「庭上，我的名字是邁爾斯·亞當·福克納，現居地址為漢普郡的林普頓大宅。」他直視著法官，用從容的表情掩蓋他心中的不安。

「請坐。」

「謝謝庭上。」福克納完成布斯·華生叮囑他要回答的唯二句話了。

「布斯·華生大律師，你今天是要代表被告來申請保釋嗎？」

「是的，庭上。」布斯·華生從座位上站起。「我首先要向您說明我的委託人擁有良好的紀錄——」

「恕我打斷一下，布斯·華生大律師。我沒記錯的話，你的委託人不是才因詐欺控訴被判四年緩刑嗎？」

「庭上，他確實正在緩刑期間沒錯，但是他目前都有完全遵照法庭指示安分度日；而且我不得不提醒庭上，我的委託人對於先前的指控並無認罪，他毫無暴力前科，也是社會上舉足輕重的人物，實在不可能對社會構成危險，我認為檢方沒有任何理由反對其保釋申請。」

「華威克大律師，妳要作何回應？」法官轉向另一側說。

「檢方毫無疑問定會依下列原因堅持反對辯方的保釋申請。誠如蘭尼恩法官所言，被告目前正因詐欺控訴處於緩刑期間，然而這並非檢方反對保釋的唯一理由，如這位學識淵博的朋友」所述，其委託人確實是社會上舉足輕重的人物，然而他並未提及一些事實，其委託人為了逃稅早已放棄本國居籍，大部分時間都待在蒙地卡羅。庭上，考慮到被告擁有一架私人飛機以及遊艇的事實，我認為應該將其潛逃出國的可能性納入裁定的考量。」

「庭上，」布斯．華生這次更迅速地站起身來。「我的委託人同時也在國內擁有大量房地產，以及在伊頓廣場的一間公寓。」

葛蕾絲反駁：「這兩項資產現在都將因離婚協議而歸到其妻子名下，夫妻兩方都已原則上同意各項條款。」

「原則上同意，但兩方都尚未正式簽字。」布斯．華生依舊站著。

「但是你的委託人已經簽字了。」葛蕾絲說。

「就算妳說的是事實，他也仍然持有伊頓廣場公寓的租約。」

「他已有意圖轉讓租約。」

布斯．華生喊道：「妳又知道了？」

「就刊登在上個月的《鄉間生活》雜誌上。」葛蕾絲拿出一張雜誌頁面的影本，在布

32 大律師在法庭上會約定俗成地稱呼對方大律師為「學識淵博的朋友」（learned friend），以表達對彼此的尊重，以及認同對方的淵博知識。

斯．華生面前晃呀晃，威廉差點就起身為她鼓掌叫好。

「布斯．華生大律師，華威克大律師。」治安法官中止兩人的你來我往。「這裡是法庭，不是《潘趣與茱迪》的搞笑木偶秀，請保持禮儀。」

兩方大律師謹遵法官指示，安分地坐回席位。三名治安法官則湊近彼此，討論了一段時間。

「做得好，他們在討論妳提的東西了。」克萊兒小聲地說，她坐在葛蕾絲的後面一排。

「你覺得如何？」威廉坐在法庭後方的位置上，轉頭問拉蒙特。

但在警司還沒來得及發表意見之前，蘭尼恩法官就開始重整法庭秩序了，他當即宣布：「我們聽完了兩方律師提出的辯論，最後決議認為被告並不會對社會構成危險。」

布斯．華生露出微妙的笑容，威廉的臉則垮了下來。

「不過我有仔細考慮華威克大律師所提出的點，被告有足夠的資金能在保釋期間潛逃出國，所以我有兩項批准保釋的條件：一，福克納先生需要上交護照給院方；二，福克納先生需要上交一百萬英鎊的保釋金，若其未出庭接受審判，這筆金額將會被沒收。」

旁聽席上的媒體記者們開始嘰嘰喳喳地交頭接耳。布斯．華生表情木然地坐著，雙臂交叉在胸前，像是一尊大佛。克萊兒在她的黃色筆記本上打了一個勾又畫了一個叉，向前傾對葛蕾絲說：「一比一平手。」

治安法官繼續說：「滿足這兩項條件之前，被告將繼續接受拘留。」

媒體獲得了頭條新聞，蘭尼恩法官則享受了屬於他的十五分鐘名氣[33]；威廉失望地離開法庭，福克納則心滿意足，畢竟他需要享有自由之身，才能繼續完成計畫的下一步。

---

33 典故出自美國藝術家安迪・沃荷（Andy Warhol）的名言：在未來，人人都可以成名十五分鐘。（In the future everyone will be famous for 15 minutes.）

15

「我還是很享受薩伏依飯店的早餐。」福克納說：「就算最近過得不怎麼樣。」

「最近的確不怎麼樣。」布斯．華生又往咖啡裡加了一顆方糖。

「至少你讓我保釋出來了。但你明明說過他們根本不能靠那些證據拿我怎麼樣。」

「我說那句話的時候，證物只有大麻碎屑和一顆搖頭丸，不是十二公克的純古柯鹼。沒有法官會相信這個量的毒品會是私人用途，要說服大家那些毒品是私人用途我們才會有勝算。」

「跟他們說那些古柯鹼是警方放來栽贓我的。」福克納回應道，他的面前放著一碗玉米脆片和幾顆草莓。

「你明知道這行不通的，邁爾斯。檢方的主要證人會一口咬定他那天有把貨賣給你，別忘了錢和證物都在警方手上。」

「你找到是誰出賣我了嗎？」

「還沒，但我在找了。我只能說他已經被帶去某個地方的安全屋了，所以在他出現在證人席之前，我們可能都不會知道他的身分。」

「他可不一定能活到那個時候。」

「邁爾斯，你給我聽清楚，別做出會後悔的事。」

「像怎樣？」

「像是跑去打斷別人的婚禮。」

「誰叫他們沒邀請我。」

「你現在還有其他問題。」

福克納問：「還有什麼？」同時間，一名服務生將他的碗收走，另一名服務生則幫布斯・華生添滿咖啡。

「克里斯蒂娜說要等到審判結束之後才要簽離婚協議。」

「她在打什麼算盤？」

「她應該是覺得如果你被關，她就能再把財產分配的條件改得更離譜。」

「想得美，等我處理完她，財產分配她一分錢都拿不到。」

服務生來到福克納身旁。

「先生，請問您今天想要什麼餐點？」

「我要一份英式大早餐盤。」

＊＊＊

所有人都圍著桌子嚴陣以待，等著大隊長出現，就連拉蒙特都沒有看過他遲到。片刻過後，門忽然打開，獵鷹快步走進辦公室，就像一陣九級的強風。

「跟各位道個歉，」他邊說邊繼續走動。「我在廳長辦公室待了半個小時，忙著跟他分享我們週六晚上在林普頓大宅的大豐收。」眾人放聲大笑，開始拍桌叫好。

「恭喜你，布魯斯。」獵鷹邊說邊坐下。「十二公克的純古柯鹼，然後毒販還願意代表檢方出庭作證，我們這次一定能成功拿下福克納。」

「謝謝長官，但這其實要多虧華威克偵緝巡佐的功勞，幸好他當下靈機一動，我們才能安全過關。」

「威廉，幸好你沒繼續待在羅馬看那些千篇一律的雕塑。檢驗結果出來了嗎？羅伊克羅夫特偵緝警員。」

「出來了，長官。」潔琪回應道。「是最高品質的古柯鹼，可能來自哥倫比亞，他們最近在曼徹斯特也有攔查到成分差不多的一批貨。」

「福克納呢？」

威廉說：「他的護照和一百萬英鎊都交上去了，現在已經保釋出來。」

「你覺得他有可能溜走嗎？」保羅發問。

「不太可能。但要是他真的逃走了，檢控署長會沒收那一百萬英鎊，福克納會永遠消失在我們的人生中，也不全然是件壞事。」

「我比較想看見他鋃鐺入獄，」威廉說：「而不是無憂無慮地在蒙地卡羅逍遙。」

「你的願望很有可能實現。」霍克斯比說：「檢控署長認為福克納會挑刑責較輕的罪來認罪，布斯．華生研究完希斯的證詞就會做出下一步決定。」

「只要他相信自己有機會能全身而退，就算機率渺茫，」威廉回應道：「他也絕對不可能甘願認罪。」

「你越來越能推演福克納的想法了，很好。」獵鷹說：「但是距離庭審還有幾個月的時間，我們還有其他案子要處理，像是確保拉希迪可以和福克納落得一樣的下場。有一件事可以確定，那就是拉希迪絕對不可能被保釋出來。」

「但要是他真的申請保釋成功了，」威廉說：「他輕輕鬆鬆就能拿出一百萬英鎊的現金。」

獵鷹問道：「關於他的工廠位置，我們目前有什麼進展了嗎？」

「有，但也不算有。」拉蒙特回答：「長官，我目前只能確定工廠不會是在他小查爾伯里的莊園裡。上星期五我搭警用直升機俯瞰了整個莊園，那裡除了一輛停在車道上的深藍色賓士和一輛正在送包裹的郵務車之外，沒有其他運輸工具了。」

「保羅？」獵鷹點了下一個人。

阿達加開始報告：「我這五天都在村莊裡到處打探消息。郵政局長跟我說拉希迪平時不太與人打交道，會出席不定期舉行的村莊遊樂會，也捐了很多錢協助舉辦，但平時在路上都不太會看見他的人影。他聽起來像是過著雙重身分的生活，週末會以大地主的角色參加活動，平日卻是一位冷血無情的大毒梟。每週五下午去探訪母親的時刻似乎就是讓他從海德轉變為傑基爾[34]的轉捩點。」保羅浮誇地停頓了一下，確認其他人有在認真聽他說話。

「不要再譁眾取寵了，繼續講。」拉蒙特不留一絲臉面。

「每週一司機會載他從小查爾伯里的莊園到他在倫敦市區的公司。他大約八點會抵達公司所在的辦公大樓，我們代稱它『茶樓』，然後整個早上都會專心投入他身為董事長的職務。馬塞爾奈夫規模不大，但是在業界的聲望十分良好，去年的營業額高達四百萬英鎊，獲益三十四萬兩千六百英鎊。」保羅將馬塞爾奈夫年度報表的影本發給大家。

威廉說：「馬塞爾奈夫是拉希迪完美的煙霧彈，有了這麼豐厚的財力資本，外人看到他

34 海德與傑基爾為英國小說《化身博士》（*Strange Case of Dr Jekyll and Mr Hyde*）的角色。傑基爾博士分裂出邪惡的人格海德，就如同拉希迪有著雙重身分。

三不五時就飛去其他國家也不會覺得奇怪，就算那些國家根本就不是茶葉出口國。」

「他在莊園的宅邸非常奢華，」保羅接著說：「但是因為他的莊園有幾千英畝那麼大，沒什麼人能知道他的住處到底有多麼富麗堂皇，而且還不只這些。」

威廉接續著說：「他在希斯洛機場有架灣流私人飛機，兩名機師日夜待命以便他隨時就能一溜煙走人。他在坎城有一艘七十公尺長的遊艇，以他母親的名字命名為『蘇瑪雅』，船上也有十八名人員隨時待命。他在聖特羅佩、達沃斯都有房子，在紐約的雙層公寓還位於第五大道，可以俯瞰中央公園，而且每個住處都配有一大群工作人員隨時照料他的生活起居。」

拉蒙特評論道：「一年三十四萬兩千六百英鎊的收益絕對不可能負荷得了這種生活。」

「幹得好，阿達加。」獵鷹說：「你是怎麼打聽到那麼多消息的？」

「我在村裡的郵局看到徵才廣告，然後就去應徵當莊園裡的副園丁，我打聽到的消息遠比他們對我的了解還多。不過事實上，我覺得這些情報沒什麼太大的意義，因為那都只是拉希迪『檯面上』的生活。我和園丁領班還邊吃午餐邊討論了未來的薪資，他們問我最快什麼時候可以開始工作。」

獵鷹問道：「他們有錄取你嗎？」

「有的，長官，我說我會再給他們答覆。」

拉蒙特笑著說：「保羅，你哪會什麼園藝技巧？」

「我臨時抱佛腳讀了上個月的《園丁週刊》。無論如何，他們開的起薪比警察廳的起薪還要高，可以休更多天假，還有每年三週的假期。」

「再見，我們會想念你的。」獵鷹說：「華威克偵緝巡佐，輪到你來說說這星期的進度了。」

「保羅在鄉下閒晃的時候，我都在監督拉希迪在市區的公司。他週一八點抵達，大概中午的時候就會消失，然後週五下午才會再出現一下，接著就出發去博爾頓街找他母親了。至於他不在的那段時間都在做什麼，我跟保羅一樣毫無頭緒。」

「至少我們知道他平時會在哪裡辦公，即便那間公司只是個煙霧彈。」

拉蒙特問道：「馬塞爾奈夫在幾樓？」

「第十和十一層樓。我已經去過他們公司幾次了，但都還沒有突破前台那關。」威廉說：「更慘的是，我根本沒辦法確定每週一中午從公司離開的那個人，就是每週五在茶樓門口被私人計程車載走的那個人。」

「他有可能找了替身嗎？」

「應該不是，他只是有特別換裝來隱藏身分，不然就是都從我沒看過的隱密通道進出公司，也有可能他都直接從十一樓綁繩子垂降下來。」

「還真是專業。」拉蒙特的語氣流露出佩服之意。

「不專業可沒辦法每個星期現賺十萬英鎊，然後觸犯每一條法律，還不用為他的黑心錢繳任何的稅。」

「警方就是靠逃漏稅才逮住艾爾．卡彭[35]的。」拉蒙特提醒他們。

「百密總有一疏，他總會有漏洞的。」威廉說：「只不過我還沒找到。」

「還沒找到之前你就先別睡覺了。」獵鷹說：「沒有其他問題的話我們就先散會，都回去自己的崗位吧。」

威廉發言：「長官，我有一個問題。」

「我就知道。說吧，華威克偵緝巡佐。」

「臥底警員那邊有什麼新的消息嗎？」

獵鷹看向潔琪，她不發一語。「目前沒有，他有時候會好幾個星期都沒出現。一有新情報第一個跟你說，華威克偵緝巡佐。」

「謝謝長官。」

大隊長委婉地斥責了太急於求成的威廉，拉蒙特忍住了笑意。

「我對你也有一個問題，華威克偵緝巡佐。」獵鷹問道：「圖利普已經自己出院了，他會不會找到你的老同學在哪裡？」

「不可能的，長官。我沒辦法告訴你希斯的位置，因為就連我自己都不知道安全屋在哪裡。」

「維持現狀，別讓任何人找到他的下落，他是我們在法庭上擊敗福克納的唯一希望。好，各位，開始忙你們各自的事吧。抓住福克納的功績已經是過去式了，別忘了為非作歹的拉希迪還逍遙法外。」

※ ※ ※

艾德里安說：「妳願意嫁給我嗎？」

「我當然願意。」瑪莉亞伸出雙手環抱他的脖子。

「這個時候我應該要單膝下跪拿出訂婚戒指給妳的，但是我們被關在這裡所以沒辦法，他們讓我放風的時間都不夠我走去銀樓。」

「我們再撐一下就可以了。」瑪莉亞回應道：「戒指的事情等回里約之後再說，到時候

35 艾爾・卡彭（Al Capone）：美國傳奇黑幫老大。他涉嫌犯下私自釀酒、洗錢、殺人等罪行，但警察苦無證據，只能藉由控訴其逃漏稅，判處他十一年徒刑。

我們就可以遠離所有過往雲煙了。」

「真希望去里約的那天可以快點到。」艾德里安感嘆：「但我有點擔心，妳父母如果發現我之前吸過毒不知道會有什麼反應，而且我好幾年都沒有一份正經的工作。」

「那些都過去了，艾德里安。無論如何，我都已經和他們說過你爸是個事業有成的銀行家——」

「這部分倒是真的，雖然他和我斷絕父子關係了。」

「然後你爸還給了你一萬英鎊來創業。在里約，一萬英鎊是很大一筆錢，我們會有很多出路的。」

「我會充分善用這些機會的。而且我絕對不會忘記，沒有妳的話，我到今天還會是個無可救藥的毒蟲。」

瑪莉亞說：「你還有其他也要感謝的人。」

「我知道，唱詩班小弟也有功勞。等福克納被關進去監獄，我會好好完成該做的事。」

＊＊＊

「朱利安爵士，他的案子什麼時候會開庭？」

「最少還要幾個月的時間，怎麼了嗎？福克納太太。」
「我想請你花多一點時間處理協議書的東西，慢慢來，拖越久越好。」
「我們都談好滿意的條件了，妳怎麼會突然想要慢慢來？」
「我希望我丈夫進監獄的時候，我還是福克納太太的身分。」
「方便請問為什麼嗎？」
「你不要知道原因會比較好，朱利安爵士。因為要是計畫出了什麼差錯，我可還需要你來幫我辯護。」

＊＊＊

威廉搭地鐵前往市區，在沼澤門站下車。幾分鐘後他悠閒地走進茶樓，今天是週三下午所以拉希迪不在，他的心情比平常放鬆了許多。為了不被記住長相，他刻意繞過大樓門口的服務台，直接走到電梯區，站到一條排隊隊伍的後方。他在十一樓下了電梯，順手拿了一份《金融時報》，走到馬塞爾奈夫前台旁邊的座位區坐下，一邊讀報紙一邊時不時就看向手錶，假裝他在等人來。前台人員忙著應付接不完的電話，接待來訪的貴賓，還要簽收包裹。威廉希望能趁她起疑之前再多待一點時間。

威廉假裝自己在專心看報紙，實則全神貫注地聽著前台方向傳來的每一句話。他不久後就發現，馬塞爾奈夫並不只是拉希迪拿來掩蓋其他企業的煙霧彈，而真的名符其實是間穩定經營著茶葉買賣的小公司。

前台人員已經第三次朝著他露出一臉困惑的表情，威廉知道他該溜了。一個年輕女子從其中一間辦公室走了出來，他起身跟了上去。他們一起走進電梯，抵達一樓之後威廉走向前門，與他短暫同行的女子則右轉進入一條走道。

重返街道的威廉確認了一下時間，然後往沼澤門地鐵站的方向走去，他回家之前得先去一趟總部，雖然沒有什麼東西可以報告。他正走下樓梯準備進站，卻突然看見跟他搭同一台電梯的年輕女子出現在剪票口。威廉非常困惑，他剛才明明比她先走出了大門，他怎麼可能沒有注意到她從身邊經過呢？

他在最後一格階梯停了下來，往那名女子來的方向看去，一道不太顯眼的門打開了，一位穿著時髦的年長紳士提著公事包、拿著雨傘走了出來。威廉衝向那道正慢慢闔起來的門，但是在他趕到之前門就關了起來。

沒過多久就又有人從門走出來，這次他成功在門關起來之前從門縫溜了進去，眼前出現一條燈光明亮的走廊。他小心翼翼地沿著走廊繼續直走，經過左側的健身房和訓練中心，又爬了幾階樓梯去到另一條走道，最後竟然回到了茶樓門口的服務台，他現在知道為什麼那名女子會走得比他更快了。威廉沿著這條新發現的通道回到地鐵站，心裡拿定主意下週一早上該在哪裡守著拉希迪了。

＊＊＊

「皇家檢控署已經確定福克納的審判日期了。」朱利安爵士說：「十一月十二日，在老貝利。」

葛蕾絲拿出行事曆翻了幾頁，把十一月十二日開始的接下來三週都畫掉。「只剩不到一個月了，我還得讓希斯再演練一遍他的證詞。」

「開庭前幾天他們就會讓他回倫敦，那之後妳就可以帶他練習了。」

「你會叫威廉出來當證人嗎？」

「不可能。拉蒙特警司對陪審團更有影響力，而且路易斯醫生在毒品方面是備受尊敬的鑑定人，辯方應該根本不會多費心力去交互詰問她。老實說，我覺得布斯．華生應該差不多要來聯絡我們，然後代表他的委託人跟我們談條件了。」

「如果他來找你，你要怎麼回應？」

「我會叫他滾一邊去。」

「檢方……」葛蕾絲信手拈來地唸道：「檢方現階段並沒有理由做出任何讓步，但還是感謝你撥冗來電，布華。」

葛蕾絲不禁露出得意的笑容，她父親正忙著抄下她剛剛說的每一個字。

❊　❊　❊

星期一上午八點十分，威廉和保羅守在馬路對面，看著拉希迪從他的賓士下車後走進茶樓。他的穿著看起來就像是個市區公司的董事長，看門的警衛向他抬手敬禮。一確認拉希迪已經抵達公司，華威克偵緝巡佐馬上走回沼澤門地鐵站，但他並沒有要搭手扶梯進站然後回去總部。

潔琪跟他說過盯哨的時候一定要隨時保持警覺，就算只是不小心恍神了幾秒，也有可能就這樣錯過目標。接下來的四個小時裡，威廉都守在車站大廳的階梯口，他偶爾會上下走動來打發時間，但是眼睛都從來沒有離開過那扇隱密的門。不時會有人從那裡走出來，然後直接往剪票口前進，但威廉確信拉希迪還沒出現，假如拉希迪這次反倒從茶樓的大門口離開，還守在馬路對面的保羅會立刻用對講機通知他。時間來到十二點整，威廉拿出十二萬分的集中力，直勾勾地盯著那道門。

幾分鐘後，一名男子開門走了出來，他穿著整套寬鬆的深灰色運動服，拉緊帽子遮住了整張臉。威廉還來不及多看幾眼確認他的長相，那個男子就已經從他身邊一閃而過。他走路的方式和記憶中的樣子一模一樣，但威廉不能只憑這點就冒險，那名男子把票拿給剪票員時，威廉注意到他戴著黑色皮革手套，他不自覺地看向他左手的無名指處。

威廉通過剪票口搭上手扶梯的那刻，那名穿著運動服的男子已經左轉往北線南下方向的月台走去。等到他消失在視線中，威廉快步跑下手扶梯，也跟著左轉之後才放慢速度。他的獵物就站在月台上，一台火車剛好到站，駛出隧道後噴出陣陣暖風。他踏上在拉希迪隔壁的車廂，全程只往他的方向瞄了一眼。他用餘光仔細觀察每站下車的乘客，那名帽子始終遮蓋臉龐的運動服男子最後在斯托克韋爾站下車。

威廉繼續坐在位置上，並沒有跟著下車，因為計畫要到下週才能進行到下一步。獵鷹的告誡深深印在他的腦海裡：絕對不要心急而冒險，放長線才能釣大魚。

※ ※ ※

安全屋總共交由六名守衛監督，每個人一次值班八個小時。高層下達的指示非常簡潔：保護證人和證人女友的安全，照顧他們的一日三餐，然後盡可能讓他們不要過度緊繃。但是兩人每次最多都只能出去附近的公園散步個幾分鐘，旁邊還有兩名警員及一隻德國牧羊犬隨時跟著，這個情況實在很難讓人放鬆。艾德里安和瑪莉亞甚至過了好幾個星期才發現自己在哪一座城市。

時間一週又一週的過去，艾德里安和其中一個守衛漸漸熟了起來，他們都支持著西漢姆聯隊。但是直到開庭日的前兩週，他才發現他真正支持的是誰。

＊＊＊

威廉回到總部之後就上交了報告，說明他從沼澤門站到斯托克韋爾站之間的整趟發現。拉蒙特看著倫敦地鐵的路線分布圖研究了許久，最後說：「下星期一如果拉希迪在斯托克韋爾站出站，華威克巡佐，你就在地鐵出口外面守著他。但假如他沒有出站而是從斯托克韋爾轉線往布里克斯頓過去，你就得接替華威克繼續跟著，拉希迪，阿達加偵緝警員。」

被點到的兩個人點了點頭，忙著寫筆記。

「潔琪，聽說妳金盆洗手不當媽媽桑了，最近有什麼進度？」

「有另一件也很緊急的事情，長官。」潔琪等到笑聲告一段落之後才緩緩開口，所有人的注意力立刻集中到她身上。「萬寶路確定有一大批貨會從哥倫比亞運到比利時的澤布呂赫港。幾個毒販在吧檯不小心說溜了嘴，他們喝太醉了。」

拉蒙特問道：「他說的一大批貨大概是多少的量？」

「不確定，他只知道最近一次的大批貨是十公斤的古柯鹼。」

「那肯定就是上次在曼徹斯特攔到的那批貨。」拉蒙特說：「他知道那批毒品會從澤布呂赫港送去哪裡嗎？」

「他不知道。」

獵鷹出了聲：「我猜應該會是菲力斯杜港。」

「怎麼說呢？長官。」

「那邊的兩個海關人員最近被反腐小組盯上，有消息說部門近期就要出動把他們逮個正著。」

「那你們最好現在就出發去菲力斯杜港，華威克偵緝巡佐和羅伊克羅夫特偵緝警員。」拉蒙特說：「盯好每一艘從澤布呂赫過來的船。做得好，羅伊克羅夫特偵緝警員。」

「我還有別的消息。」潔琪看起來很滿意自己的表現。

「萬寶路那天晚上一直聽到他們提到『露營拖車』。」

「要是那些毒販不是故意這樣說來混淆視聽，萬寶路給的消息可真是要派上大用場了。」

潔琪補充道：「他給的也不全是好消息，圖利普現在重回崗位，他時不時就出現在三根羽毛酒吧打聽希斯的下落。」

「我們得想想辦法了。」獵鷹說。

16

「負責盯哨的第二天總是度日如年。」潔琪埋怨道。

「為什麼？」威廉將望遠鏡對準港口的入口處。

「第一天還有辦法很專注，但到了第二天，那種期待追到目標的刺激感就被時間磨光了。」

「到了第三天呢？」

「你就會開始覺得很無聊，眼皮越來越沉重，一直打瞌睡。但這些至少都比聽你講那些無趣的故事還好，失眠的人聽了都會睡著，我賭貝絲晚上一定都不需要數羊。」

「至少我們這次明確知道目標長什麼樣子。」威廉無視潔琪的挖苦。「不像你去吉爾福德的那次，以為被偷走的畢卡索畫作根本不存在。」

「別說了，我完全不想回想起來。」潔琪說：「回到正題，港務長幫上了很多忙，今天從澤布呂赫過來的貨輪只有兩艘，都是湯森托爾森公司建造的渡輪。我們的目標是一輛後面掛著露營拖車的汽車，應該不難辨認，但保險起見我們還是需要記下每台經過的車子的車牌號碼。」

「我們昨天看到的三台露營拖車都去哪裡了？」

「第一台去了新森林國家公園的露營車停車場，車子的主人就住在那裡；第二台正被運去蘇格蘭；第三台拖車的所有人是奈傑．奧克肖特神父，收貨地在伯克郡桑赫斯特的堂區住宅，我們就姑且先相信他吧。」

威廉笑了出來。「今天的第一班貨輪幾點會到？」

「海洋之花號大概十一點二十分左右會入港，在滾裝船[36]專用的一號或二號碼頭。確定看到船出現之前我們都先別靠近碼頭，不能被那兩個被反腐小組盯上的海關人員發現。你在看什麼？」潔琪看向威廉腿上放著的那本書，懷疑他剛剛都沒在聽她說話。

「菲力斯杜港的歷史。」

「聽起來真是有趣。」

「你知道這周圍的土地都是劍橋大學三一學院的嗎？而且是他們目前經濟價值最高的資產。」

「哇，太酷了。」

「當時的學院財務長崔西利安．尼可拉斯先生以學院的名義買下這周遭共三千八百英畝的土地，加上那條道路，通往當時還年久失修的碼頭。下一任財務長布萊德菲爾德先生看見這塊土地的潛力，而這裡現在也成為英國最大的港口，學院因此賺了不少錢。」

「故事要結束了沒？」

「巴特勒勳爵。」

「誰？」

「前任內閣大臣和三一學院的校長。」威廉回應道，開始照著書本上的字逐句唸出：「巴特勒在一場財務會議上質問布萊德菲爾德，問他知不知道他們在康沃爾郡的錫礦坑從一五四六年開始就沒有盈餘了。財務長接著回覆了一句名言：『校長，你以後就會知道，我們學院的特色就是會把眼光放遠一點。』」

「我現在眼光也放很遠。」潔琪從望遠鏡裡看見海洋之花號從海平面出現。「依照昨天的經驗，這艘船大概會在四十分鐘後入港，我們該出發去監視的地方了。」

威廉繫好安全帶，潔琪發動引擎，車子緩緩開下巴斯山丘往碼頭方向駛去。她停在一樣的位置，他們昨天就在這裡耗費了好幾個小時。幸好最後一班輪船十點過後就抵達港口，他們才來得及在午夜之前到濱海地區一家破舊的小民宿落腳。他們分開訂了兩間房，屋主看起

---

36 滾裝船（RoRo）：此船種專門載運汽車、卡車、拖車等有輪貨物，被載運的車輛可由跳板直接從碼頭駛上船隻或自船隻駛下碼頭。

來非常驚訝。

潔琪將車子停在不會被發現的位置，兩人不約而同地沒發出一點聲音，安靜地看著船隻逐漸地靠近碼頭。

沒等多久，第一台車輛就下船來到了碼頭邊，潔琪手拿著望遠鏡，大聲唸出車牌號碼給在總部等候已久的保羅。威廉則一如既往地力求謹慎，拿出筆記本也將號碼都抄了下來。等到最後一台車輛通過了海關，他們都沒有看到任何露營拖車，潔琪放下望遠鏡問道：「下一台渡輪什麼時候會來？」

「兩點五十分。」威廉的手在時間表上指著。「撒克遜王子號。」

「那我們有充裕的時間可以吃午餐，吃炸魚薯條？」

「不要，我們昨天才吃過。」

「我們明天也會吃炸魚薯條，這就是我的作風。」潔琪說：「我的黃金準則就是，如果只能待在碼頭附近盯哨，那就一定要去吃當地現撈的漁貨，絕對會比麗思飯店裡的法式燉鱈魚還要新鮮。你懂的，畢竟你那麼常去。」

「我也才去過兩次。」威廉說：「要是我們得在這裡待上整整一週怎麼辦？」

「我可以勉強吃個烤肉串。」潔琪開車調頭，前往當地接待巡佐推薦的一家炸魚薯條店。

停車之後，他們加入店外排隊的人潮，潔琪說：「看來應該很好吃。」

※※※

阿達加偵緝警員花了整個午休時間確認潔琪提供給國家警察資料庫的所有車牌號碼，幾個人違停、超速，有一個酒駕，還有一名女子闖紅燈被罰了二十英鎊，駕照被記了兩點。保羅用對講機通知潔琪這些結果時，她往鱈魚倒上更多的醋，說：「真是個壞女孩。」

他們沿著濱海道路吃完了用報紙包著的午餐，然後開車回到位在懸崖頂端的絕佳監視點。

兩人沉默地望著大海，過了半個鐘頭，潔琪開口提了一個敏感的話題：「你還是希望升上督察嗎？」

「為什麼要問已經知道答案的問題？」

「因為警察廳裡的巡佐分成兩大類，你很明顯是屬於第二種，想要繼續升遷的人。」

「第一種呢？」

「大部分人都是第一種。」潔琪回答：「有在動腦的人都知道升上督察之後就不能領加班費了，所以警察廳裡才會有那麼多四五十歲的巡佐，他們很多人都比更上層的警官還領更多錢，但同時也害像我一樣還在漫漫長梯底端的人沒辦法晉升。坦白說，現在要升上督察比升上巡佐還容易。」

威廉第一次聽到潔琪這麼憤恨地談論一件事。「如果我們抓到拉希迪，妳一定很快就能再把三條線縫上制服的。」他一說完這句話就後悔了，因為這只會讓潔琪回想起來，正是因為她被降職，威廉才有機會升上巡佐。

潔琪說：「不過說實在的，加班費確實讓我有辦法享受稍微寬裕一點的生活。儘管我有時也在想，大眾是否意識到有多少警員乾坐在停在小巷裡的警車內，僅僅是為了預防抗議遊行失控。」

「這也沒辦法，加班費是必要的。」威廉回應道：「可以對比一下俄羅斯，如果有人敢抗議的話，他們的鎮暴警察可不會坐在巴士裡。」

「說到這個，唱詩班小弟，我要趁現在睡一下，下一艘渡輪抵達的時候再叫我起來。」

她閉上眼睛，向後躺到椅背上，沒過幾分鐘就睡著了。威廉多希望他也能這樣，但他就連深夜都難以入眠。他看著眼前一片灰茫茫的大海，想起了貝絲。天啊，他是個多麼幸運的男人，過沒多久他就會迎來三人的美滿家庭生活，這讓他更加希望潔琪提到的升遷機會能夠早日到來。威廉已經在腦海裡模擬過初為人父的生活，假如是個男孩，他未來可以加入板球國家隊為國爭光；假如是個女孩，她可以成為國家美術館的第一位女性館長。

威廉接著想到福克納的案子，下週就要在老貝利開庭審判，他們的希望全在艾德里安・希斯的證詞上。葛蕾絲說布斯・華生前幾天打來他們辦公室協商了，以檢方撤回較重的轉讓毒品告訴為條件，福克納願意認罪較輕的罪行，也就是持有毒品罪。威廉覺得十分有趣，知道父親禮貌回絕了也不怎麼意外。

威廉下一瞬間想到阿塞姆・拉希迪，他週一中午離開茶樓之後會搭地鐵到斯托克韋爾站，然後轉乘維多利亞線到布里克斯頓站下車。上次阿達加警員在出口守著，卻沒有繼續跟蹤他，反而搭了下一班地鐵回到了總部。拉蒙特質問理由時，保羅解釋說拉希迪一出站就有好幾名武裝保鑣在四周確認有沒有跟蹤的人，所以他才不敢貿然行動。不過他們至少知道拉希迪的屠宰場在哪個行政區了，雖然還沒有辦法確定具體位置。在龍蛇混雜的布里克斯頓行動難免會受限，但警方是不會承認這件事的。說不定潔琪的臥底警員能夠解決這個問題，幫他們找出拉希迪工廠的位置。

再下個瞬間，威廉想到了拉蒙特，他還是沒辦法和他合得來。警司一點也不避諱自己的偏見，他認為威廉就是個乖乖牌的唱詩班小弟，而保羅就是個外來移民。至於獵鷹就更不用說了，他在所有人之上，與大家有一段距離。

遠方海面上若隱若現的黑點將威廉拉回現實。他等到看見船首上「撒克遜王子」的標誌後才將潔琪喊醒。她沒過幾秒就恢復神智，像是沒有睡著過一般，這又是另一件威廉希望自己也能做到的事。

他說：「撒克遜王子號正在入港中。」

「拜託就是這一艘了。」潔琪哀怨地自言自語道，然後發動了引擎。他們開下巴斯山丘，回到那個最適合監視的地方，在那裡可以完美看見船隻入港，但又十分隱密。沒過多久，第一台車輛就駛下渡輪。

潔琪再次用望遠鏡盯著準備通過海關的車輛，將每個車牌號碼告訴在總部裡待命的保羅。

突然，她死氣沈沈的唸誦聲變得激動起來。「這怎麼可能！保羅，立刻通知老大，快點！」

潔琪把望遠鏡遞給威廉，他定睛看著一輛往碼頭方向過來的富豪汽車，然後就知道為什麼潔琪會大驚失色了。威廉把望遠鏡還給她，心裡猜測著拉蒙特會如何應對。

「潔琪，怎麼了？」對講機另一頭的嗓音鏗鏘有力。

「長官，渡輪上下來了一台掛著露營拖車的富豪汽車，正往海關駛去。」

「然後呢？」拉蒙特聽起來十分不耐煩。

「長官，您一定不會相信的。開車的人是萬寶路，然後圖利普就坐在副駕駛座。」

「他們現在在哪裡？」

「排隊等待過海關。問題是我是他的聯絡官，我不太確定我接下來該怎麼做？」

「目前先待命，我去跟大隊長討論一下，千萬不要讓他們離開視線。」

對講機安靜了好一陣子，要不是偶爾會出現劈啪響的雜訊，潔琪可能會以為他們斷線了。終於，對講機傳來他們熟悉的獵鷹的聲音，內容直截了當。

「妳確定開車的人是萬寶路嗎？羅伊克羅夫特偵緝警員。」

「是的，長官。」她語氣堅定，望遠鏡仍對準那台富豪汽車。

「他們還在排隊嗎？」

「已經輪到他們了，長官。一位海關人員正在檢查車子，另一位正在和圖利普聊天。他們現在已經在揮手送車子走了。」潔琪停頓了一下。「再過幾分鐘，我們就會跟丟他們了。」她用盡全力控制住自己想要踩下油門的那隻腳。

「先在原地待命，羅伊克羅夫特偵緝警員。」獵鷹說：「我們不能冒險波及到臥底警員，而且如果他們手上的貨是要送去拉希迪在布里克斯頓某處的屠宰場，他就能幫助我們完成最後一塊拼圖。我再說一次，原地待命。」

威廉從潔琪手中搶走對講機。「長官，要是你們的臥底警員背叛我們了怎麼辦？這樣我們就沒辦法知道工廠的位置，也會失去十公斤的古柯鹼，還會錯失逮到圖利普的大好機會。」

「絕對不可能！」潔琪幾乎是用吼的說：「洛斯絕對不可能出賣我們。」她就這樣打破了規定。

「你們的臥底警員有可能隱瞞了一些事。」威廉冷靜地說：「你時常提醒我們，長官，毒品相關的買賣牽扯到超乎想像的錢財，就連最正直的警官都有可能禁不住誘惑。」這句話讓潔琪閉上了嘴，一部份是因為她從來沒聽過有人敢這樣和大隊長講話。

「有道理，華威克偵緝巡佐。」大隊長也同樣冷靜。「我和羅伊克羅夫特偵緝警員長期負責臥底警員的事物，有可能我們都摻雜太多私人因素了。布魯斯，我把最終的決定權交給你。」

拉蒙特馬上就應聲回答：「長官，我和臥底警員沒有任何私人交情，但是考慮到他這麼久以來都不曾讓你失望過，我認為沒有理由證明他會突然就背叛了我們。而且無論如何，只要他們有所行動，我們就有可能造成他的生命危險，所以我建議讓華威克偵緝巡佐和羅伊克羅夫特偵緝警員繼續原地待命。還有另一點，長官，假如那兩名海關人員就是反腐小組監視的對象，我們要是行動就會影響到他們的計畫。」

「說得好，每句話都解釋了為什麼你們兩個應該立刻趕回來總部。」

「遵命，長官。」威廉回應道，語氣聽起來不太信服長官的決定。

他和潔琪坐在原地看著那台富豪汽車開到大馬路上，接著消失在視野裡。

大隊長關掉對講機，與菲力斯杜港的兩位結束聯絡，然後說：「謝謝你，布魯斯。」

回到辦公室之後，霍克斯比拿起桌上的電話說：「安琪拉，你手邊有多的萬寶路菸盒嗎？」

「有的，長官。」

「妳可以拿過來給我嗎？」

安琪拉從抽屜中拿出一盒萬寶路，走去辦公室，放在大隊長的桌子上，兩人沒有半句對話。

二十分鐘過後，大隊長再次拿起電話。「安琪拉，要是有任何人打電話來，跟他們說我三十分鐘後才會在辦公室。」他把銀紙放回空菸盒裡，再把菸盒放進外套的內側口袋，接著搭電梯來到一樓，朝著西敏寺主教座堂的方向過去。

迷霧中的祕密 202

17

開庭的前一個晚上，艾德里安和瑪莉亞由A1公路從林肯郡回到倫敦，他們住進一家老貝利附近隱密的小旅館，兩名警衛駐守在房間外面。

瑪莉亞睡得很安穩，艾德里安倒是整夜都輾轉難眠，他就像是一位焦慮地等待布幕升起的演員，想著朱利安爵士擬好的所有問題，一遍又一遍地複習已經演練過好幾次的回答。瑪莉亞沒有什麼任務，艾德里安一踏進證人席，她就會被送去希斯洛機場報到，等著她的伴侶一起登機。

朱利安爵士前一晚在林肯律師學院裡的房間過夜。開庭當天他一大早就醒來，拿出開審陳述的稿子又檢查了一遍，邊讀邊刪刪減減，畫掉不順的詞彙或甚至一整個段落。他接著大聲朗讀內容，外頭吱喳叫的鳥群是他唯一的聽眾，牠們似乎非常滿意朱利安爵士的表演。

布斯．華生也起了個大早，享用完一大份早餐後才搭計程車來到老貝利。他在開庭的半個小時前才到場，畢竟他得等到接近傍晚才有機會站起來發言，他推測檢方的主要證人至少會花好幾個小時陳述證詞，而他要在那之後才能開始交互詰問。他準備了一些刁鑽的問題來削弱希斯證詞的可信度，但成功的機率都不太高，最壞的情況是委託人的兩項告訴都被判有罪，再加上原本的四年緩刑，邁爾斯可能要好幾年聖誕節都在監獄中度過了。

他和邁爾斯前一天晚上到薩伏依飯店共進了晚餐，他的委託人看起來異常冷靜，就好像已經屈服於即將到來的命運，實在無法揣測他那難以捉摸的腦袋裡到底都在盤算些什麼。

葛蕾絲搭地鐵來到中央刑事法庭，她知道父親在開審陳述之前不會想被打擾，所以沒有與他會合。她知道自己只是他的事務律師，只是一個輔助的角色，在法條相關問題出現時可以幫忙釐清概念，或是協助確認辯方聲稱是事實的陳述是否正確，她絕對不能讓布斯·華生干擾正處於最佳狀態的父親。她甚至還得做一些瑣碎的事情，像是隨時確保他的水杯永遠都至少有半杯水。儘管如此，葛蕾絲還是非常慶幸自己能以父親的事務律師身分出庭，她沒有和任何人說過，就連克萊兒也沒有：她很期待父親今天至少能讓她交互詰問沒那麼重要的證人。

邁爾斯·福克納跟他的御用大律師一樣，也享用了豐盛的早餐，甚至還有時間到公園晨跑了一圈，在他專屬的私人公園裡。布華告訴他，要等檢方所有證人都提供完證詞之後，他才有可能被傳喚上去作證。不過也要他的證詞對他們有利，他才會被叫上去；但現在這個情況之下，布華不認為還有什麼能幫助他們勝訴的了。

司機載福克納來到老貝利，一大群記者及攝影師頓時圍住車子，所有人都在懷疑他今天會不會出庭，畢竟他顯然有辦法為了自由之身犧牲那一百萬英鎊而逃走。福克納昂首闊步地走向他們，讓攝影師有充足的時間可以拍下他的身影，這讓記者們斷定他十分有信心自己今天會驕傲地出現又驕傲地離開。

上午十點鐘，賈斯帝斯・巴弗斯塔克法官來到現場，一號法庭早已人滿為患，他鞠躬之後走向法官席的正中央。檢方大律師的席位上，朱利安爵士正忙著確認他開審陳述的稿子每一頁都有做好標記並按照順序排好，葛蕾絲已經檢查過好幾次了，稿子非常完美。

布斯・華生到另一側的席位坐下，膝上放著專用的黃頁記事本，已經握著筆蓄勢待發，絕對不會放過朱利安爵士陳述裡的任何一個小錯誤。他的事務律師是安德魯斯，他繃緊神經坐在一旁，等著補充資深大律師可能漏聽的地方。

邁爾斯・福克納站在被告席，依舊穿著薩佛街訂製的手工西裝，戴著哈羅公學的領帶。七男五女陸續走進陪審團席，他朝他們露出友好的微笑，但只有一個人往他的方向看了一眼。

陪審員們開始宣誓，等到法官認為一切都準備就緒後，他點頭向書記官示意。書記官起身大聲唸出起訴書上的兩項罪名，接著抬頭面對被告，莊嚴肅穆地發問：「你認不認罪？」

「我不認罪。」福克納對兩項控訴都給了一樣的回答，他的語氣聽起來像是不敢相信有人會懷疑他的清白。

「請坐。」書記官說。

福克納一坐下，賈斯帝斯・巴弗斯塔克法官將注意力轉向檢方的資深大律師，問道：「你準備好要發表開審陳述了嗎，朱利安爵士？」

「是的，庭上。」他站起身來整理好黑色長袍的領子，手緊握著桌緣，看向放在桌上的講稿。

「庭上，本案由我代表皇家檢控署，而我學識淵博的朋友布斯・華生御用大律師代表被告方出庭。」兩名御用大律師敷衍地互相鞠躬。「庭上，起訴書上的兩項控訴涉及持有與轉讓非法藥物，而本案具體的非法藥物為古柯鹼。五月十七日星期六晚間，被告與九名友人於其家中舉辦晚宴，後遭警方查獲持有大量毒品。然而，陪審團需要知道的脈絡不只涵蓋晚宴開始之後的事情，更為重要的是福克納先生在賓客抵達之前所做的事情。」朱利安爵士抬頭看向陪審團，所有人都正全神貫注地等著他的下一句話。

「當天晚上七點過後，一名男子如約來到福克納先生家中。抵達宅邸之後，該名男子，也就是艾德里安・希斯先生，被專人帶至被告的書房進行一場交易，他提供福克納先生十二公克的古柯鹼，福克納先生則給付現金八百英鎊。這個價格明顯高於市場價，但是福克納先生只接受最高等級的貨品，本案中的毒品高達九十二・五％純度，鑑定人稍後會作證說明。我們稍後也會提交被告支付的現金作為證據。」

「交易完成之後，希斯先生駕車返回倫敦，接著馬上就被隱密地送至安全屋裡，福克納先生並不知道艾德里安・希斯其實是警方的線人。」

布斯・華生寫下第一條筆記：「警方安排線人教唆被告犯法。」

「當天稍晚，警方搜查了福克納先生的鄉間宅邸。儘管被告極力試圖藏匿證物，多虧有一位優秀的年輕偵緝巡佐，警方最後在一座雕塑裡找到毒品——」他停頓了幾秒。「就在福克納本人的半身雕塑裡。」

幾位陪審員忍不住開始偷笑。

「檢方不僅會提交十二公克的古柯鹼及八百英鎊作為證據，希斯先生本人也會出庭作證他在本案的角色。假如這些證據還不足以定罪被告——」他指向福克納。「檢方還會傳喚兩名鑑定人作證，第一位是拉蒙特警司，倫敦警察廳精英緝毒小組的負責人。」

布斯・華生寫下第二條筆記：「為什麼不是華威克？」

「第二位是露絲・路易斯醫生，政府藥物濫用諮詢委員會的傑出成員。」他神情嚴肅地面對陪審團下結語：「檢方堅信陪審團在聽取本案所有證據之後只會得出唯一的判決，即是被告邁爾斯・福克納的兩項控訴均有罪。」

朱利安爵士走回席位，福克納仔細觀察陪審員的表情，他們注視著檢方的御用大律師，假如有人要他們此時此刻宣布判決結果，他們臉上的表情就像是在說福克納該在日落之前被絞死或被馬拖去刑場分屍。布斯．華生警告過他，審判中對被告最不利的時候就是檢方開審陳述結束後的這一刻。

「謝謝你，朱利安爵士。」賈斯帝斯．巴弗斯塔克法官說：「那我們現在稍微休息一下，休息過後你們就可以傳喚第一位證人。」

他起身敬禮，接著走出法庭。

朱利安爵士劈頭問道：「希斯人呢？」他甚至都還沒坐定。

「在一樓的牢房裡由警方監視著。」葛蕾絲回答：「我現在就去提醒他快輪到他上場了。」

「他的女朋友呢？」

「希斯一站上證人席，她就會被送去機場。外頭還有一台車在待命，等希斯講完證詞就會送他去機場和女友會合。」

「我覺得案子今天傍晚就會結束了。」朱利安爵士說：「希斯交代完所有在福克納家裡發生的事情之後，我猜布斯．華生一定會竭盡所能為他的委託人達成認罪協商。」

葛蕾絲問道：「那你要怎麼回應他？」

「我的事務律師準備了一份不同意協商的陳述，我會照稿逐字朗讀。」

＊＊＊

「還真是毫無破綻。」福克納側身和他的御用大律師說話。「朱利安・華威克爵士看起來等不及要讓希斯站上證人席了。」

「我也是。」布斯・華生回應道：「希斯就不可能沒有破綻了，我等不及要把他生吞活剝。我目前確定可以幫你擺脫比較嚴重的轉讓毒品罪，但是持有毒品的控訴還得想想辦法。」

「你可以說毒品是警方故意放來我家報復的，因為之前林布蘭畫作的案子沒有抓到我。」

「我不可能提到林布蘭畫作的案子。」布斯・華生否決了他的提議。「那樣他們就能告知陪審團你因詐欺罪被判四年緩刑，除非辯方先提及，否則檢方不能提及被告曾經的罪行。不過，晚宴的其中三個賓客願意宣誓證明你們那天只有抽大麻。還有另一位賓客也願意作證，宣誓說你們認識以來你從來沒有碰過毒品。」

「那他一定才剛認識我不久。」福克納咧嘴一笑。

＊＊＊

賈斯帝斯・巴弗斯塔克法官在休息過後回到了法庭。「朱利安爵士，你可以傳喚第一位證人了。」

「謝謝庭上，我傳喚艾德里安・希斯先生。」

希斯緩緩走入法庭，布斯・華生饒有興致地打量著眼前這位檢方的主要證人，他穿著時髦，看起來像是個在金融界初露鋒芒的年輕老闆，完全不像個剛改過自新的癮君子。走至證人席的路上，希斯朝威廉露出一個彆扭的笑容，卻在經過被告席時一眼也沒有看向福克納。他意氣風發地宣誓，熟練的樣子讓布斯・華生猜測他不是第一次上法院了。

朱利安爵士對希斯露出友善的微笑，接著說：「法庭紀錄所需，希斯先生，請陳述您的全名以及現居地址。」

「艾德里安・查爾斯・希斯；倫敦，郵遞區號W一〇，拉德伯克街二十三號。」

布斯・華生懷疑那是他母親住處的地址。

「希斯先生，您能否證實您曾是一位吸毒成癮者？」

「如您所言，朱利安爵士，我確實吸過毒。但是現在，多虧有一位在我戒癮期間不離不棄的年輕女士，我已經徹底改頭換面了，而我和她也計畫在近期結婚。」

「真是個喜訊，我想所有人都樂意為你們獻上祝福。」朱利安爵士微笑著看向布斯・華生，但他卻臭著一張臉。「好吧，看來只有我。」陪審團裡又傳來幾處笑聲。

朱利安爵士知道他一定要先問出下面這個問題，布斯．華生才沒辦法在交互詰問的時候找希斯的碴。

「希斯先生，那您曾經短暫接觸過毒品交易嗎？」

「沒錯，但是沒有持續多久，而且只是因為我當時急需現金買毒品。」

「現在已經都沒有再接觸了？」

「是的，我可以保證我已經超過半年沒有接觸毒品相關事物，也永遠不會再回到以前那種生活方式了。」

「這可真是太值得讚許了，希斯先生。所以您現在是基於公民義務來出庭作證您最後一次毒品交易的過程嗎？」希斯點了點頭，布斯．華生則又寫下一條筆記。「今年五月十七日晚間，您是否開車前往漢普郡的林普頓大宅與被告邁爾斯．福克納先生見面？」

「是的。」

「他現在有在法庭裡嗎？」

「有。」希斯指向被告席裡的男子，下一秒就趕緊將視線移開。

「您與被告當天約定幾點見面？」

「七點。」

「您有準時抵達現場嗎？」

「我好像遲到了幾分鐘，當天管家直接帶我到福克納先生的書房裡，我們就在那裡會合了。」

「他當天看起來很急著希望趕快完成交易嗎？」

「我當天門都還沒關上，他就馬上問我有沒有幫他弄到他要求的貨了。我告訴他我有弄到貨，然後拿了其中一包給他檢查。」

「事先檢查是這類交易活動當下的慣例嗎？」

「是的，他想確認我帶來的是不是最高等級的貨，所以他堅持要先試一下。」

「那他當場有真的試嗎？」

「有的，他嚐了一小口，看起來很滿意。」

「原來如此。接下來呢？」

「他按照約定付給我現金八百英鎊，跟我說謝謝，然後還說希望之後能繼續合作。」

「再來呢？」

「他請我跟著管家下樓，然後把貨交給他的私人廚師。」

朱利安爵士愣了一下，疑惑地複誦了一次：「把貨交給他的私人廚師？」

「是的，福克納先生已經囑咐過廚師，請他分配好福克納先生和九名友人共十人份的量，並以銀色餐盤上菜。」

「廚師有看起來很訝異嗎?」

「沒有,我想他應該很常處理福南梅森的貨。」

朱利安爵士低頭看向他準備的所有問題,他的筆記裡完全沒有寫到福南梅森。他轉頭看向葛蕾絲,她也同樣錯愕。

「您的意思是,您是去福南梅森弄到那批高純度古柯鹼的?」

「不是,當天早上按照福克納先生的要求,我去福南梅森進的貨是十二罐頂級皇家白鱘魚子醬。」

法庭裡有些人開始大笑,大部分的人則看起來一臉困惑。法官緊皺著眉頭,往下瞪著證人。

朱利安爵士停頓了許久才又發問:「您的意思是,您那天沒有提供任何毒品給福克納先生?」

「對,不論是那天還是別天,我都沒有提供過毒品給他。坦白說,我和他那天才第一次見面而已。」

葛蕾絲快速寫下幾個字,急忙把紙條遞給她的父親。

「方便請問您今天之前的六個月以來都在做什麼嗎?」

「我這段時間都待在林肯郡的安全屋裡協助警方調查,他們答應會給我一萬英鎊作為報酬。」

聽到這個勁爆的資訊，在場的記者們全樂翻了，他們更加激動地振筆疾書。交頭接耳的嘈雜聲給了朱利安爵士一點時間來思考下一個問題。

「那您給了警方什麼價值一萬英鎊的情報？」

「我給了他們一個名字，圖利普。」

「圖利普？」

「本名是泰瑞．霍蘭德，他是倫敦有名的大毒販，一年可以賺十萬英鎊。我還告訴警方十六個最常跟他訂貨的買家的名字，以此交換一萬英鎊，還有保護我和我女友安全逃出國。」

記者們忙著寫字的手一刻也停不下來。

「福克納先生是其中一位買家嗎？」

「不是。」希斯語氣堅定。

葛蕾絲遞來了第二張紙條。

「您知道您現在的發言都必須遵守誓詞，對吧？」

「是的，我發誓會據實陳述。您女兒今早還跑來我的牢房提醒過我，叫我一定要誠實發言，把真相公之於眾，否則我就會因為做偽證而被關。如果您懷疑我說的話，朱利安爵士，福克納先生、他的管家和他的廚師都可以幫我作證。」

福克納在一旁點頭，這次終於有好幾個陪審員往他的方向看了。朱利安爵士想起多年前希斯被預備學校退學時威廉對他的描述，他在班上表現數一數二，但是城府很深不能輕易信任。朱利安爵士不得不承認，希斯一定有辦法回答接下來的每個問題，因為他一定早就計畫已久了，每個可能出現的問題都演練過好幾種答案。

「庭上，我沒有其他問題了。」朱利安爵士悻悻然地敗下陣來，一屁股坐回位置上。

賈斯帝斯．巴弗斯塔克法官轉向辯方的席位問道：「你要對證人進行交互詰問嗎，布斯．華生大律師？」

「不用了，謝謝庭上。我十分滿意希斯先生的證詞。」

「還用你說嗎？」威廉挖苦道，一不小心就在法庭後方發出太大的聲音。獵鷹不滿地看了威廉一眼，但也不得不承認自己也認同他的那個反應。

「希斯先生，您可以離開法庭了。」法官不甘願地給出許可。

「謝謝庭上。」艾德里安離開證人席，快步朝最近的出口走去。

法官起身宣布：「法庭現在休庭到下午兩點。在那之前，兩方大律師請來我的辦公室。」

兩名御用大律師起身敬禮，心裡明白法官嘴上說的「請」其實是命令。

拉蒙特的眼睛死死盯著走出被告席的福克納。「華威克，去看希斯這麼急是要跑去哪裡。保羅，你跟著福克納。千萬別讓他們兩個離開你們的視線。」

「我猜他們會走同一條路。」獵鷹說。

門口周圍吵雜的人群擋住了威廉的去路，他左閃右躲地穿過人潮，眼睛還得盯緊希斯的動向。一出門進到走廊，他拔腿衝下廣闊的階梯，一路跑到大街上，他的眼神四處尋找著目標，最後終於看見那個熟悉的身影鑽進一台賓利的後座。

「該死。」放眼望去不見一輛計程車，威廉只能注視著那輛還沒開走的賓利。突然間，一台機車疾馳過來停到他眼前。

「上車吧，巡佐。」保羅遞給他一頂防撞安全帽。

＊＊＊

福克納說：「很高興能夠再次見到你。」希斯鑽進了後座。

「希望這是最後一次了。」兩人握手示好。「我可不想被抓回去證人席回答更多問題，像是如果我沒有提供毒品給你的話，你雕像裡的毒品是從哪來的？」

「你不會再回去的，對我太不利了。」福克納把兩張去里約熱內盧的頭等艙機票交給希斯，還附上新的護照以及一個公事包。「明天的這個時間，你和你女友已經在地球的另一端了，檢方就會不得不撤銷我的告訴，我妻子也就得趕快簽離婚協議書了。」

「多虧有我們那位從西漢姆來的共同好友。」希斯打開公事包，盯著眼前那用透明包裝紙整齊疊好的兩萬現金。「你真的有遵守承諾，這是警方開的兩倍價錢。」

福克納說：「太划算了，我可以不用坐牢，克里斯蒂娜也沒辦法繼續煩我。我現在沒有時間閒聊了，我得在兩點前回到法庭，不然一百萬英鎊就飛了。兩萬是小事，一百萬就另當別論了。」

兩人又握了一次手，希斯說：「沒問題，祝你好運。」

「多虧有你，我應該不需要好運了。艾迪，載我的好朋友去希斯洛機場，可別讓他錯過班機了。」

＊ ＊ ＊

「要來點烈酒嗎，朱利安？」

「天還亮著呢，但我現在極度需要酒精，給我來杯雙倍濃度的威士忌。」他悶悶不樂地回答，布斯・華生在這時也走進了辦公室。

「你也要來點嗎，布華？」

「不用了，庭上。」他邊說邊拿下白色假髮。「我還在試圖理解剛剛發生的事情。」

「你不會要裝作你不知情吧？」朱利安藏不住他調侃的語調。

「我就跟你一樣錯愕。」布斯・華生坦白道：「你忘記我上星期才打電話問你要不要接受協商嗎？你拒絕了，而且說詞非常優美，我沒記錯吧？」

朱利安爵士開口：「我說不定會改變心意——」

「來不及了。」布斯・華生說：「我看你現在只能把東西收一收，拍拍屁股走人，然後去找下一份工作了。」

「我得去一下皇家檢控署，請示長官該怎麼進行下一步。」朱利安爵士試圖拖住案子的進度。「但我覺得他們會站在你那一邊，請我們撤銷所有控訴。」

「那你的下一步是什麼，布華？」

「跟朱利安一樣，我會遵從長官的指示。」

18

銀灰色的豪華賓利在第三航廈外面停了下來。

希斯神情輕鬆地走下車，手裡緊握著他唯一的行李，那個裝滿鈔票的公事包。他往航廈的入口走去，一台機車急煞停在了禁止停車的區域。

保羅喊道：「你先追上去，我等等就跟上。」

「我好像有看過那台車。」威廉脫掉安全帽，指著殘障車格裡倒著的一台黑色山葉機車。「我在哪裡看過的？」

「他在高速公路上騎在我們前面，跟賓利並排的時候他突然放慢速度，轉頭看了後座裡的人之後才繼續前進。」

「不對，我還有在別的地方看過這台車。」威廉喃喃自語了一會，然後繼續往希斯走的方向跑去。一進到航廈，他立刻找到航班資訊看板，一行字「英國航空，班次○一二，里約熱內盧，四點二十分，二十七號登機門。」出現在螢幕上。他在擠滿了人的大廳裡穿梭自如，還不忘避開路中間的行李箱或別人伸長的腳，他的雙眼掃視著每一個人，生怕錯失了獵物。下一秒艾德里安就出現在視野裡，他穿著法庭裡那身端莊的西裝，就站在英國航空的櫃檯前面，懷裡摟著一位年輕女子，應該就是瑪莉亞．路易斯了。威廉躲到一旁的柱子後面，等待保羅跟上。

兩人開始接吻，然後興奮地互相關心。威廉多希望能偷聽到他們的對話。

「進行得怎麼樣？」瑪莉亞問道。

「跟原本計畫的一樣，就差在我最後不是拿到一萬，而是兩萬。」

「你這樣對待老朋友都不會有一點罪惡感嗎？」

「如果他父親真的像報紙上說的的那麼厲害，我就沒有愧對於他了。他父親要是仔細讀一下我的證詞，應該就能發現我給了他一個可以逮到福克納的漏洞。所以說我們得趕快離開這裡，被福克納發現我的計中計就完蛋了。」

瑪莉亞看了一眼航班資訊。「我們的飛機再四十分鐘就會起飛了。」

「太好了。不過保險起見我們還是分頭走比較好，我到飛機上再跟妳會合，這個放妳那裡。」他遞給瑪莉亞那個公事包和她的機票。

瑪莉亞給了他一個擁抱，接著依依不捨地搭上前往登機門的手扶梯。和她揮手告別後，艾德里安走進男廁。

威廉看著瑪莉亞消失在視線裡。警司下達的命令並沒有提及她的名字，他只需要逮捕希斯然後把他抓回老貝利。

「但我們能用什麼罪名逮捕他？」他在出發前問了拉蒙特。

「他的護照肯定是假的，公事包裡的那些錢也可以證明他被收買，我賭那些錢絕對超過一萬英鎊。」

沒過多久，威廉的耳邊傳來聲音：「我要跟著她嗎，巡佐？」

「不用，我們逮捕完希斯之後再處理她，反正她在跟希斯會合之前哪都不會去。」

兩人緊盯著男廁的門口，等待希斯再次出現。

保羅說：「他也去太久了，可能是在換衣服？」

「不可能，他進去的時候沒有拿任何東西。我猜他和瑪莉亞說好要在飛機上會合。」

「你怎麼知道？」

「錢在她手上。」

「我該進去確認一下他還在不在裡面嗎？」

「不然他還能跑去哪？」威廉一針見血地說。

這時，一名男子忽然從廁所奪門而出，兩人立刻認出那個熟悉的面孔。

「終於知道那台機車上的人是誰了。」保羅說：「我要去追哪一個？」

「圖利普。」威廉說，他總算想起來在哪裡看過那台黑色山葉機車了。

「那要用什麼罪名逮捕他？」

威廉往廁所走去。「等我進去看一眼就知道了，你先去追上他！」

保羅往圖利普的方向跑去，不顧一切地踢開擋路的行李和別人伸得太長的腳。威廉才剛走到廁所門口，就看見一名男子大叫著衝出來：「救命啊！快打電話報警，救命啊！」

威廉開門的前一刻，又有一個人衝出來撞上他，那名男子急著拉上褲頭的拉鍊，連滾帶爬地離開。威廉戰戰兢兢地推開門，走進廁所的那一瞬間，他被眼前的景象震驚得愣在原地。從警的這幾年來，他看過不少屍體，在家裡安詳過世的老人、針頭還插在手臂上的毒蟲，甚至還有在年幼兒女面前上吊的可憐婦女。然而，沒有任何一個畫面比眼前的慘況更為驚悚。

倒臥在地的是艾德里安．希斯已經明顯失去生命跡象的屍體，周圍有一大灘鮮血。就差那麼一點，他就能和心愛的女人到里約開啟嶄新的人生。艾德里安的喉嚨被一刀劃破，下手乾淨俐落沒有半分猶豫。他的右眼被挖了出來放在屍體旁邊，這是在向其他毒販殺雞儆猴，要是妄想當警方的線人，下場就會是這樣。

「不准動！」背後傳來聲響。

威廉舉起雙手，冷靜地說：「我是警察，我現在會拿出我的識別證。」

「動作慢一點。」後方的人命令道。

威廉從外套的內袋裡拿出識別證，舉起來給他看。

他聽見走過來的腳步聲，還有警員的下一句話：「確認完畢，巡佐，你可以轉過來了。」

威廉轉身看見兩位警察，年老的巡佐正試圖保持冷靜，年輕的警員則在一旁瑟瑟發抖。機場警察平常只負責抓捕非法移民，偶爾處理扒手或是錯拿他人行李的旅客。眼前的慘劇顯然不在他們的工作範圍之內，威廉知道只有他能站出來控制場面。

「聽好了，你現在要做的第一件事就是把這塊區域封鎖起來，不要讓任何民眾靠近廁所。」

收到指令的年輕警員馬上離開，他的臉上露出如釋重負的表情。

「巡佐，請你打電話給倫敦警察廳的拉蒙特偵緝警司，告訴他艾德里安．希斯被殺了，阿達加偵緝警員正在追捕嫌犯，是圖利普。」威廉請他複誦了一次。又有一名警察來到現場，看見屍體的當下就立刻別過頭。

「我需要你去通知機場指揮中心的執勤官，請他們負責管理犯罪現場。」威廉向第三位警察下令：「凶案組的人處理完畢之前，千萬不要動到屍體。」

「遵命，長官。」他開心地接下指令，因為這樣就可以離開現場了。

威廉單腳跪在希斯身旁，從他外套的內袋裡抽出登機證和護照。上面的照片是他本人，名字卻不是。

「對不起，我親愛的老朋友。」威廉說：「天知道你不應該落得這樣的下場的。」

走出廁所之後，威廉看見兩位來支援的警察正在拉封鎖線，旁邊站著一大群憤恨不平的民眾，他們執意要知道為什麼突然就不能在這裡上廁所了。要是跟他們描述裡面的慘狀，他們說不定會直接尿在褲子裡。

年老的巡佐急急忙忙地跑回來找他匯報：「鑑識人員應該不久後就會到了。我沒有和拉蒙特警司說到話，因為他被傳喚去老貝利出庭作證了。有位名叫霍克斯比的大隊長說在犯罪現場調查人員來之前都由你作主。」

「沒問題。記得確保——」

「最後登機廣播：英國航空〇一九班機往里約熱內盧的旅客，請立刻至二十七號門登機，班機即將起飛。」

「——只有實驗室的聯絡官和鑑識員才能靠近屍體。還有一件事——」

巡佐怯生生地說：「你要讓我負責這裡？」

「對，但我很快就會回來。」刺耳的警鈴越來越大聲。「我得在起飛之前問她一些事。」他一說完就跳上手扶梯，一步跨兩階地奔跑著。

護照檢驗人員緊張地抬頭，眼前的不明男子衣服沾滿血跡，氣喘吁吁地插隊。他正準備按下櫃檯下方的緊急按鈕，還好威廉來得及秀出他的警察識別證問道：「去里約的班機？」

「登機門已經要關閉了，偵緝巡佐。我會趕快通知他們你要過去，祝您逮到那個混蛋。」

威廉再一次向前衝，兩名地勤人員已經在二十七號門旁邊等他，他們草草確認完他的識別證後就趕緊帶他走進機艙，旁邊還有幾位也是最後才登機的旅客。威廉看了看艾德里安登機證上的座位號碼，開始沿著走道尋找那位他素昧平生的女子。他停下腳步，眼前是緊抱著公事包的瑪莉亞·路易斯，她看了威廉一眼後便開始東張西望，納悶地找著愛人的身影。

威廉改變心意了，他轉身沿著走道走回艙門，和空服員道謝後回到航廈。

英國航空〇一九往里約熱內盧的班機準時起飛了，只是機上的乘客少了一個人。

❊ ❊ ❊

「是檢控署長打來的。」朱利安爵士說，把話筒放下。

葛蕾絲回應道：「不難猜到他會建議我們做什麼。」

「聽完早上希斯的證詞之後，他們建議我們找布斯·華生談協商。」

「不用想也知道他們會怎麼回答。檢控署要我們怎麼協商？」

「我們撤銷轉讓毒品的控訴，以此為條件讓福克納認持有罪。他會需要付一大筆罰金，但只會被判兩年緩刑。不過檢控署還是老樣子，說把最終決定權交給我們。」

「永遠都只會說說，然後把責任丟給我們承擔。」葛蕾絲抱怨道：「福克納又逃過一次了，如果繼續這樣，他一輩子都只會一直被判緩刑而已，永遠都不會真的被關進監獄。」

「葛蕾絲，假如這個案子由妳負責，妳會怎麼做？」

葛蕾絲頓時愣了一下，因為父親在面對重大決定時從來沒有徵求過她的意見。她認真思考了好一段時間，雖然當下十分受寵若驚，但從父親嚴肅的表情來看，她的想法很可能會左右父親的決策。

她說：「我不會這麼輕易就放過福克納。他還是得解釋警方在他家找到的那十二公克古柯鹼是哪裡來的，就算他成功說服陪審團他什麼都不知道，我們也還有他拿來試毒品的那張二十英鎊鈔票，威廉說這可能是我們最有利的證據。」

「我同意威廉的看法，但在質問福克納二十英鎊鈔票的事情之前，他也得先站上證人席。要是我是他的大律師，這個時候我會全力避免他被交互詰問。這代表我們就只能憑現有的證據證明他有罪，確保陪審團沒有任何合理懷疑[37]，但在今早聽完希斯的證詞之後，他們實在不太可能無合理懷疑。」

「那我們就得想辦法激發福克納的虛榮心了，讓他忍不住想上證人席與我們正面對決。」

「你有想到什麼辦法了嗎？」朱利安爵士問道。

葛蕾絲說：「我們可以換人上場。」電話在這時響起。

朱利安爵士接起電話，安靜地聽了許久後說：「是的，我知道這件事會改變整個案子的走向。謝謝你通知我，戴斯蒙德。」

「什麼事情會改變整個案子的走向？」葛蕾絲在他掛電話之後提問。

「艾德里安・希斯死了。」

※ ※ ※

布斯・華生說：「對方說要跟我們談協商。」

「聽完希斯的證詞之後他們也只能這麼做了。」福克納回答道：「在回絕他們之前你不妨說說他們開了什麼條件。」

---

37 合理懷疑（beyond reasonable doubt）：當舉證責任落於檢、控方，必須證明其認定被告有罪所提出的主張已超越合理懷疑，即不能在理性自然人心目中存有任何疑點，方能判定被告有罪。

「如果你願意認持有罪的話，他們會撤銷轉讓毒品的控訴。」

「我會有什麼損失？」

「一百萬罰金和兩年緩刑。」

「不錯的條件，但是我才不會妥協，畢竟我有辦法兩項控訴都全身而退。」

「成功率不低。」布斯．華生回應道：「但是何必要冒這個險？同意協商比較保險。」

「因為現在勝算在我這邊，所以你可以叫御用大律師朱利安．華威克爵士死了這條心吧。」

「我不太建議你這樣做，邁爾斯，尤其因為我不會傳喚你站上證人席。」

「為什麼？我又沒什麼好藏的。」

「有，那十二公克的古柯鹼。」

「你可以說是拉蒙特放到我家裡的。」

「你明知道這行不通的，陪審團也不可能相信你。拉蒙特從警多年來都保持著良好的紀錄，而且依照過去的經驗來看，陪審團特別喜歡這位直言不諱的蘇格蘭人，這也是為什麼我沒打算交互詰問他。」

「看完這個你就會改變想法了。」福克納遞給他一份用牛皮紙袋厚厚裝著的文件。

布斯．華生詳讀了好一陣子，問道：「你怎麼弄到這個的？」

「全都是官方紀錄裡的資料，你只需要用對方法找。」

※※※

「朱利安爵士，你現在要代表檢方發表陳述嗎？」

「是的，庭上。請允許檢方在此撤銷起訴書上的第一項控訴，也就是意圖轉讓毒品。然而，檢方仍會繼續進行第二項持有管制藥物的控訴，本案具體為十二公克的古柯鹼。」

法官揚起了一邊的眉毛，他已經暗中得知檢控署有聯絡朱利安爵士，建議他撤銷兩項控訴以知難而退。法官十分訝異平常做事小心的御用大律師竟然會選擇不走最保險的路。

「就這麼辦吧，朱利安爵士。你可以傳喚下一位證人了。」

「我傳喚拉蒙特偵緝警司。」

※※※

當天傍晚，威廉一回到總部就前去詢問大隊長有沒有保羅的消息。

「壞消息。」霍克斯比說：「他從機場回來的路上和一台機車相撞，兩個人都被送去醫院了。」威廉不安地繼續聽著。「但是保羅只有受到輕傷，幾處擦挫傷和瘀青，應該幾天之後就能出院了。圖利普『非常不幸地』摔斷了一條腿，可能要待在醫院好一陣子。」大隊長的臉上閃過一絲笑容。

「他有被以謀殺希斯的罪嫌逮補了嗎？」

「有，凶案組的人處理好了，他的病房外面從早到晚都會派人守著。」

「那我先去把今天的報告寫完，今天回家之前會放到拉蒙特警司的桌上。」

「沒問題。」獵鷹說：「布魯斯很抱歉沒能及時幫上你的忙，他臨時被傳喚去出庭作證了。」

「進行得如何？」

「非常完美。坦白說，要是布斯．華生接下來打算交互詰問他的話，我會非常驚訝，因為這只會讓他有機會再提一次那個打臉福克納的問題：假如福克納沒有把毒品藏在雕塑裡，還有可能會是誰？」

「檢方有提到那張二十英鎊鈔票了嗎？」

「還沒，我覺得他們打算留到交互詰問福克納的時候再一舉讓他敗北。」

「那他也得讓福克納站出來。」威廉說：「要是福克納完全不上證人席，我父親也沒辦法提出那張鈔票作為新的證據。」

獵鷹評論道：「真是奇怪，朱利安爵士平常不太會冒這種險。」

「他女兒才會。」威廉非常了解他姊姊的作風。

「我們就祈禱他們不會後悔吧。」

※※※

威廉轉動鑰匙打開前門，滿心希望回家和妻子共度平靜的夜晚可以沖刷掉腦海裡艾德里安．希斯屍體的畫面。然而，他一踏上前廊，挺著大肚子淚流滿面的貝絲就跑上前緊緊抱住他。

「我現在知道喬瑟芬．霍克斯比女士說她最害怕丈夫晚上沒有回家是什麼樣的感受了。」

「沒這麼嚴重。」威廉試圖安撫她。

「可是你的朋友被那麼殘忍地殺了，而你那麼無助，什麼也做不了。」

威廉問道：「你怎麼知道的？」

「新聞台整個晚上都在播這件事，潔琪打來跟我說你是第一個出現在案發現場的警察。」

「是這樣沒錯，但我沒事的。」他希望自己聽起來夠有說服力。

「你看起來不像沒事。」貝絲幫他脫下那件血跡斑斑的襯衫，卻突然看見之前那一道同樣是因為出任務而造成的傷疤。但她更擔心這次經驗留下來的會是心理上揮之不去的疤痕。

「你應該要打給我的。」

「我在凶案調查現場所以沒辦法，拉蒙特不在場所以我只能負責。」

「我知道，潔琪有跟我說細節。」

「只有那些可以告訴妳的細節。」威廉心想。

貝絲問道：「艾德里安的女友有什麼反應？」

威廉不發一語。

「我是不是不該再問下去了。」她說。

「對。」他有氣無力地說：「我不知道自己是不是做錯決定了。」

19

「布斯・華生大律師，你要對證人進行交互詰問嗎？」

「是的，庭上。我不會花太多的時間。」

他站著等待拉蒙特警司再一次走上證人席。

「警司，我應該不用提醒您今天也要遵守誓詞吧？」拉蒙特沒有回答，只是怒視著前方的敵人，就像個第一回合鈴響前躍躍欲試的拳擊手。

「法庭紀錄所需，警司，我可以當作您的回答是『不用』嗎？」

拉蒙特不情願地點了點頭，第一回合是布斯・華生贏了。

「昨天陳述證詞的時候，您反覆對我學識淵博的朋友說了非常多次這個問題：假如我的委託人沒有把毒品藏在家裡的雕塑裡，還能是誰藏的？」

「如果你想加快訴訟程序的話，我很樂意再重複更多次，布斯・華生大律師。」

「一聽就知道第二回合是誰贏了。」威廉在心裡偷樂。

「不必了，警司。我想知道的是，五月十七日當天總共有多少名警察闖進了福克納先生的住宅？」

「我不記得確切的人數。」

「您身為行動的負責人，卻不記得這樣的基本資訊？」

「十五個，或二十個。」

「實際上，總共有二十三個人，包括緝毒小組的警員、鑑識專家、開車的警員，甚至還有一個攝影師，更不用說那幾隻緝毒犬了。警司您如此大張旗鼓，別人說不定以為我的委託人犯了偷走皇家珠寶的滔天大罪。」

拉蒙特一言不發，但陪審團心裡無疑明白第三回合是誰贏了。

「這麼多人在場，有沒有可能其中一名警員在您不知道的情況下將毒品放進了雕塑？」

「不可能。」拉蒙特義正嚴詞地反擊。

「您的意思是您可以親自為他們每個人擔保嗎？即使您根本不確定那時候在場的每個人是誰？」

「當然沒辦法。」拉蒙特反駁道：「但我可以向法官保證，他們每個人無一例外都是最頂尖的專家，當天只是在執行分內的工作。」

「您也會形容傑瑞米・梅多斯是一位執行分內工作的頂尖專家嗎？」

拉蒙特遲疑了一剎那，完全沒料到會聽見這個名字，布斯・華生的這一拳惡意犯規，卻正中要害。

「警司，您可以慢慢想。無意冒犯，不過我還是得再次提醒您要遵守誓詞。」

朱利安爵士站了起來，尖酸刻薄地說：「庭上，我實在不太明白這些問題的意義還有辯方大律師的目的。」

「庭上，請您放心。檢方大律師存疑的點馬上就會有所解答了。」布斯．華生毫不動搖。

裁判出面說話了：「希望如此，布斯．華生大律師，因為我也同意朱利安爵士的看法，請你儘快切入正題。」

「庭上，我會盡我所能地加快速度。」布斯．華生將注意力轉回拉蒙特身上，他仍然不發一語。「需要我再重述一次問題嗎，警司？」

「不用。」

「那我滿心期盼聽到您的回答。」

「我的答案是會，我會形容梅多斯偵緝警司是一位傑出的專家，而我很榮幸自己曾經擔任他小組的一員。」

「傑出的專家？請問您榮幸擔任他小組成員時是什麼警銜？」

「我在兇案組擔任偵緝巡佐，調查倫敦東區一名犯罪首腦死亡的案件。」

「那個案子有上訴到法庭嗎？」

拉蒙特點頭。

「警司，這是第二遍提醒了，法庭紀錄需要您口頭回答。」

「有。」拉蒙特簡短的回答稍嫌失禮。

「陪審團當時的判決是什麼？」

「無罪。」

「那麼您還記得嗎？導致陪審團有合理懷疑，並因而判決無罪的關鍵證據是什麼？」

布斯．華生注視著眼前的證人。

「假如您忘記了，我很樂意幫您回憶。」他停頓了一陣子才說：「當時的案子，辯方成功證明檢方提交作為證據的那把槍是被栽贓到嫌犯身上的。也許您能告訴法庭是誰把那把槍栽贓到無辜的受害者身上的嗎？」

「傑瑞米．梅多斯偵緝警司。」拉蒙特回的話越來越小聲了。

「這件事之後，傑瑞米．梅多斯偵緝警司的下場如何？」

「他辭職之後被送進了監獄。」

「布斯．華生大律師，你到底想問什麼？」法官打斷了兩人的一來一往，朱利安爵士也已經不耐煩地起身。

「我們很快就會知道了。」布斯．華生沒有理會站起來的對方大律師。

「如您所言，警司，您是負責那個案子的其中一名警官。」

「是的，我很榮幸。」

「高級調查人員惡意栽贓槍枝，違反誠信地定罪一個無辜的人。您說您很榮幸參與了這樣的案子？」

「嫌犯被判無罪之後，不到一個月內就又殺了另一個無辜的受害者。」

「所以您贊同您長官的做法？」

「我並沒有這麼說。」

「您的言下之意就是如此。警司，請您回答我：您是否贊同『以崇高正義為目的之貪腐行徑』？您是否認為警察為了達成心中崇高的理想，就算違反誠信做出貪腐的行為也合情合理？」布斯．華生靜候證人的回應，卻遲遲等不到拉蒙特開口。

「或許您該來解決所有人的疑惑了，告訴法庭您在那個案件裡所扮演的角色。您傑出的長官梅多斯偵緝警司被判決之後，法院增設了另一個專責法庭來調查小組裡是否有其他成員也協助了罪行。而您當時在宣誓過後承認說，身為一名容易被他人動搖的年輕偵緝巡佐，您很有可能有意無意地包庇了長官的行為。您可以說出當時法庭認為應該給您的懲罰嗎？」

「我從偵緝巡佐被降職為一般警員，重新花了兩年上街執勤，然後才又復職到現在的位置。」

「所以說，專責法庭考量了您的誠信和忠誠之後，判決您需要被降職。」

「後來我還是復職了。」

「而您現在要求陪審團相信您已經改頭換面了？」

「每個人都會犯錯。」拉蒙特說：「有些人會吸取教訓，改過自新。」

「是這樣沒錯。」布斯．華生說：「但是陪審團必須知道，當您沒辦法透過正當警務範圍之內的能力定罪犯人時，您是否已經不會再包庇貪腐的行為了。」

拉蒙特惡狠狠地瞪著辯方大律師，但是布斯．華生毫不退縮。

「我的委託人曾經被誣陷偷走了一幅林布蘭畫作，結果實際上卻花費大筆資金協助菲茲墨林博物館尋回了該幅畫，這項案件是不是由您負責的？」

「陪審團裁定他非法自留了那幅畫長達七年的時間。」拉蒙特重振旗鼓地說：「法官以詐欺罪判他四年緩刑，還有一萬英鎊罰金。」

「幹得好。」朱利安爵士喃喃自語：「這樣法庭就有紀錄了。」

布斯．華生刻意迴避了這波攻勢。「請您回答問題，警司。您是不是負責那個案件的警官？」

「是的。」

「您是否在這個案件又做出了『以崇高正義為目的之貪腐行徑』呢？」

朱利安爵士立刻起身說：「我反對，庭上。警司又不是被告，不該被一連串問題處處刁難。」

「我同意。布斯．華生大律師，請你繼續下一個問題。」

布斯．華生將寫滿筆記的記事本翻到下一頁。

「最後一個問題，警司。請問五月十七日當晚，從我的委託人的住處大門口至宅邸前門，您開車總共花了多少時間？」

「一分多鐘，大概一分半。」

「真有意思，因為我上週開車行駛同一段路時只花了四十二秒，但我想您當時可能不著急。」

拉蒙特踉蹌了一下。

「在您按門鈴之後，管家大約過了多久才前來應門？」

「一分鐘，或是兩分鐘。」

「所以在門鈴響了三到四分鐘之後，您和二十二位訓練有素的警察就衝進我的委託人的住宅裡，搜索毒品超過兩個小時之後，卻只找到一顆搖頭丸和一些大麻碎屑。」

「但是我們過一陣子之後就找到——」

「『一陣子之後』是這裡的關鍵詞，我不得不懷疑『一陣子』到底是多長時間。警司，您是第一位進入林普頓大宅的警官嗎？」布斯．華生突然換了攻勢。

「對。」拉蒙特聽起來十分困惑。

「您進去宅邸時，我的委託人在哪裡？」

「站在樓梯的最上方。」

「他當時穿著什麼樣的衣服？」

「他穿著一件紅絲綢浴袍。」

「謝謝您記得這麼清楚。所以您的意思是，您按門鈴之後，他立刻把十二包古柯鹼藏進不巧就放在前門的雕塑裡，跑上樓換下晚宴西裝，穿上睡衣和一襲紅絲綢浴袍，然後還有時間可以站在樓梯上方等著您進門；他只花了不到三分鐘就完成上述所有事情？」

拉蒙特不發一語。

「滑稽警察喜劇的劇本都比這更有說服力。」布斯．華生對著陪審團說。

「我相信被告在我們抵達之前就已經將十二包古柯鹼藏進雕塑裡了，為了在更晚的時候與其他賓客一同分享。我們只是抵達的時間點不對。」

「我倒覺得你們抵達的時間點完全沒有問題。事實是，你們到我的委託人家裡搜索兩個小時卻找不到確鑿的證據，所以其中一名警察就聽從您的命令將毒品栽贓到雕塑裡面。」

「無稽之談。」他試圖壓住怒火。

「在您從警的職涯裡，您這次是第二次包庇同事了，放任他栽贓假證據來確保能夠定罪某人。我得出的這個結論難道也是無稽之談嗎？」

「荒唐到了極點。」拉蒙特近乎是大吼地回答。

「也許又是一位容易被他人動搖的偵緝巡佐，想要博取長官的認同？」

「更荒唐了。」他的音量越來越大。

「那名偵緝巡佐這麼剛好發現了毒品的位置，還是因為根本就是他藏在那裡的？」

「庭上，這是個無恥的指控。」朱利安爵士蹬腳站起身。

「而且這位有嫌疑的偵緝巡佐就恰巧是檢方資深大律師的兒子。」

朱利安爵士本想反擊，但是群眾一片譁然的聲響顯然會掩蓋他的聲音，有好幾個人轉頭看向威廉，他早已控制不住情緒。

法官等到喧鬧聲結束，才皺著眉頭對辯方大律師說：「布斯．華生大律師，我希望你那些無來由的指控背後有所證據，否則我就得請陪審團無視你的那些話，然後要求你未來發言更加謹慎一點。」

「要是朱利安爵士今天是傳喚華威克偵緝巡佐作為證人，而不是傳喚他的長官，我的這些話也許就不會是無來由的指控了，我就可以在交互詰問時請他遵守誓詞說出真相。」

這句話在群眾之間引起更激烈的騷動。法官過了一段時間才有辦法重整秩序，警告道：「不要再試探我的耐心了，布斯．華生大律師。不然我要以你藐視法庭為由下令本案明日再審。」

「那會是我們都不樂見的結果，庭上。」布斯．華生說。他是剛剛兩方廝殺後唯一保持冷靜的人，他在法官回應之前轉頭向證人說：「警司，我沒搞錯的話，您是否認為福克納先生是一名危險的罪犯，應該被關進牢裡一輩子，只不過上次案子裡的陪審團判決錯誤所以讓他逃過一劫？」

「我們終於有共識了是吧？」拉蒙特大吼，憤怒地伸手指向布斯．華生。

「您可以再大聲一點，以防陪審團沒聽清楚，然後可能就會像您說的一樣判決錯誤。」他抬頭看向法官席說：「我沒有其他問題了。」

所有人聚精會神地等待朱利安爵士上場反擊，卻只等到了令人訝異的結果，檢方的資深大律師起身嘆了一口氣，接著緩緩說：「庭上，檢方這邊也沒有問題要問證人了。不過，我想請問庭上能否讓我發表個人陳述？」

賈斯帝斯．巴弗斯塔克法官點頭，布斯．華生則輕鬆地往椅背上靠，閉上雙眼將手交叉在胸前，就像是個勝券在握地等著戰場傳來捷報的將軍。但令他驚訝的是，朱利安爵士並非要發表屈服於他的投降宣言。

「庭上，您知道的，依照刑事大律師公會的慣例，資深大律師會讓他的事務律師交互詰問一位被告方的證人。因此，若您許可，明天假如布斯．華生大律師有意傳喚被告作為證人，我會退居一旁，將交互詰問的責任交給我的事務律師葛蕾絲．華威克大律師。」

布斯．華生張開雙眼，交叉於胸前的手放了下來，以他周遭的人聽得見的音量說：「他想要什麼把戲？」

威廉露出笑容，他知道父親在耍什麼把戲。

「我期待你們的表現，朱利安爵士。」法官說：「我們明天上午十點再次開庭。」

＊　＊　＊

布斯．華生說：「我強烈建議你不要作證。」

「為什麼？」福克納不解。

「因為這樣做對你沒有任何好處，而她現在已經沒有什麼可以失去的了。」

「但你別忘了，我要對付的不是朱利安爵士，只是他的事務律師而已。」

「她已經接受他指導多年了。」

「說不定該來讓華威克一家見識見識他們的對手了，無論如何，我沒有什麼好損失的。」

「有，你的自由之身。」

「但現在這個機會不可多得，我可以同時公開羞辱朱利安．華威克爵士和他女兒，而霍克斯比、拉蒙特和唱詩班小弟只能在一旁看著。」

「我已經告訴你我的意見了，邁爾斯。千萬不要站上證人席，我們的舞台秀已經閉幕結束了。」

「我的表演可還沒結束。」

「你這樣就會是脫稿的即興演出，別忘了這個風險。」

「我就直說了。」邁爾斯說：「你不過就是《哈姆雷特》裡襯托哈姆雷特的掘墓人，觀眾們正在等著男主角出場。」

「可別忘了哈姆雷特的結局有多悲慘。」

20

葛蕾絲迷迷糊糊地醒來了，她不確定自己昨晚是否真的有睡著，恐懼又期待的情緒在她的腦海裡嗡嗡作響。

她又躺了一會，心裡念著不能吵醒克萊兒，過了一下子才悄悄下床，赤著腳走過地毯來到浴室，小聲地闔上門並打開電燈。

葛蕾絲注視著鏡中的自己，有很多地方可以再下點功夫，但現在可不是適合的時候。要是希望打個福克納措手不及，她的頭腦必須達到最佳狀態。用冷水洗臉接著刷牙之後，她穿上浴袍，關掉電燈，踮著腳尖小心地走回房間。走出門到樓梯口時，她暗自慶幸自己沒有吵醒克萊兒。

葛蕾絲緩緩走下樓梯，卻意識到自己昨晚似乎忘記關上廚房的燈了，心裡暗自咒罵一句，她親愛的母親知道的話一定會罵她浪費地球能源。但當葛蕾絲打開廚房門，卻看見她以為正熟睡的克萊兒坐在桌子旁邊，手拿著筆，桌上散落著好幾份法律文件。

「早安啊，葛蕾絲。」她像是坐在辦公室裡和同事打招呼。「我剛才在準備今天早上的交互詰問，我讀了一遍妳列出的問題，稍微調整了一些順序，這樣福克納會更難猜出妳想怎麼套他的話。但妳還是一刻都不能鬆懈，他是個老奸巨猾的人，反應又很快，所以妳得永遠領先他一步。妳的第一拳一定要出其不意，這樣妳第二拳攻擊他太陽穴之後他才來不及重整狀態，因為妳出第三次拳時就得把他擊倒了。話說回來，我又讀了一遍艾德里安・希斯的證詞，妳父親說得沒錯，他真的藏了一些細節讓我們給福克納下圈套，希望布斯・華生還沒發現。你先坐下花點時間看看我準備好的東西，我趁這個時候幫妳弄個水煮蛋，妳得大吃一頓才有精神迎戰。」

「根本就像是死刑前的最後一餐。」葛蕾絲苦中作樂，和克萊兒一起緊張地笑了出來。她坐下開始評估新的問題排序，克萊兒說得沒錯，把一些問題調換順序，就能讓福克納難以預測到「我能請問您那八百英鎊的事情嗎？」這個問題。

「泡好了。」克萊兒把一杯茶放到葛蕾絲前方的桌子上。「我們現在來實戰演練，我演福克納，妳演赫赫有名的資深大律師，開始吧。」

葛蕾絲起身說：「福克納先生，您認為希斯先生的這句話是實話嗎？……」

接下來的一個小時裡，他們一來一往地針鋒相對，以尖銳又刁鑽的話語相互對決，像是恨不得另一方敗下陣來的死對頭；偶爾還會停下來將句子用更精確的詞彙重述，或加強某些字的重音以製造效果。茶葉都回沖三次了之後，克萊兒總算舉高雙手大喊：「她做到了！

她成功了！」她唸出《窈窕淑女》的經典台詞來幫葛蕾絲打氣，因為她演的福克納已經沒辦法回擊了。「那妳趕快去梳妝打扮一下，妳的外表得跟頭腦一樣完美，陪審團才會心服口服。」

葛蕾絲親了她一下，接著上樓回到房間沖澡。她在心裡感嘆：「我怎麼能這麼幸運？」這樣的感激之情已經不是第一次出現了。她和克萊兒在法律學會辦的座談會初次相遇，她還記得那天的討論主題是養父母在現代社會中的角色，從那天起她們就形影不離。兩人喜歡牽著手笑著談論那些以為自己多有魅力的男人，但也只有在家裡獨處時才敢如此；有一次她們牽著手在公園裡散步，一個騎著腳踏車經過的十來歲男孩對他們大吼：「同性戀！羞羞臉！」克萊兒氣得朝他比中指，但馬上就後悔了。

「我不該跟他一樣沒品。」她和葛蕾絲坦白，心裡很不滿意衝動的自己。

那種白痴屁孩怎麼可能了解愛有千百種模樣？克萊兒是多麼地善良、大方、溫暖、風趣，又絕頂聰明。她是事務律師，葛蕾絲是大律師，兩人成就了最理想的合作與伴侶關係。事實上，她們的其中一位男同事曾經在律師學院裡和別人說：「如果對上她們兩個，別把她們想成普通的對手，她們根本就像是並肩行走的士兵。」

葛蕾絲再次看著鏡中的自己，剪裁合身的海軍藍西裝搭配舒適的黑色皮鞋，一位女法官曾經跟她說過出庭絕對不要穿高跟鞋，一站就是好幾個鐘頭，所以比起看起來高了幾公分，舒適度更重要。葛蕾絲繼續演練著她的問題，甚至都決定好所有該停頓換氣的地方了，她一邊梳著頭髮，一邊假裝鏡子裡的她就是被告。

「我們該走了，葛蕾絲。遲到的話陪審團就要直接判他無罪了！」克萊兒一針見血的提醒將她迅速拉回現實。

※※※

霍克斯比說：「我們今天早上的會議得提早開始，因為拉蒙特警司十點要回到老貝利。」拉蒙特一言不發。「別擔心，布魯斯。要是福克納蠢到真的站上證人席，朱利安爵士會把他生吞活剝。」

「他不會對上朱利安爵士。」拉蒙特回應道：「他把交互詰問讓給他女兒來做。」

威廉說：「那他就準備等死吧。」但兩名老大只半信半疑地不發一語。

「我們專注在福克納身上的同時，」霍克斯比繼續說：「阿達加偵緝警員和其他人一直盯著拉希迪的動向。就快要找到他的製毒工廠了嗎，保羅？」

「越來越接近了，長官。」阿達加說：「但我話還不敢說太滿。屠宰場一定會在其中一棟大廈的最頂層，所以我們查了布里斯克頓區裡的每棟大廈，但目前還不確定是哪一棟。」

威廉補充道：「更麻煩的是，我們不能冒險讓同一批警察連兩天跟蹤拉希迪，所以在找到屠宰場之前我們可能會花上數個星期，甚至數個月。」

「我比你更容易混在布里克斯頓區的人群裡，說不定可以撐到三天？」保羅的話讓眾人在這上午第一次大笑。

「長官，我想請問您的臥底警員有沒有任何消息。」威廉說：「他說不定早就找到屠宰場在哪裡了。」

「還沒有。」獵鷹簡短地回覆，想起上次華威克偵緝巡佐曾質疑他和萬寶路不夠公私分明。「別忘了，華威克偵緝巡佐。要是對方有那麼一秒懷疑他是緝毒組的人，我們下一次看到他就會是河上的浮屍了。」

潔琪清楚記得她曾在哪裡聽過幾乎一模一樣的話，正是她的情人口中所述。

「坦白說，我也不想這樣，我的良心會有負擔。」獵鷹說完這句話立刻就後悔了。

威廉差一點就忍不住脫口而出，要是那天他們在菲力斯杜港逮捕了圖利普，艾德里安現在還會活得好好的。但他壓下了這股怨氣。

「如果拉希迪的屠宰場真的在其中一棟大廈的最頂層裡，」保羅的話解救了威廉。「我們很難或甚至不可能來得及闖進大樓，因為把風的人會通知他們警察來了，他們會在我們抵達之前捲舖蓋走人，我們大費周章也只會稍微造成他們的麻煩，拉希迪根本不痛不癢。」

霍克斯比大隊長看向窗外。「那我們就只能等待奇蹟出現了。」

※※※

內行人都戲稱老貝利的一號法庭為「秀場」，儘管這裡平時就都座無虛席，但御用大律師朱利安・華威克爵士讓配角代他上場的消息更是為秀場帶來前所未有的人潮，葛蕾絲・華威克大律師甚至都還沒有上台。

克萊兒緊跟在眾人後方，因為她不是檢方大律師的正式成員，所以她只能到法庭後方坐在威廉旁邊。

「以妳弟弟的名義向他復仇吧。」是她在葛蕾絲走去律師席和父親會合之前說的最後一句叮嚀。

「早安，葛蕾絲。」朱利安爵士說：「妳的袋子裡有夠多石頭可以扳倒巨人歌利亞嗎？」

葛蕾絲回應道：「父親，您是不是忘了，大衛當時只用一顆石頭就成功了。」

「那妳可得確保那一顆石頭就筆直地正中紅心，而不是徒勞無功地飛過他的肩膀，因為我可以保證福克納會盡全力閃躲妳丟的每一顆石頭。」

布斯・華生也走到了另一端的席位，兩名御用大律師敷衍地向對方點點頭，多是出於慣例而非發自內心。葛蕾絲瞄了一眼被告席，她的對手正死死地盯著她。兩人的目光交會時，對方舔了一下嘴唇，葛蕾絲不由得打了個寒顫。她趕緊轉頭望向克萊兒，她豎起大拇指鼓勵心愛的伴侶。

「坐在威廉旁邊的是克萊兒嗎？」父親說：「妳去請她坐到我們這邊吧，畢竟她對這個案子熟悉的程度應該和我們差不多。」

「謝謝。」葛蕾絲轉身示意她過來。

克萊兒無法掩飾她的緊張，她小心翼翼地走到法庭前方，在朱利安爵士和葛蕾絲後方坐下。

「早安，克萊兒，歡迎加入主場隊。」朱利安爵士說：「晚點如果妳覺得我和葛蕾絲漏了什麼的話，可以直接傳紙條跟我們說，因為我們肯定沒辦法十全十美。」

「謝謝您，朱利安爵士。」克萊兒從公事包裡拿出黃頁記事本和兩支筆。

「全體起立。」

賈斯帝斯・巴弗斯塔克法官走了進來，欣賞著人山人海的法庭。樓上的旁聽席擠滿了迫切的觀眾，靠在欄杆上探頭希望可以更清楚地目睹整個訴訟程序。法官大人鞠躬，坐到他專屬的座位上等待陪審團入座。確認在場的每個演員都就定位之後，法官升起了今天演出的布幕。

福克納在被告席裡，檢方和辯方大律師都坐在律師席上，不過葛蕾絲．華威克大律師似乎看起來比被告緊張許多。媒體記者們也已將筆尖杵在紙上，迫不及待地等著流程開始。陪審團都宣誓完畢過後，法官將注意力轉向辯方大律師，他正在變換著手上紙張的順序。

「早安，布斯．華生大律師。你準備好傳喚第一位證人了嗎？」

「是的，庭上。我傳喚邁爾斯．福克納先生。」

法官面露訝異，記者們樂翻了，葛蕾絲則更緊張了。她已經做了萬全準備要向福克納宣戰，但她真的能在對決中打敗他嗎？

福克納走下被告席，拖著腳步走向證人席。他將右手放在聖經上唸出誓詞，志得意滿的模樣彷彿他就是誓詞的作者。

布斯．華生大律師看著福克納露出滿意的微笑。「法庭紀錄所需，請您陳述全名和職業。」

「邁爾斯．亞當．福克納，我是一名農場主。」

「一九八六年五月十七日晚間，您在住處，也就是位於漢普郡的林普頓大宅，與一些友人舉辦晚宴？」

「是同事也是朋友。」福克納說：「有些人我已經認識超過二十年了。」

「晚宴的目的純粹是社交嗎？」

「不只是這樣。我們是一群志同道合的夥伴，在經商方面都略有所成，而如今一致認為是時候回饋社會了。」

布斯・華生說：「真是令人欽佩。」法官皺了一下眉頭。「您們有哪些特別投入心力的慈善事業嗎？」

「我們都是藝術愛好者，熱愛所有形式的藝術。我們堅信文化可以對下一代的教育帶來正面的影響。」

朱利安爵士調侃道：「他投入心力的事情根本就是演技，還有把別人寫的稿背起來的能力。」

「真的太令人欽佩了。」布斯・華生贊同道。

「請注意發言，布斯・華生大律師。」法官疲憊地說。

「至少法官看得出他們在搞什麼鬼。」葛蕾絲小聲嘀咕。

「對，但陪審團看得出來嗎？」朱利安爵士潑了一記冷水。

「庭上，我很抱歉。」但布斯・華生一點也不像抱歉的樣子。「福克納先生，您能否證實您最近捐贈了兩幅價值數百萬英鎊的經典畫作給一間國家博物館呢？」

「是的，我很不捨地捐出一幅林布蘭和一幅魯本斯的作品。但我這一生中已經從它們獲得太多快樂，而我知道接下來，」他停頓一下，「會有更多男女老少接觸到這兩幅畫作，這會帶給我更多快樂。」他遵照布斯．華生的指示，轉頭朝陪審團露出大大的笑容，有一兩個人也微笑著回應他。

「那我接下來要請問檢方對您的指控，五月十七日當晚，您被警方發現持有十二公克的古柯鹼？」

「如果真是那樣的話，十二公克的量都足夠用一年了。」

克萊兒寫下：他怎麼知道十二公克可以用一年？並把紙條遞給葛蕾絲。

「福克納先生，在誓詞的約束下，請您告訴法庭您是否曾經接觸過管制藥物？」

「有。我在藝術學校時曾經抽過一支大麻煙，但那個味道讓我非常反胃，所以我就再也沒有碰過了。」

「所以您否認，五月十七日晚間艾德里安．希斯先生到您住處向您以八百英鎊的價格販賣十二公克的古柯鹼？」

「我不記得準確的價格了，布斯．華生大律師。但依據希斯先生的證詞，他賣給我的是頂級皇家白鱘魚子醬，供應商是福南梅森。」

克萊兒動筆並畫底線寫下：「二十英鎊」，將紙條遞給朱利安爵士，他點頭微笑。

「所以您在那天之前從來沒有見過希斯先生？」

「從來沒有。聽到他的死訊時我嚇都嚇壞了，但同時也有點困惑。」

「什麼意思，福克納先生？」布華故作天真地問道。

「我很困惑為什麼在兇案發生之前，有兩名警察廳的警察就這麼剛好出現在現場。」

「不要繼續說了，福克納先生。」法官打斷了福克納刻意誘導的話，他看向陪審團宣布道：「判決時請務必排除剛剛那句話。」

「但他們已經被影響了。」朱利安爵士說：「福克納就是看準了這一點。」

「下一個問題，布斯．華生大律師。」法官嚴厲地說。

「福克納先生，您可以解釋為何十二公克的古柯鹼會出現在您宅邸的雕塑裡嗎？」

「我也不知道。實在很難相信拉蒙特警司或他手底下的其他人會做出如此腐敗的行為，把毒品栽贓到無辜的人的家裡，只為了確保能夠定罪。」福克納停頓了幾秒。「而且還不是第一次了。」

法官正準備再次打斷他的話，福克納卻突然開口：「對了……」

「對了？」布斯．華生問道。

「當時拉蒙特警司逮捕我的時候，他說的一句話讓我很害怕，他說他期待這一刻很久了。」

法官等到現場的喧譁聲停止之後才說：「福克納先生，你有任何證據指出拉蒙特警司真的有說出那些話嗎？還是你只是憑印象說的？」

「庭上，我當天在現場有逐字記下警方說的話。」布斯．華生插嘴道：「啊，找到了。他說：『我等這一刻等很久了。』福克納先生的確說錯了幾個字。」

法官寫下那句話，接著說：「請繼續吧，布斯．華生大律師。」

「謝謝您，庭上。福克納先生，您能否證實警方花了兩個小時卻只在廚房裡找到一顆搖頭丸，然後在馬廄裡找到一些大麻？」

「沒有錯，他們在在廚房裡發現搖頭丸，然後在馬廄裡發現大麻。兩名員工坦承那些是他們的，而我也只能別無選擇地將他們解僱。」

「最後一個問題，福克納先生，您對濫用非法藥物的人們有什麼想法呢？」

「我為他們感到悲傷，他們大部分都是可憐又無助的人，急需醫療的救助。但如果是毒販的話，我覺得他們是卑鄙又可惡之人，是社會上的污點，應該下地獄才對。」

「庭上，我沒有其他問題了。」

「謝謝你，布斯．華生大律師。那我們現在休息一下，兩點整繼續，到時候再請華威克大律師開始交叉詰問證人。全體起立。」

21

「妳覺得我能請父親代替我上場嗎？」葛蕾絲癱倒在椅子上。

克萊兒回應道：「想都別想，先不說他一定會拒絕，重點是他可能再也不會認真看待妳作為大律師的實力了。」

「但妳也看到福克納在證人席回答布斯．華生問題的樣子了，那麼信心滿滿，而且每題都能對答如流。」

「他當然能應付自如，因為他本來就知道每個題目，布斯．華生不用開口他就已經準備好答案了。福克納早就和布斯．華生演練過說詞，然後再假裝是現場即席想出來的回答，以此來博得陪審團的心。」

「但要是他已經知道我們的殺手鐧……」

「假如真是如此，布斯．華生今天早上就會提出來了，因為他會想要擾亂妳的交互詰問。」

葛蕾絲正要回應，卻看見父親出現在走廊上，張望著顯然是在找他的事務律師。

「不管了，我要問他能不能代替我上場。」她小聲地下定決心。

「我們該回去了。大家都在等妳，就連妳母親都已經坐在旁聽席裡了。」

克萊兒搶先一步說：「葛蕾絲剛才忙著跟我說她有多期待這次的對決。」

「很好，但這種時候還是不能太有自信。」朱利安爵士說：「第一次在老貝利交互詰問一定會有點難熬，但當你站起來的那刻——」葛蕾絲一動也不動。「回到正題，我們真的該過去了，不能讓法官等太久。」

葛蕾絲一站起來，發軟的雙腿差點支撐不住，克萊兒見狀趕快拉住他的手臂，一步一步穩穩地將她攙扶進法庭。

她問道：「妳覺得福克納有可能像我一樣緊張嗎？」賈斯帝斯・巴弗斯塔克法官走入法庭，坐上法官席。

「不可能。」克萊兒說：「所以他會輕敵，然後妳就能搞垮他。」

所有人都就定位之後，法官滿臉期待地看向檢方律師席。葛蕾絲瞥了父親一眼，他沒有任何動作。布斯・華生疑惑地望向這邊，福克納則是從證人席裡面露凶光地注視著她。

「快站起來！」克萊兒著急地低聲喊道。

葛蕾絲搖搖晃晃地起身，法庭裡的每個人都將目光聚焦在她身上。她低頭看向精心準備的問題列表，張開嘴巴，卻一個字都說不來。

「準備好就開始吧，華威克大律師。」法官微笑著為她打氣。但葛蕾絲還是說不出話。

「快！點！開！始！」克萊兒更激動地又喊了一次。

「福克納先生，我不會花您太久的時間，」她成功了，而且故意模仿布斯．華生講過的話。「但我想更詳細地討論您和希斯先生見面當天發生的細節。五月十七日晚上，他依據您的要求運送一箱頂級皇家白鱘魚子醬到您的住處。」

布斯．華生拉了一下他長袍的領子，這是他和福克納商量好的暗號，示意他的委託人這時候應該緘默不回答。

「然後您付給他八百英鎊。」

「沒錯。」福克納自信地說，認為這個問題在他的安全守備範圍之內。

「希斯先生在庭審的第一天證實了八百英鎊這個數字。」

「正是如此。」他挑釁地回應道：「所以妳終於打算承認他說的都是真相了嗎？」

「針對那八百英鎊，我當然接受您們兩位的說詞。但在我細談希斯先生的證詞之前，我想先談一下昨天出庭的鑑定人露絲．路易斯醫生的證詞。」

「那個替檢方說話來拍政府馬屁的女的？」大聲嚷嚷的福克納無視布斯．華生先前的警告：他理應平鋪直述事實，並且千萬不能羞辱任何人。

「路易斯醫生告訴法庭現今十二公克九十二％純度古柯鹼的市場價格大約就是八百英

鎊，您不覺得有點太巧了嗎？」

「完全不覺得。她知道我付給希斯多少錢之後就拿那個金額來支持她的論點，要是她不是幫檢方辦事的證人，我可能才會覺得那可真是個巧合。」

這顆擲出去的石頭從福克納的肩膀上一閃而過，葛蕾絲只好從她沉重的袋子裡又挑了另一顆。

「您是在暗示說，路易斯醫生編造了八百英鎊這個數字來誤導法庭？」

「這是妳說的，我可沒這樣說。」福克納很滿意自己的回答。

「那我就不得不請問您，假如您當時就懷疑醫生證詞的真實性，為什麼辯方大律師沒有當場向她提出質疑？而且我相信您一定記得，當時布斯．華生大律師選擇不交互詰問她，這就表明他毫無疑問地認同醫生的證詞。」

布斯．華生更用力地握住他的領子，已經開始面露怒色，察覺異樣的克萊兒趕緊寫紙條遞給朱利安爵士。他到現在才發現布斯．華生的小動作，他立刻轉頭瞪著辯方大律師，布斯．華生只好不情願地把手交叉在胸前。

「警方在您家的雕塑裡找到的古柯鹼就剛好是十二公克，這難道也是巧合嗎？」

「他知道八百英鎊的金額該放多少毒品。」福克納指向拉蒙特。

「我不這麼認為，福克納先生。希斯先生早在其他人知道金額之前就帶著錢離開您家了，所以能知道八百英鎊這個數字的人就只有您。」

「我之前就說過了，華威克大律師，我不知道我付給希斯先生的確切金額。」

福克納這次沒能及時閃過這顆石頭，但他依舊輕蔑地瞪著眼前的事務律師，裝作毫不動搖的樣子。

「福克納先生，警方在您書房裡的桌子上找到一張二十英鎊的鈔票。」

「要是我沒記錯，路易斯醫生已經證實上面沒有驗到任何古柯鹼。」

「我並不打算質疑這件事，福克納先生。」葛蕾絲說：「我很高興您同意那張鈔票是我們雙方都接受的正當證據，而您被捕當天也確實在警方從您家獲得的證物的清單上簽了名。但我們還是該再確認一下，對吧？庭上，我可以請被告檢查一下那張鈔票，然後確認是否就是他桌上找到的那張嗎？」

法官點了點頭，書記官從陳列的證物中抽出一個小型透明包裝袋，走至證人席遞給福克納。

福克納草草看了證物一眼。「這是我桌上的鈔票沒錯，但又怎樣？」

「能請您唸出鈔票上的流水號嗎？？」

布斯．華生似乎意識到了什麼，這次格外迅速地起身抗議：「庭上，我的委託人為什麼要回答這些毫無意義的問題？」

「我想我們很快就會知道了，布斯．華生大律師。」法官轉頭向被告說：「請唸出鈔票上面的編號。」

福克納遲疑了一下，唸道：「ＫＡ７３８６３７４３。」

「謝謝您。」葛蕾絲說：「那現在我會請書記官展示希斯先生離開您住處沒多久後警方在他身上尋獲的其他二十英鎊鈔票。」

布斯．華生又站了起來。「沒有證據可以證明這些就是當天的鈔票，你們只有警方單方面的說詞。」

「您說得對。」葛蕾絲給了布斯．華生一個微笑。「但如果福克納先生願意唸出這些鈔票的流水號，我們就能確定這是不是他付給希斯先生的錢了。」

福克納無助地望向布斯．華生，卻只看見他交叉在胸前的雙手。

法官說：「我們都在等你，福克納先生。」

福克納從第一張開始唸：「ＫＡ７３８６３７４４，ＫＡ７３８６３７４５，ＫＡ７３８６３７４６……」

「假如您再看一次在您書房找到的那張鈔票，您會發現編號是ＫＡ７３８６３７４３，和剛剛那些鈔票加起來總共八百英鎊。」

威廉不禁暗自得意，那是他找到的線索。

「這又能證明什麼？我早就說過我付給希斯八百英鎊來買十二罐魚子醬了。」

「我很高興您先提到魚子醬的事情了，福克納先生。上星期六，我到皮卡迪利街的福南梅森買了一小罐魚子醬。」她華麗地從椅子底下將魚子醬拿出來，高舉給法庭裡的眾人看，停頓一下才繼續說：「請容我唸出瓶身上的文字。『頂級皇家白鱘魚子醬，可用於搭配任何料理，內含兩份。』坦白說，福克納先生，這個價錢的確對我來說有點昂貴，但店長當天極力向我保證這是最高等級的產品，就連福南梅森最挑嘴的饕客都愛不釋手。而即使您不是福南梅森最挑嘴的饕客，希斯先生也曾和我們說過，您只喜歡這種『最高等級』的產品。」

「庭上。」布斯．華生再次起立。「我想大家都很享受檢方事務律師帶來的小把戲，然而她上週購買的產品並沒有提交於證據清單中，所以您是否會裁定不採納其為證據？」

「他知道我們要幹麼了。」朱利安低聲和葛蕾絲說：「希望福克納還沒搞清楚狀況。」

福克納盯著竊竊私語的檢方大律師，一臉困惑。

「假如您裁定採納，我能否向您請求短暫休庭，以便諮詢我的委託人？」

「我想是他會去向你諮詢吧。」法官說：「華威克大律師，在我裁定採納與否之前，能觀察一下證物嗎？」

「當然沒問題，庭上。」葛蕾絲從椅子下方拿出三罐交給書記官，他將一罐給了法官，一罐給了布斯．華生，一罐給了被告。

法官仔細觀察瓶身，接著說：「陪審團也應該要檢查一下證物。」

「庭上說得對。」葛蕾絲拿出最後的兩罐，暗自慶幸有聽克萊兒的建議一次買了六罐一箱的魚子醬。書記官將證物遞給陪審團團長。

陪審團都檢查完新的證物之後，法官說：「請繼續吧，華威克大律師。」

「福克納先生，請問五月十七日當晚有多少人在您家共進晚餐？」

「加我總共十個人，我已經講過好幾次了。」

「他們每個人都在上主菜之前享用了一份魚子醬嗎？」

「沒錯。事實上，有一兩個人還吃了第二份。」

「原來是這樣啊。」

布斯．華生再次反覆地拉著他的領子，無視朱利安爵士警告的眼神。

「福克納先生，我會這麼問是因為您手上那一罐內含兩份的皇家白鱘魚子醬在福南梅森的售價是三百四十英鎊。不過保險起見，我去找了福南梅森的店長南丁格爾先生，問他十人的宴會需要多少份量的魚子醬，結果他建議我買的份量是七百五十公克。」她看向陪審團說：「不是十二公克，這麼少的份量只有一茶匙。」

陷阱已經設下，葛蕾絲就等著福克納一腳踩進來，但他已經注意到布斯．華生的暗號了，所以沉默不語。

「福克納先生，我接著問南丁格爾先生十人份共七百五十公克的魚子醬是多少錢，他跟我說的金額是一千七百英鎊，不過他說他會免費附贈搭配食用的小餅乾就是了。」

旁聽席裡傳來陣陣笑聲，法官皺了一下眉頭才讓眾人不敢再出聲。

「庭上，南丁格爾先生很樂意出庭作證剛剛提及的那些數據，不過也許沒有必要，因為福克納先生已經在誓詞的約束下說過，他的廚師準備了十人份的魚子醬給他和九名賓客，而且都是用銀盤裝著，有一兩位客人甚至還要了第二份。」

法庭內傳來交頭接耳的喧譁聲，葛蕾絲深吸了一大口氣，等待眾人安靜下來。

「福克納先生，我承認您對古柯鹼的市場價非常了解，畢竟您在誓詞的約束下說過，要是您家發現的古柯鹼是供您本人使用，十二公克的量都夠用一年了。我也知道您是一位聲譽極高的交易能手，但我懷疑即使是您應該也沒辦法說服福南梅森以八百英鎊賣給您價值一千七百英鎊的頂級白鱘魚子醬。」葛蕾絲微笑著看向福克納，陷阱已經全部布置完畢，她相信福克納不可能逃掉了，但她還剩下最後一擊。

「您認為希斯先生的這句話是實話嗎？『當天早上按照福克納先生的要求，我去福南梅森進的貨是十二罐頂級皇家白鱘魚子醬。』」

福克納看起來似乎想回答點什麼，張口卻沒吐出任何字。

「南丁格爾先生還證實五月十七日當天早上他就在店裡值班，而在那段時間內購買十二罐魚子醬的人只有一位奉命為伊莉莎白王太后[38]採買的代理人。」

福克納緊緊抿著嘴唇，兩頰已經漲得通紅，他牢牢抓著證人席的桌緣來控制自己止不住顫抖的身軀。

「冒昧請問一下，福克納先生，您當晚在林普頓大宅的宴會是否有邀請王太后呢？」這一次，法官完全不打算平息法庭裡哄堂大笑的聲響，甚至自己都忍不住揚起嘴角。

等到眾人安靜下來之後，葛蕾絲對陪審團說：「庭上，我沒有其他問題了。」她筋疲力盡地癱倒在椅子上，主場隊的其他人圍上前向她祝賀。

當晚她們回家之後，葛蕾絲告訴克萊兒，在她交互詰問結束後得到的眾多好評中，沒有一個能比得過她聽見父親和另一位御用大律師說的話。「你有看到嗎？那是我女兒。」

❊　❊　❊

接下來，法官請檢方資深大律師開始發表終場辯論，朱利安爵士早已恢復平時的神氣，他自信地起身，妙語如珠地細數對被告的控訴，句句言之有理並切中要害，陪審團的所有人都忍不住為之驚嘆。

他多次提起魚子醬的價格，最後也提醒陪審團被告似乎非常清楚十二公克的古柯鹼值多少錢，卻對他供稱購買的頂級魚子醬的市場價一無所知。他也覆述了幾次南丁格爾先生提及王太后的證詞。等到他結束終場辯論並坐下的那刻，朱利安爵士心知肚明，陪審團一定已經摸索出當晚是誰將毒品藏進雕塑裡了，而那個人肯定不會是他兒子。

布斯．華生就沒有那麼游刃有餘了，他盡可能地把握最後機會維護他的委託人的清白。他不斷提起福克納捐贈的林布蘭和魯本斯畫作，福南梅森和南丁格爾先生的事倒是一點也沒說。他把邁爾斯．福克納形容得善良又可敬，將他奉為一位為國為民貢獻良多的大人物。他表示艾德里安．希斯因故死亡的慘劇剝奪了他的委託人接受公平審判的機會，最後也告訴陪審團，在考量福克納的判決時若有任何合理懷疑，都應該避免選擇將他送入駭人的監獄裡，好讓他與同事們能夠持續進行偉大的慈善事業。

賈斯帝斯．巴弗斯塔克法官的總結詞既完整又公正，不過他有特別告訴陪審團，要是他們的結論是被告自己將毒品藏在了雕塑裡，那法庭就絕對不會認定那些古柯鹼僅是為了私人用途，因為他本人已經證實十二公克的量足夠使用一年了。然而他也補充道，檢方並未提交任何證據證明福克納先生過去有使用非法藥物的紀錄，而在他書房裡找到的二十英鎊鈔票也並未驗出吸食古柯鹼的痕跡。假如陪審團在考量完畢所有證據之後，仍舊能對福克納先生的

38 伊莉莎白王太后（the Queen Mother）：伊莉莎白二世女王（Queen Elizabeth II）的母親。

控訴產生合理懷疑，他們就應該判決無罪；反之，假如他們並不採信福克納先生所述警方栽贓毒品的這項說詞，他們就有其義務判決有罪。

「你們的最終決定應該只基於法庭採納的證據，無論與外人關係多麼親密都不應該受到他們的意見影響，因為外人並沒有坐在法庭裡考量過所有證據。請記住，你們是這個案子裡唯一能做出正義判決的人，請在最終決定之前充分地慎重考慮。」

他接著請那七男五女進入陪審團評議室來考慮判決結果。書記官引導他們移動時，法庭裡一片寂靜。

朱利安爵士說：「現在我們就要忍受庭審時最痛苦的部分了，得知陪審團判決結果之前的每分每秒都度日如年。我父親都會趁這時間和對方大律師下棋。」他看向布斯．華生。

「幸好他平時不下棋。」

「您覺得我們的勝算有多高？」克萊兒發問。

「猜測陪審團的判決結果毫無意義，只會浪費心力。」朱利安爵士說：「我們只能希望他們在商量時能大肆享用那些魚子醬，因為這樣他們就會發現幾罐根本不夠十個人分，更何況是十二個人。」

「我們能贏嗎，布華？」福克納走出證人席回到他的大律師身邊。

「我不知道，每個陪審員的想法都不一樣。但能確定的是他們一定會考慮很久，所以你需要有點耐心。」

「那你等等要不要和我一起去薩伏依飯店吃晚餐？我已經訂好位置了。」

布斯．華生回應道：「謝謝你，邁爾斯。」但他沒有說出真心話，他可能接下來都不用再訂位了。

❊　❊　❊

克里斯蒂娜問道：「戴維吉先生，你認為這些總共價值多少錢？」兩人一同走回客廳。

「這些都是非常重要的收藏品，實在很難給出準確的數字。」佳士得拍賣行的總經理說：「但我相信一定至少能賣到三千萬英鎊，甚至更多。畢竟您丈夫已經聯絡了市面上所有一流的拍賣行，要是有人拍賣他的任何畫作就得立刻通知他。」

「真是個好消息。」克里斯蒂娜為他倒了第二杯咖啡。

「如果您打算拍賣這些畫作，佳士得很榮幸能為您主持拍賣。」

「謝謝，但我要等到我丈夫的庭審結果出來之後才會下最終決定。」

「那是當然。」戴維吉先生說：「我們都由衷期盼您丈夫能被無罪釋放，恢復名譽之後回到溫暖的家裡。」

「我可不這麼想。」這時門鈴響起，克里斯蒂娜起身前去應門。「來得正好，那應該是要來為房子估價的尼倫先生。」

22

「請皇家檢控署對福克納之案的所有相關人等迅速返回一號法庭，陪審團即將回到法庭。」

朱利安爵士正在廁所裡釦好褲子。葛蕾絲和克萊兒在大律師休息室裡喝咖啡。布斯・華生大律師正在寫信回覆他在根西島的客戶，內容有關他對內線交易的想法。邁爾斯・福克納則在走廊上和一位剛認識的女子交換電話號碼。

他們各自趕回一號法庭，只等著得知陪審團的判決結果。現場的記者們毫不在乎這次是哪方的勝利，《倫敦標準晚報》已經決定好兩個頭條標題：「鋃鐺入獄」或是「逃過一劫」，也已經準備好兩份新聞稿，都是出自同一位記者之筆。

福克納走到被告席，其他人也各就各位等待法官出現。賈斯帝斯・巴弗斯塔克法官走進法庭的那一刻，所有人都懷著期待的心情，現場一片寂靜。坐定之後，他點頭向法警示意陪審團可以返回法庭了。

眾人的目光無一不注視著那將要最後一次坐上陪審席位的七男五女。陪審團團長是一位面容慈祥的中年婦女，她已經換上緊身西裝，並未配戴任何首飾，只擦了一點淡妝。朱利安爵士仔細地觀察，卻看不透她那沉著又專業的氣場背後的想法，她也許平時是位校長或護理長，早已非常習慣做決定。

他們就定位之後，法官向書記官點頭示意。他起身往前邁了一步面向陪審團。

「請陪審團團長起立。」那名中年婦女起身，看起來一點也不緊張。書記官問道：「請問陪審團是否已達成一致的判決？」

「是的，庭上。」她看著法官回答道。

「針對起訴書上的持有毒品罪，你們判決被告有罪還是無罪？？」

福克納屏住呼吸。葛蕾絲緊閉雙眼，威廉則目不轉睛地瞪著被告。

「有罪。」

霍克斯比和拉蒙特激動地握了握手，幾位記者則從位置上彈了起來，迅速走至外頭尋找最近的電話。克萊兒與葛蕾絲緊緊相擁，威廉也來到檢方律師席和他們一起歡呼。但法庭裡的大多數人都仍靜靜地坐在位置上，迫不及待地等著法官的最終判決。

待法庭稍微靜了下來，書記官說：「犯人請起立。」

福克納顫顫巍巍地起身，握緊被告席的桌緣，等待法官宣判他的命運。

「這起案件從各方面來說都非比尋常。」賈斯帝斯・巴弗斯塔克法官說：「在宣布判決之前，我會需要一點時間來思考案件的諸多細節。麻煩所有相關人等明天上午十點回到這裡，屆時我將做出判決。」

「庭上。」布斯・華生起身問道：「請問我的委託人今晚會維持保釋的狀態嗎？」

葛蕾絲正準備起身反對，法官就立刻說：「當然不可能，布斯・華生大律師。他會被還押候判，因為要是他今晚出去了，我不太相信他明天還會出現在這裡聽我的判決。」

布斯・華生沉重地坐回位置上，沒有再多說什麼。

書記官下令：「把他帶走。」

兩名警察上前抓住福克納的手臂，將他拖至地下室的牢房。

「全體起立。」

威廉注視著福克納直到他消失在視野裡，猜測他現在心裡有什麼想法。

「恭喜妳，葛蕾絲。」朱利安爵士說：「沒有妳的話，我絕對贏不了這場戰役。」

「謝謝您，父親。沒有您我也絕對沒辦法做到的。」

兩人相視而笑。

「我有預感妳過不久就會被提拔為御用大律師，而我就不能再請妳以事務律師的身分協助我了。克萊兒，我也要感謝妳，不過未來大家可能都要尊稱妳為魚子醬大師了。總而言之，我誠心恭喜妳們取得如此盛大的勝利。」

「您覺得刑期會是幾年？」克萊兒問道。

朱利安爵士回答：「刑期跟陪審團的判決結果一樣，猜也猜不中。」

＊＊＊

「布華，我想你這次應該就沒辦法影響法官的意見了？」福克納一屁股坐到那又硬又薄的床墊上。「你上次有成功。」

「我沒有成功，上次是法官影響了你。」布斯．華生拉了一張椅子過來他旁邊。「我已經向刑事上訴科暗示過了，現今國內監獄人滿為患，或許他們會認為就你的案子而言，高額罰金會比入監服刑更適合，但這個提議目前沒有得到任何正面回覆。」

「早知道我就聽你的話不接受交互詰問了，布華。這樣我們今天晚上就會在薩伏依飯店吃晚餐。」

這一刻，不論是發自內心或基於職責的任何想法，布斯．華生罕見地選擇不發一語。

＊＊＊

「四百萬？」克里斯蒂娜複誦道。

「還可能更高。」尼倫先生說：「我手頭上有兩三位客戶一直想找類似這棟宅邸的房子，我們一旦刊登廣告到各大高級雜誌和週刊之後，誰能想像能賣到多高的價格呢？」

「看來我們的前景非常好。」克里斯蒂娜說。

「那麼，福克納太太，您希望由我來負責出售這棟宅邸嗎？」

「沒錯，但你得等到我離婚官司結束之後再出手，應該不會太久了。」

❊ ❊ ❊

「全體起立。」

皇家檢控署對福克納之案的庭審即將告一段落，賈斯帝斯·巴弗斯塔克法官最後一次走至他的席位。他在桌上放下厚厚一份印有皇室標記的紅色皮革卷宗，一邊坐下一邊調整他的紅色法袍，最後俯視著法庭等待眾人就位。過了不久，他戴上一副有著半月形鏡框的眼鏡，朝書記官點頭示意。

「犯人請起立。」

福克納站起身來面向法官，任何人都能一眼看出他昨晚肯定徹夜未眠。

法官打開那份紅色卷宗，看著他親手寫下的每個字開始宣布判決。

「毫無疑問，福克納先生，你是一位冷酷無情又道德敗壞的罪犯。你缺乏待人處事的誠心，並且仗著財富和社經地位就認為自己能夠凌駕於法律之上。有鑒於上述原因以及罪行的嚴重程度，我在此判決你入獄服刑六年。」

葛蕾絲高興得差點一躍而起，最後還是忍住了，但她旁邊的幾個人卻沒有控制住喜悅之情。朱利安爵士的表情顯然認為他女兒的行為才是恰當的，但他沒有直接說出口。

「然而，考慮到諸多情況，」眾人安靜之後，法官繼續說：「我決定暫緩你的刑期並向你處以一百萬英鎊的罰金，你也必須承擔本次庭審相關的所有訴訟費用。」

這次換福克納高興得差點一躍而起，甚至都想高喊一句萬歲。但當福克納望向他的大律師，他十分驚訝布斯．華生並未和他一樣看起來鬆了一口氣，而是繼續愁眉苦臉地待在原地。

「只不過，」法官將卷宗翻到下一頁。「我發覺你之前因為詐欺罪被判四年緩刑，而上次主審的諾爾斯法官已經明確表示過，假如你在緩刑期間再犯其他罪行，不論多麼輕微，你都將無條件被發派至最高戒備的監獄內服刑四年。由於我無權否決這項決定，你現在必須執行該刑罰。」

福克納癱倒在座位上，雙手抱著頭。

「而基於之前的判決，皇家檢控署建議我在原有的四年刑期上再加上這次判決的六年刑期，因此你的刑期總共會是十年。」

賈斯帝斯．巴弗斯塔克法官闔上那紅色卷宗，再次向書記官點頭示意，現場的騷動大聲到幾乎沒有人聽見書記官的話：「把犯人帶下去。」

＊＊＊

朱利安爵士開了一瓶香檳，為他勝利的主場隊成員們倒酒。

「妳成功拿回了幾罐魚子醬？」克萊兒問道。

葛蕾絲回答：「陪審團把他們的那兩罐吃得一點都不剩，說是需要仔細檢查證據。布斯．華生的那罐消失了；而我可不想再見到福克納，所以他的那罐就沒辦法了；不過法官很好心地把他的那罐還給我們。」

「那一箱魚子醬的錢都比妳當我事務律師的費用高了。」朱利安爵士遞給她一杯香檳。

「檢控署不會讓我們報銷嗎？」克萊兒說：「雖然他們給的建議非常微妙，但我們還是勝訴了。」

「怎麼可能。不過有個好消息，福克納會幫檢方負擔所有錢，畢竟法官裁定所有訴訟費用都由他承擔。」

眾人高舉酒杯，說出一句正常時候不太可能出現的話：「敬邁爾斯．福克納。」

「我們還要敬葛蕾絲一杯，因為有她我們才能定罪福克納。」朱利安爵士再次高舉酒杯。

「敬葛蕾絲！」所有人放聲高呼。

「同樣的理由，我們也敬艾德里安．希斯一杯。」威廉說：「他給的重要線索讓我們搞垮了那個混蛋。」

「敬艾德里安．希斯。」眾人複誦著他的名字，第三度舉起酒杯。

＊＊＊

巴瑞．尼倫說：「好消息。有人願意出價五百萬英鎊買下林普頓大宅。」

「五百萬英鎊？」克里斯蒂娜不可置信地說：「但這也比我開的願售價格高太多了吧。」

「真的。」尼倫說：「而且買家的事務律師說假如您願意將房子先從市場上撤掉，他們會支付五十萬英鎊的訂金。」

「你建議我怎麼做？」

「我會建議您現在就接受這筆交易，而且買家表示假如三十天內尚未成交，他會立刻放棄拿回那筆訂金，我看不出這對您有什麼壞處。」

「這個『他』是誰？」

「我不知道，他的交易都是由事務律師代為處理的。」

＊＊＊

入住彭頓維爾監獄的一週內，編號四三〇七的囚犯已經獲准轉移至單人牢房。兩個星期之後，福克納在餐廳裡有了自己的單人座位，其他囚犯沒有經過他的同意都不得靠近。到了第三週，他不再需要辛苦地打掃廁所，因為上頭已經把他調去圖書館打雜了，他也終於不用再應付經常找碴的那幾個囚犯。而牢獄生活的第一個月底，福克納在健身室裡享有包場特定時段的特權，甚至還請了按小時計費的教練專人指導。又過一個月，他讀完《戰爭與和平》、《雙城記》與《基督山恩仇記》，之後成功瘦了幾公斤。現在的福克納擁有完美的身材，閱讀量也達到新的巔峰。

第三個月之後的每天早上八點整，福克納的牢房門口都會準時出現一本《金融時報》和一杯精心泡好的茶。但他暗自籌畫的陰謀則花了點時間才達成第一步：每天使用電話十五分鐘的權利，周日甚至可以講到半個小時。

週末都會有人來探訪他，訪客人數限制只能兩位，這點他就沒有特權了。來看望他的人裡，他只特別接見平時的生意夥伴，因為他現在沒有時間可以浪費在來噓寒問暖的親朋好友身上。每兩星期一次，他有權與法律顧問會面一個小時，福克納是唯一有財力定期負荷這項請求的囚犯。他吩咐布斯．華生提出上訴要求再審，理由是艾德里安．希斯無法繼續出庭作證所以原審應被撤銷，但是被駁回了。他又第二次上訴來抗議他的刑期長度，理由是十年刑期對於他犯的輕微罪行來說太長了，但他至今還沒等到皇家檢控署的回覆。接著，他又以自己沒有暴力前科為由向檢方申請轉移至開放式監獄，在那裡的受刑人就不用受到嚴格控管，但這個要求當然也被駁回了。最後，他寫信給內政大臣，以他入獄表現良好為由要求減半刑期，但他甚至沒有收到對方已收到信件的確認通知。

第一次會面的時候，他請布斯．華生找一位不認識的事務律師出價買下林普頓大宅，這突如其來的行動讓堂堂大律師大吃一驚，是個非常罕見的創舉。

「我都不知道她已經登報出售了。」布斯．華生坦承道。

「不用擔心，一週內就會撤掉了。我還要請你聯絡佳士得的戴維吉先生，告訴他要是有人拍賣原本屬於我的任何畫作，你都會去到現場競標。」

「你怎麼能確定她會把畫都拍賣掉？」

「她不想賣也得賣。」福克納回應道：「如果克里斯蒂娜真想買下她在佛羅里達心心念念的那棟房子，她的存款絕對會見底。」

「所以你的畫會怎麼樣？」

「不用再過多久，林普頓大宅的牆上就會看不見任何畫作了，我會讓她的帳戶也一樣什麼都不剩，我會讓她一無所有。」

布斯．華生很清楚什麼時候該停止追問，因為有些問題他一點都不想知道答案。幸好蘿絲三級監獄官在這時通知他們會面的時間結束了，他還忍不住鬆了一口氣。

假如獄方有更嚴格地審查每個犯人的生活，他們說不定就能從四三〇七號囚犯的書單裡發現一些端倪，也能及時調查那位常常在院子裡跟他一起散步的另一名囚犯……這樣或許就能阻止他們接下來將要犯下的罪行。

＊＊＊

「在這裡、這裡和這裡簽名。」朱利安爵士將他的筆遞給福克納太太。

剛落筆的墨水乾了之後，克里斯蒂娜說：「這一切終於結束了。老實說，我很訝異邁爾斯竟然會同意放棄他寶貴的收藏品，畢竟他一直都愛那些畫作多過於愛我。雖然他也會有辦法在畫作拍賣之後把它們都買下來，我只需要確保能藉這機會從他身上再大賺一筆。」

朱利安爵士揚起一邊的眉毛。

「我會安排一個人在會場裡不斷出價，讓每幅畫的成交價都比主持人預估的還要高更多。」克里斯蒂娜解釋道。

「這樣就違法了，福克納太太。我強烈建議您別這麼做。」

「怎麼說？」

「賣家為了自身利益安排暗樁刻意抬高出售的價格，這樣你們兩人就算是商業上的壟斷集團。不用擔心，妳的丈夫一定知道這點，妳就等著被他檢舉。」

「已經是前夫了。」她看向剛簽好名的離婚協議書。

「並沒有，您簽了沒錯，但他還沒簽。」

「都被關進去了，他現在除了簽名之外還能幹麼？」

「還能有大把時間可以推測您的一舉一動，而他一定非常樂意看到您不知法而犯法，他就有機會可以把您告到也入獄。說實話，這很可能是少數布斯．華生會願意代表檢方出庭的時候。」

「那看來我就只能接受拍賣會的結果了。」

「這才是明智之舉，福克納太太。別忘了已經有人願意出價五百萬英鎊來買下林普頓大宅了，而且我已經請人確認過，對方的事務律師如其所言支付五十萬英鎊的訂金了。」

「然後我就能拿這筆錢去付另一筆訂金了，就是我在佛羅里達夢寐以求的那棟房子。」

「您打算什麼時候搬去美國？」

「等我把畫都賣掉。佳士得預估總共可以賣到三千萬英鎊，下週就會來把畫收走，接下來剛好就是春季拍賣會，時機真是再好不過了。」

「確定每幅畫都是真跡嗎？您前夫可能故意留給您複製品。」

「我百分之百確定，我請佳士得的鑑定專家檢查過所有畫了，不然我也不會簽離婚協議書。」

「那林普頓大宅售出之後，您要住在哪裡？」

「伊頓廣場的公寓裡，租約只剩沒幾個月，不過到期之前我也早就定居佛羅里達了。」

「那這樣您就一切就緒了，還有其他事情需要我的協助嗎？」

「還有一件事，我準備了一份禮物要給你的兒媳，雖然準確來說應該是給菲茲墨林博物館才對。真的很感謝你們家為我做的一切。」

她從一旁的森寶利購物袋內拿出一幅小小的畫，舉起來讓朱利安爵士欣賞。他驚嘆不已地看著維梅爾的《白色蕾絲領子》，這正是讓貝絲魂牽夢縈的那幅傑作，她從去林普頓大宅和克里斯蒂娜見面過後就一直掛在嘴邊。

「您真是太慷慨了，但您真的願意放棄如此珍貴的畫作嗎？」

「當然。」克里斯蒂娜說：「反正我還有其他七十二幅。」

❊　❊　❊

威廉那一側床邊的電話突然響起，但他還來不及接起來，身旁挺著大肚子的貝絲就已被吵醒，翻身過後不耐煩地低吟。

「抱歉。」他輕聲安撫妻子，然後接起電話說：「您是？」

「霍克斯比。」

「早安，長官。」

「華威克偵緝巡佐，現在立刻過來巴特西直升機場，越快越好。幾分鐘後有台車會去載你，最好別讓我等太久。」

「有什麼我該先做好準備的事嗎？」

「下雪了。」獵鷹說完便掛斷電話。

威廉立刻放下話筒，隨意換上昨天穿過的衣服，衝向房門之前快速親了一下貝絲，她又哀怨地叫了一聲。

「野蠻人，你一大清早是要跑去哪裡？」

「我也還不知道。」他趁貝絲又繼續追問之前關上了臥室的門。走出大門之後，他看見一台才剛停好在路邊的警車。

車子迎風冒雪地發動了，駕駛座傳來熟悉的聲音：「早安，巡佐。」

「早安，丹尼。你知道發生什麼事了嗎？」

「我的警衛沒高到可以知道那麼多，我只被下令要火速把你送到巴特西直升機場，霍克斯比大隊長會在那裡和你會合。」

「可不能吵醒鄰居。」丹尼沿著皇家醫院路疾馳前進，藍色的車燈閃爍著，警笛卻沒有打開。

「還有貝絲。」威廉心繫著懷孕的妻子，離預產期已經不久了。

清晨的這個時候，街上還沒有太多車輛，所以丹尼就不用特別施展車技來加速了，但他每次轉彎都像是賽車在甩尾，威廉還是得緊緊抓住儀表板。

威廉說：「我猜獵鷹一定已經站在那裡等我們了。」他們快速跨過巴特西橋，往右繼續前進。

「坐著才對，巡佐，獵鷹已經坐在直升機裡等你了。」

「我還真沒料到。」車子開進直升機場的大門，還沒停穩，威廉就立刻衝下車，舉步維艱地在雪地裡跑向那台等著起飛的直昇機，到了之後他氣喘吁吁地鑽進後座。

「我來了，長官。」威廉迅速繫好安全帶。

上方的旋翼開始轉動，大隊長回應道：「今天真是再適合不過了，華威克偵緝巡佐。」

「我們要去哪裡？」

「你問錯了，重點不是我們要去哪裡，而是我們在找什麼，所以你最好張大眼睛仔細看。」

威廉問道：「能不能給點提示？」直升機已經飛上天空，他回頭一望，只見被白雪覆蓋的下議院，這景致簡直能印成一張聖誕節賀卡的封面圖。

「想要晉升的話就靠自己吧。」

直升機向左傾斜，朝著東南方飛去，西敏區被他們拋在後頭。

幾分鐘過後，獵鷹問道：「觀察到什麼了嗎？」

「我們經過旺茲沃思，然後是南華克，剛才又過了布里克斯頓。所以我該在所有高樓裡找出其中一座大廈？」

大隊長回應道：「你已經對一半了。」飛行員熟練地轉了個一百八十度的大彎，又原路飛過布里克斯頓上方。「想想看，今天有什麼特別的地方？」

「雪下得特別大。」威廉沒有說出他心裡的那句「所以呢?」

「你真是太聰明了,華威克偵緝巡佐,我都不知道今天下大雪。」

他們已經飛回到出發地了,威廉看見巴特西橋,但心裡卻仍毫無頭緒。大隊長倒是十分清楚他要尋找的目標,他正聚精會神地掃描著底下的每棟高樓。

第三次折返,飛行員稍微改變了路線,獵鷹這時突然宣布:「找到了,就在我們眼前。」

「找到什麼?」直升機俯衝而下,在一棟大廈上方盤旋了一會。

「看清楚一點,華威克偵緝巡佐。告訴我你看到了什麼,或者應該說,你沒看見什麼?」

威廉直勾勾地在大雪紛飛的背景裡四處搜索,下一秒突然興奮地發出勝利的歡呼聲。

「我知道了!」

「華威克偵緝巡佐,你找到什麼了?」

「那個沒有被雪覆蓋住的屋頂。」

「代表什麼?」

「代表那棟大廈的最頂層一定是種植大麻的製毒工廠。」

「為什麼?」

「因為製毒工廠裡大型弧光燈所散發的熱量會融化屋頂上的白雪。」

「回答正確。既然我們知道拉希迪的屠宰場在哪了，現在就能開始思考更困難的問題了，我們該怎麼神不知鬼不覺地闖進去揭發他。」

「這不該是那名臥底警員的工作嗎？」威廉心裡想著卻沒有說出口，而直升機已經返回巴特西。但他不知道的是，要是他剛剛有講出來，其實大隊長也會同意他的想法，畢竟他晚點就要赴約去見萬寶路了。

＊＊＊

「我該付給你多少錢？」

「算你五千英鎊就好了，畢竟是幹完就溜的輕鬆工作。」跟他同行的囚犯說，他們繼續繞著院子散步。「前提是房子裡不能有人。」

「那就只能星期五了。」福克納說：「女傭那天休假，她會回去七橡樹那邊和母親見面，她們會一起吃午餐，吃完會去看電影，看完之後她整個晚上都會待在母親家裡，每次都快十一點才會回到宅邸。」

「你明明被關在這裡，卻似乎很清楚她的動向。」

「雖然我前妻把大部分的員工都解雇了，但我的司機還在，而我不只要付她聘請他的薪資，我還給了他第二份薪水來為我工作，所以我才這麼清楚所有事情。」

「那我要怎麼拿到錢？」

「我的管家馬金斯下週六晚上會在宅邸等著，他早上還得幫我辦一件事，所以你可以叫你的人晚上七點左右到，他會先付一千英鎊。」

「剩下的四千呢？」

「等每個人都看到你們任務的成果之後，你就會收到錢了。」

兩人握手表示交易達成，監獄裡可沒有辦法簽合約。這時一陣蜂鳴聲響起，所有囚犯開始慢慢走回各自的牢房裡。

「你找到適合的年輕人了嗎？」福克納趁兩人分頭之前說：「前一天晚上會需要他的幫忙。」

「我已經有人選了，但你還得多給我一千英鎊。」

「我今天晚上得打通電話。」福克納輕聲告訴一旁的值班員警。

「沒問題，福克納先生，我七點左右會來帶您過去。」

23

克里斯蒂娜帶他去了會員制的俱樂部，請他吃晚餐，喝了一杯又一杯的香檳，最後把他帶回她在伊頓廣場的公寓。她知道照理來說他們的角色應該對調，但她已經不是二十二歲的少女，也不是三十二歲的少婦，再過不久她就要四十二歲了。隔天一早，她醒來發現賈斯汀還睡在旁邊，十分意外他沒有偷偷溜走，他睡著的臉看起來和醒著的時候一樣讓人情不自禁，如此俊俏的外表可真是天賜的禮物。

她從被窩裡悄悄溜出來，走進浴室噴了點香水，又補了一些妝讓自己至少看起來年輕個幾歲，接著小心翼翼地躺回床上，假裝自己才剛醒來。她伸手輕撫他的大腿內側，一點一點地激起他的慾望，直到他終於控制不了自己。他們做了三次，還是四次？之後才戀戀不捨地去洗了個鴛鴦浴，然後慢悠悠地享用豐盛的早餐，這時她才知道賈斯汀現在沒有工作。但看看他如此誘人的外貌，誰又會在意他的就業狀況呢？

克里斯蒂娜懷疑自己能不能在搬走之前都把他留在身邊，賈斯汀離開之前向她要了五英鎊搭計程車，她直接給了他十英鎊，兩人約好晚上要再一起吃飯。她看向手錶，意識到自己該趕快收拾一下了，否則會來不及在十一點前趕到林普頓大宅，佳士得的人要來載走畫作，而她會去現場監督。

她離開公寓走向門口的賓利，司機鞠躬後為她打開了後座的車門。艾迪坐上駕駛座，兩人往漢普郡出發。

等佳士得收走所有畫作之後，她已經想好再來要請龐德街上的派翠吉家具行來宅邸替家具估價，畢竟她去佛羅里達時可不想帶走任何會讓她回憶起邁爾斯的東西。她忍不住同情他如今窘迫的下場，但也只惋惜了沒幾秒。十年徒刑遠超過她的預期，但一想到自己多年來的種種不堪，十年也不過剛好而已。

過了一個鐘頭，他們已經來到林普頓的村莊，她的心思卻回到賈斯汀身上，她盤算著今晚要帶他去哪一間私人俱樂部。一輛警車從他們旁邊疾馳而過，超車來到他們前方。今晚就決定去安娜貝爾俱樂部了，他應該一輩子都不可能帶女人去那裡約會，要不是有人請客，他的財力水準絕對負擔不起。但她想著想著卻突然驚覺賈斯汀根本沒有留下電話號碼，而她也不知道他姓什麼，所以也沒辦法從電話簿裡著手。

艾迪左轉開進一條小道，沿著這條小道走到盡頭只有一個目的地，就是林普頓大宅。所以當克里斯蒂娜一如既往地望向前方時，她遠遠就看到了黑煙。他們開過大門旁邊的門房，裡面沒有任何人在值班。她早已將警衛、管家、廚師和園丁都解僱了，只留下女傭和司機在身邊，方便她偶爾想回來這棟鄉間老宅時有人照顧。

車子還沒抵達宅邸門口，克里斯蒂娜盯著眼前的慘劇，早已忍不住歇斯底里地放聲尖叫。紅橙色的熊熊烈火竄出空中，與濃濃灰煙匯聚而成的黑牆彼此簇擁。現場的三台消防車顯然在打一場必敗的戰役。

四個小時過後，消防員已經竭盡全力，昔日輝煌的林普頓大宅如今只剩下斷垣殘壁，四周布滿灰燼，一大片蕈狀的黑色煙霧遮蔽了上午的陽光。克里斯蒂娜沒有餘力注意到站在她後方的艾迪，他面無表情，好像一點也不驚訝。

❊ ❊ ❊

「野蠻人，你最近是要留鬍子嗎？」兩人剛吃過晚餐，貝絲將大肚子抵著餐桌，伸手摸了摸他下巴上的鬍渣。

「那就要看我手上這個案子還要多久才會結束了。」

「希望能早一點結束。」貝絲起身將碗盤放進洗碗機，威廉則把桌子擦乾淨。「今天晚上來做什麼好呢？前提是你沒有臨時被叫出去拯救世界。」

「拯救世界的王子想看《今日賽事》，希望有個美麗的公主可以輕輕摸他的額頭，讓他開開心心地看足球。」

「你這傢伙想都別想。我已經選好電影了，你一定會很喜歡。」

「因為有很多性感女生？」

「沒有，不過倒是有很多帥哥。」她闔上洗碗機的門，把餐桌上的桌巾擺好。

「所以是哪部電影？」

「《六壯士》，大衛．尼文和葛雷哥萊．畢克演的戰爭片，講二戰時去納瓦隆解救士兵的傳奇故事。」

「我比較想看凱瑞．狄克遜幫切爾西踢進決勝球，然後打敗兵工廠隊。」

「那看來你今天是沒這個運氣了。話說回來，在我讓大衛．尼文輕輕摸我的額頭之前，我有一件正經事要跟你談談。」

「聽起來很不妙。」

「菲茲墨林博物館最近開了一個新職位。」

「妳要去應徵嗎？」

「沒有，我完全不符合工作要求，但你非常符合。」貝絲小心翼翼地坐到沙發上，牽起他的手。

「如果霍克斯比在這裡的話，他會跟妳說『願聞其詳。』」

「博物館在徵新的警衛主管。」

「哇，真是太棒了。」威廉假裝打了個哈欠。

「是真的很棒，朝九晚五，週休二日，一年有三個星期的假。最棒的是，薪水比你現在偵緝巡佐的薪水還高。」

「這工作聽起來很適合想要補貼退休金的退休警察。」

「我就知道你會這麼說，你至少答應我會考慮一下。」

「我已經考慮完了，可以看電影了嗎？」

「還不行，還有另外一個不太好的消息。」

「妳要來應徵當我的老大？」

「我本來就是了，你給我正經一點。」她沒有放開握著他的手。「你今天回來之前，克里斯蒂娜有打電話過來，她聽起來非常害怕，說有急事要趕快和我見面。我猜她一定是改變心意了，她想把《白色蕾絲領子》拿回去。」

威廉說：「可以先不用這麼擔心，但我知道妳本來就比較悲觀。」

「可是揭幕儀式就在下星期了，你應該沒忘記吧。」

「我想她一定是在小題大作，可能看到前夫做了什麼事。」威廉打開電視。「但他在監獄裡是又能做出什麼事？」

「我不知道，但她聽起來真的很絕望。」電影開頭的標題開始出現在螢幕上。「我不知道怎麼辦，要是她——」

「噓……」威廉打斷她的話，將她摟入懷中。「電影感覺不難看。」

貝絲專注地看著電影，開始沉浸在大衛・尼文和葛雷哥萊・畢克的表演裡，雖然一旁的威廉已經睡著了。突然，她被猛地坐起來的威廉嚇了一跳，他大喊：「我怎麼沒有想到？」

「想到什麼？」貝斯一臉疑惑。

「怎麼神不知鬼不覺地闖進大樓。」

※ ※ ※

兩人約好隔天早上九點在菲茲墨林博物館會合，見面地點是克里斯蒂娜選的，所以貝絲又更擔心了。早上九點對克里斯蒂娜來說似乎有點早，更不用說她進門一看到入口旁邊用布幕蓋著的畫作，就頓時大哭了起來。她開始娓娓道來自己為什麼得這麼急著見到貝絲，貝絲則開始懷疑今天會不會是她最後一次見到《白色蕾絲領子》了。

「妳說他做了什麼？」她完全不敢相信克里斯蒂娜口中的話。

「邁爾斯放火把房子燒了，還把我的畫都偷走了。」

「可是他被關在監獄裡。」

「監獄裡到處都是惡名昭彰的罪犯，開價夠高就能指使他們做出任何事。」

「也對。不過不幸中的大幸，至少還有保險公司可以承擔妳的損失。」

「沒有了。」

「什麼意思？」

「因為邁爾斯故意不續保了。」

「保險公司沒有事先通知妳保險要過期了嗎？」

「有，但我林普頓大宅已經和人敲定五百萬英鎊，而且買家也已經給我五十萬的訂金，我想說我應該很快就會交屋給他。結果現在，買家已經撤銷出價，而且還要我把訂金趕快還給他。」

「那也沒辦法。」貝絲思考著克里斯蒂娜現在的窘境。「那妳何不重新幫所有畫作保保險？」

「因為畫作的所有權已經在佳士得手裡了，就只能遵照他們公司的政策。我剛和他們簽完合約，原本預定星期一會來載走畫，所以我也沒想太多。這肯定全部都在邁爾斯的計畫之內。」

「可是假如他真的找人去燒了房子，警方一定會展開調查，會想知道是誰涉案其中。」

「不太可能。」克里斯蒂娜說：「沒有保險公司會需要賠償，而且火災原因鑑定人員的報告上寫說，他認為沒有理由懷疑是有人縱火，畢竟是一棟電線老舊的老房子，更何況當時屋裡沒有人。」

「真是場惡夢。」

「對，一場邁爾斯為我打造的惡夢。更慘的是，我已經付訂金要買下我在佛羅里達夢寐以求的那間房子了，要是我三個星期內沒有付完全款……」克里斯蒂娜放聲大哭。「我想到就更生氣，他就這樣偷走了畫，然後全身而退。」

「但妳跟我說過邁爾斯有和佳士得聯絡，要是畫作被拍賣的話他會去競標。」

「因為他知道他根本不用花一毛錢就能拿回畫。就跟宅邸的訂金一樣，全都是他陰謀的一部分，而我就這樣掉進他的陷阱。」

「那我們就該找回畫作，然後讓他得到應有的懲罰。」

「已經來不及了，畫作應該早就被運到地球的另一端了。」

「我冒昧問一下，這樣是不是代表博物館要歸還《白色蕾絲領子》呢？」

「對，我別無選擇了。否則我會損失佛羅里達的那筆訂金，然後背負一大筆債務。」克里斯蒂娜停頓了一下。「顯然都是邁爾斯最希望看到的下場。」

貝絲思考了一陣子，接著說：「也許威廉有辦法證明邁爾斯在房子燒毀之前就偷走畫了。」

＊＊＊

「長官，請問您有剛好認識特種空勤團裡的人嗎？」

「你想改行了是嗎？」

「目前沒有這個想法，謝謝長官。」

「那你問這做什麼？」

「我可能知道怎麼進去拉希迪的屠宰場了，不用走樓梯或搭電梯。」

獵鷹說：「我當兵那時候的指揮官是喬克·史都華少校，他在軍隊裡的橄欖球隊擔任中後衛傳鋒，也去打過拳擊賽。二戰的時候，他以年輕中尉之姿在特種空勤團裡立下的戰績根本就是傳奇，他就像是比格斯和理查·漢內的集合體。[39]」

「聽起來是個理想的人選，我該怎麼聯絡到他？」

「你沒辦法聯絡特種空勤團，只有他們能單方面找你，然後把你幹掉。」

---

39 比格斯（Biggles）和理查·漢內（Richard Hannay）分別是兩部小說的主角，前者是空戰英雄，後者是間諜。

「您還真會開玩笑。那如果我不想被殺掉呢？」

「他現在是冷溪衛隊的上校，衛隊裡的副官應該有辦法聯絡到他。但你小心一點，要是他開始發飆，你最好快點找掩護躲起來。」

24

兩人精心選擇了見面的時間。

他沿著主教座堂的南側外牆行走，抵達聖器收藏間的大門。唱詩班剛結束晨禱，下一場演出是下午兩點的洗禮儀式，在那之前他們都不會回來這裡。

他轉動把手，推開厚重的門進入主教座堂。他很清楚自己要往哪個方向走，畢竟他不是第一次這麼做了，也已經幫助過好幾位祈求者。

「早安，我的孩子。」他在前往祭衣室的走廊上遇到一位清潔工。

「早安，神父。」她微微頷首向他打招呼。這麼多年來的經驗教會他，只要穿著打扮和說話方式能夠入境隨俗，就沒有人會質疑你的身分。

他快步走進祭衣室，所幸唱詩班的小孩們都已經離開了。他走向標記著「麥可・席德神父」名字的小隔間，這是常聽他懺悔的神父，也是他的老朋友。兩人幾乎沒什麼共同點，唯一相像的只有身型大小。

他脫下西裝和領帶，穿上一身黑色長袍，披上白色外衣，再戴上領帶及衣領，頓時從信徒搖身一變成了神父。他知道這樣招搖撞騙不道德，但也希望主能原諒他的過失，體諒他這次的惡行是為了成就更大的善行。

他從牆上的全身鏡看見自己的模樣，只覺得更加心虛了。他返回走廊，穿越聖器收藏間，接著來到中殿。他步伐穩健地走過聖體禮拜堂，一點也不想停下來和周圍的教徒們聊天，不過就算真的有人過來尋求他的幫助，他也已經完美練習過如何扮演一位熟悉職務的熱心神父了。

他走向一個僻靜的角落，就在聖本篤的青銅浮雕下方。他走進那黑暗又狹窄的空間，就定位之後靜靜地等待今天唯一與他有約的那位罪人。

幾分鐘後，懺悔室的門打開，有人走入並坐了下來。他拉開紅色的簾子。

「早安，神父。」他立刻認出這熟悉的聲音。

「早安，我的孩子。」

「很久沒來懺悔了，真的很抱歉，因為我最近每天都水深火熱。」

「有什麼我可以幫上忙的嗎？」大隊長配合他的說詞。

「您知道的，上次我來懺悔的時候，圖利普為了不要被逮捕，所以吞了一包古柯鹼後住院了。當時，我向您懺悔說我真希望他直接死一死。」

「我的孩子，你的願望確實觸犯了戒律。但考慮到他做過什麼事，我想主會稍微同情你的。」

「他不在的時候，我開始幫一些毒販跑腿。我必須告訴您他們的姓名，這樣才能彌補我的過失。」

「願主賜福並保護你。」

一張紙條從格子屏風的另一端推了過來。大隊長迅速瞥了一眼，暗自高興上面寫著好幾個沒看過的新名字，又有新的罪人了。

「願主庇佑他們的靈魂。」他把紙條收進口袋。「那你找到毒蛇的巢穴了嗎？」

「圖利普殺人被捕之後，他在組織裡的位置空了下來，而我就被提拔來頂替他了，像這樣的人員更替在道上是個常態。」

「然後呢？」

「布里克斯頓區，拉文漢姆路，曼斯菲爾德雙塔A棟。」他振振有詞地唸出巢穴的地址。

「跟我們調查到的情報相符。我猜拉希迪的大本營就在大樓的最頂層，沒錯吧？」

「對，最上面三層樓。二十五樓種大麻；二十四樓是為毒販包裝好毒品的地方，有海洛因、古柯鹼、搖頭丸和大麻。」

「二十三樓呢？」

「二十三樓是配送中心，毒販來這裡取貨和上交收到的錢。」

「誰負責管理這些地方？」

「拉希迪手下有四個副手，四個人的名字都在剛才的紙條上了：被取消律師資格的律師、被吊銷執業證書的會計師、被廢止執業執照的醫生，還有一個人曾經是約翰路易斯百貨公司的業務經理，因為挪用公款所以被炒了，他現在賺錢賺到手軟，根本不用再挪用公款了。拉希迪還有一個二把手，但我還不知道他的名字或住處，我只能確定不會是在那棟大樓裡。他們大本營的運作規模跟倫敦城裡的政府機構有得比。」

「大樓的守備情況呢？」

「有四個負責把風的人隨時盯著大樓內外的動靜。屠宰場在二十三樓有兩個入口，前門是一道只能從裡面打開的強化鐵門，上面有格狀鐵窗所以守門的人可以看到是誰想進來。門上有安裝一個叫紐約鎖的東西，是黑幫發明來抵擋不速之客的安全裝置。但這些都還不是你們最大的難題，重點是拉希迪不會走這個門，他有自己專用的出入口。」

神父沒有打斷這位祈求者的懺悔。

「A棟和B棟在二十三樓有空橋相連，B棟的二十二樓整層都是拉希迪的公寓，所以稍微有什麼風吹草動，他都能在外人抵達屠宰場門口之前就先躲起來。」

「那電梯呢？」

「搭到二十三樓需要四十二秒。負責看守電梯的是一個叫彼特・多諾霍的罪犯，只要把風的人發現有可疑人物，他就會立刻趕去屠宰場。所以武裝部隊爬完二十三層樓梯，破壞強化鐵門，然後闖進去屠宰場的時候，拉希迪早就已經在B棟的公寓裡看電視了，危機解除之後才會出來。」

「屠宰場裡的工人呢？」

「大部分都是非法移民或只有輕罪前科的犯人，拉希迪讓他們住在A棟的骯髒小房間裡。如果屠宰場出了什麼事，他們只能從前門離開，所以你們在下樓的時候或許能逮到一些小嘍囉，但絕對不可能抓到拉希迪本人或他的左右手。」

「拉希迪多久去一次屠宰場？」

「每週一到週四從早上八點到午夜十二點，他都會在屠宰場裡收現金。他的身邊隨時有兩個全副武裝的前科犯守著，要是沒有事先約好要見面，任何人都不能靠近老大。」

大隊長說：「我得知道那兩棟大樓是在誰的名下。」

「這點我無從查起，長官。不過假如大樓就是拉希迪的，我也完全不意外。他老謀深算又謹慎行事，而且還是個典型的反社會人格，就算你殺了他最好的朋友，他也完全無所謂；說起這個，其實我也不太確定他到底有沒有朋友。」他停頓了幾秒後說：「我沒有其他要懺悔的事了，神父。」

「謝謝你，洛斯。」大隊長說：「有你提供的這些情報，我和隊裡的大家才有辦法繼續執行計畫的下一步。」

「還會有更多情報的，長官，因為你們突襲的那一天我也會在現場。等你們決定好日期，記得先通知我。」

「當然，但你記得別冒沒必要的風險。你已經做得夠多了，要是哪天你不想繼續了可以隨時告訴我，哈克尼那邊有個督察的空缺，我很樂意推薦你去。」

「我不確定我還能不能回去當警察，都過這麼久了。」

「你說得沒錯。不過你要是改變心意了，隨時都能用我們平時聯絡的管道通知我。」

「遵命，長官。」洛斯說：「不過你們突襲的那天，我希望你可以親自幫我上銬。」

「好主意，但我比較想讓唱詩班小弟來逮捕你。」

「我認得出他嗎？」

「你不可能認錯的。」獵鷹咧嘴一笑，不過另一頭的洛斯看不見。「你該走了，我會再待個幾分鐘。洛斯，我知道這不合規矩，但我還是要再說一次，真的非常謝謝你做的一切。」

獵鷹聽見門打開又關上的聲響。他開始思考怎麼讓眾人在拉希迪逃跑之前抵達二十三樓，這時外頭卻突然傳來聲音。「神父，我違反了戒律，我來祈求上帝的寬恕。」

「救命啊，你不是我該負責的罪人。」獵鷹在心裡吶喊著，卻故作鎮靜地回應道：「我的好孩子，你犯了什麼錯？」

「我喜歡上了鄰居的妻子。」

「你和她有發生肉體關係嗎？」

「沒有，神父，但聖經告訴我們思想與行為同樣邪惡。」

獵鷹心想：「那我就是個殺人無數的罪犯了。」他在腦海裡列出包含福克納和拉希迪等人在內的假想受害者清單。「沒錯，我的孩子，你犯了大罪。你必須拒絕所有來自惡魔的誘惑，清除所有不該留在你腦海裡的邪念。」

「假如我沒辦法呢？神父，我會被遺棄至無盡的黑暗地獄裡嗎？」

「不會的，孩子，你只需要懺悔你的罪過並回到正道。萬福瑪莉亞，聖母瑪莉亞……」

「謝謝您，神父。」他離開前的最後一句話聽起來安心了許多，外頭接著傳來門打開又闔上的聲音。

獵鷹一刻也沒有多等，畢竟他完全不想再遇到下一個來告解的不速之客了。他急急忙忙地衝出懺悔室，快步走回祭衣室時幾乎都快跑了起來，但他下一秒就立刻放慢腳步，因為迎面走來的是西敏主教座堂的樞機主教。他單膝跪地親吻主教的戒指，主教做出十字架的手勢問道：「告訴我，大隊長，你最近有遵從主的教誨嗎？」

他回覆道：「閣下，我今天成功拯救了一個罪人。」

「非常好，我的孩子。希望你的福報會早日降臨，或在天堂等著你。」

＊　＊　＊

獵鷹在小組會議中說：「有鑒於萬寶路提供的最新情報，廳長已經核准我們的行動。我們可以運用警察廳內的所有資源，他這次甚至給了合理的預算限制。不過，有一個附帶條件。」

「就知道沒這麼簡單。」拉蒙特抱怨道。

「廳長堅持我們的任務是要逮到拉希迪和他的左右手，而且要找到夠多證據讓他們可以在監獄裡關到老。所以如果只是讓他的製毒工廠倒閉，或是只抓到幾個跑腿的人和毒販，他是不會接受的。拉希迪完全有辦法全身而退，然後在幾週或甚至幾天之內就到另一個地方再開一家工廠，他說不定現在早就有一家備用的工廠了。華威克偵緝巡佐，告訴我你們調查的最新進展。」

威廉回答道：「我和阿達加偵緝警員這幾週都在布里克斯頓實地考察。」

「難怪你們滿臉鬍渣，而且看起來就像剛被人從樹叢中間拖出來一樣。」

保羅說：「我們得入境隨俗。」

「我們確認了屠宰場真的就在A棟裡面，而且多虧有萬寶路鉅細靡遺的情報……對了，長官，我真的很抱歉上次質疑了他的可信度，要是我和潔琪那天在菲力斯杜港逮捕了他，我們現在就只能從零碎的情報——」

大隊長揮了揮手。「華威克偵緝巡佐，重要的是眼前的事，忘掉過去吧。」他向潔琪眨了眨眼，威廉則繼續說：「我找了幾個房地產仲介問說我能不能在A棟租一間公寓，這樣我進出那邊才不會讓人起疑，結果全都被拒絕了，因為那棟大廈登記在一家空殼公司的名下，也許正是拉希迪的其中一家公司。」

「但是B棟有兩間被蘭比斯市議會租下來的空公寓，其中一間非常適合用來執行我們的計畫。」

威廉從桌邊站起身來，走到一塊大白板前方，白板上面貼滿了圖表、箭頭和照片，其中一張照片是兩棟中間有座空橋連接著的大廈。

「我看上的那間公寓就在二十三樓，離空橋不遠。」

「做得好。」大隊長說：「你可以交給阿達加偵緝警員去租那間公寓。假如他成功將十幾個武裝人員帶上樓，等拉希迪一從空橋過去B棟，他們會好好歡迎他的。」

「但這樣要不引人注意可能會有點難，長官。」威廉說：「我們需要至少六個人來抓住拉希迪和解決他的守衛，如何在拉希迪逃走之前讓武裝部隊潛進二十三樓會是個大難題，我等等再回來說明。」

潔琪發問：「屋頂呢？他不是也可能從屋頂逃走嗎？」

「不太可能。」保羅說：「他只有可能從樓梯逃走，然後他急著跑下樓的時候就會遇到正在上樓的我們。」

「不對。」威廉說：「空橋才是他最理想的逃跑路線，因為只要他一躲進B棟的公寓裡，就不會有人將隔壁棟發生的動亂連結到他身上。」

霍克斯比問道：「那個守著電梯的惡霸呢？」

「彼特・多諾霍。」威廉伸手指向一張照片，圖中的男人看起來不用特別裝扮就能直接去演《除暴安良》。

「他因為嚴重身體傷害罪和持械搶劫蹲過牢。」拉蒙特說：「上次逮捕他的時候，需要三個警察一起壓制住他，才有辦法幫他上銬。」

「我們不可能在他沒注意到的情況下接近電梯。」保羅說：「有幾個拉希迪的工人寧可爬樓梯也不敢和他搭同一台電梯。」

「就算我們成功闖到電梯口了，這裡、這裡、這裡還有這裡都有人把風。」威廉指向街道圖上四個畫叉的地方。「要是他們有人覺得你不太對勁，電梯就會直接上升到二十三樓停住然後中止運行，等到有人回報安全之後電梯才會回到一樓，繼續運行。」

「就像二戰那時候的空襲警報一樣。」獵鷹的回應暴露了他的歲數。

保羅說：「我不知道二戰那時候怎麼樣，但我相信你，長官。」

「你們怎麼在不被把風的人發現的情況下得到那麼多情報的？」獵鷹無視保羅的調侃。

「我們每天都一直搭公車，然後待在上面那層[40]觀察大樓，長官。」威廉回答道：「三號、五十九號和一一八號公車都有經過那裡，一小時內有好幾班。」

保羅補充道：「而且一一八號的站牌就正好在A棟的外面，這也是為什麼我們有辦法確定把風的人被安排在哪些位置。我也記住了一些毒販的長相，因為他們是唯一進去之前不會被攔下來詢問的人。但我還是不敢冒險下車靠近那個像堡壘一樣固若金湯的地方。」

「假如武裝部隊沒辦法突破電梯那關，他們要花多久才能抵達二十三樓？」拉蒙特問道。

「萬寶路爬到二十三樓花了七分半。」潔琪說：「但別忘了，搭電梯只需要四十二秒。我們拚命爬樓梯到屠宰場前門的這段期間，拉希迪早就悠哉地從空橋逃去他的公寓了。」

「那我們該怎麼在四十二秒之內抵達二十三樓？」拉蒙特問道。

獵鷹回答：「我想威廉已經想到辦法了。」

40 倫敦的公車為雙層巴士。

25

「請接受我的哀悼，邁爾斯，我聽說你痛失了畢生的收藏。我知道那些畫作對你來說有多麼重要，竟然發生了這麼殘酷的憾事，你一定痛心疾首。」

「謝謝你，布華，很感謝你這麼關心我。」福克納試圖裝出悲傷的樣子。

「我知道你原本打算買回林普頓大宅，但是——」

「在我心裡，房子跟畫作相比根本不值一提，但我還是希望你能盡快幫我討回那五十萬英鎊的訂金。」

「文書作業已經處理得差不多了。不過，至少維梅爾那幅畫還安然無恙地在菲茲墨林博物館裡。」

「再過不久就不是這樣了。」

布斯．華生說：「什麼意思？我不太懂。」

「你本來就不會知道的，布華。該怎麼說比較好呢，我接下來的計畫是讓《白色蕾絲領子》和其他畫作重逢。」

＊＊＊

威廉說：「謝謝您撥空和我見面，上校。」兩人在前台會合。「大隊長非常期待能與您重聚。」

「霍克斯比是我手底下最優秀的其中一位下屬。假如他有繼續從軍，絕對會是一位出類拔萃的好士兵。」上校跟在威廉後方進入電梯。「時隔這麼多年，能再次見到那個小伙子可真是太好了。」

聽到這句話的威廉壓制住笑意，走出電梯後帶著上校沿著走廊直達大隊長辦公室。他敲了敲門，兩人走了進去，獵鷹立刻做出立正姿勢並說：「很榮幸能再次見到您，長官。」

上校說：「到了我這個年紀，還有人記得我就已經夠難得的了。」兩人握住彼此的手。

「怎麼會有人忘記您呢？我這一代的人都是聽二戰的故事長大的，大家都對科爾迪茨、敦克爾克和納瓦隆的行動耳熟能詳。」霍克斯比回應道。

「所以二戰的時候不是大衛．尼文突襲納瓦隆的囉？」威廉順著話題幽默地問道。

「不是。」上校說：「但我沒什麼好抱怨的，尼文演《六壯士》出名之後也沒影響到我在異性之間的風靡程度。回到正題，我能幫上什麼忙？」

「我想請問上校，您覺得華威克偵緝巡佐的點子可行嗎？」

「可行，而且非常優秀。更重要的是我知道誰是執行這項任務的最佳人選，因為他現在就在警察廳裡工作。史考特．凱恩斯上尉離開空勤團之後，警察廳招募他過去成立反恐部門，基本上就是換了個制服顏色的特種空勤團。現在部門應該已經完全開始運作了，只不過上層應該有特別掩蓋他們部門的行蹤。」

威廉說：「那我們就得找出來了，該怎麼聯絡凱恩斯上尉呢？」

上校回應道：「我不知道，但他很有可能就在警察廳裡的某個角落。」

「警察廳總部有十九層樓、三百間辦公室和兩千個警員，但要是他真的就在這棟大樓裡，我在今天下班之前一定就能把他找出來。」獵鷹說：「現在只希望反恐部門的年輕人能和當時的您們一樣出色。」

「他們比我們優秀太多了，相比之下我們根本就是三流士兵。這幫年輕人都是受過嚴格訓練的專家，他們會不惜一切代價完成任務的。」

「但他們能像您們一樣赴湯蹈火、出生入死嗎？」獵鷹問。

「那還用說！這份工作唯一的條件就是要夠瘋。既然問題解決了，我能請你們幫個忙嗎？」

「您請說。」

「我好不容易來了警察廳一趟，而且還不是因為被逮補才進來的，你們能帶我去參觀一下著名的黑色博物館[41]嗎？」

※　※　※

克里斯蒂娜問道：「寶寶的預產期是什麼時候？」威廉開下高速公路，跟著路牌的指示往林普頓大宅駛去，眼前的景象勾起許多回憶。

「剩沒多久了。」貝絲回應道。

「你們一定很期待。」

「威廉最近心裡還在忙著想別的東西。」

「還有什麼能比寶寶更重要？」

「縱火案和藝術品竊盜案。」威廉說：「希望在亞歷山大或薇薇安出生之前就能把那兩起案件解決。」

「是布狄卡或李奧納多才對。」貝絲說。「如妳所見，我們連名字都還沒決定好，但現在我們還是先專注在縱火案好了。」

「要證明有人蓄意放火不太容易。除非有非常明顯的線索，像是地板上助燃劑的痕跡，或被扔進信箱裡的浸滿汽油的抹布；這些都是以為自己能逃掉的外行人會犯的低級錯誤。」

克里斯蒂娜問道：「那不是外行人的話呢？」

「到木頭屋頂下，在浸入式加熱器旁邊堆一疊衛生紙，再點一根火柴就能輕鬆釀成大火了。很少人會因為縱火被判進去關，因為縱火是最容易脫罪的罪名之一，所以我們該要集中精力證明的是福克納在房子燒起來之前就把畫偷走了。」

「當然，就是他偷的。」

「克里斯蒂娜，我沒有不同意妳的意思，但無論妳有多相信就是他把畫偷走的，妳都需要提交具體的證據才能在法庭上站得住腳。沒有證據的話，妳就只是個氣急敗壞地到法庭上提出無理要求的前妻，這樣只會鬧笑話。」

「威廉。」貝絲連忙阻止他繼續說下去。「克里斯蒂娜這幾天很辛苦，你話說得太重了。」

「我是站在她這邊的，但假如我今天沒有找到我該找到的東西，我們就是在浪費時間而已。」他轉彎進去那條通往林普頓大宅的小路，這次他開得很慢。

「那我們該從何下手？」

「我們要地毯式搜索這整塊地。」

---

41 黑色博物館（Black Museum）位於倫敦警察廳總部，館內收藏了歷史上知名犯罪案件的相關實物。

「那要找什麼呢？」貝絲問道。

「任何在大火中倖存下來的東西。」

威廉開車經過廢棄的門房，駛上漫長的車道，不確定接下來會看到什麼景象。他前一秒還正在閃避一棵倒落在路中央的樹，下一秒就看見一片荒涼的慘狀，這座盧泰恩斯風格的莊園曾經獨踞山丘並傲視著整個鄉村，如今卻成了半英畝的斷垣殘壁和灰燼。

威廉把車停在車道上，打開後車廂拿出三套工作服、威靈頓橡膠靴和橡膠手套。換裝完畢後，三人走向前門原本佇立著的地方。

威廉說：「好，我們要盡可能有條理地搜索每個地方。我們從這一側開始，然後直直往前走到另一側，然後右移三步後再從那一頭直直走回來這一側。假如妳們找到了任何沒被大火燒毀的東西，就叫我過去看。」

「這個算嗎？」貝絲彎下腰從灰燼中抽出前門的門環。

威廉仔細看了幾眼後說：「很好的開始。」接著把他們的第一個調查結果丟進黑色大垃圾袋裡。

過了幾分鐘，貝絲又有發現了，這次是浴缸的水龍頭，再來克里斯蒂娜也找到了一顆大理石球。她說：「這是我們去雅典度假的時候，我特別買的。」威廉近距離觀察了一下才把它也丟進去垃圾袋裡。

又過了一陣子，威廉發問：「這是什麼？」

三人端詳了好久，克里斯蒂娜才突然想起來。「這是落地擺鐘裡的發條裝置，是結婚禮物。」她無奈地說。

「太棒了。」威廉把它放進袋子裡。

貝絲問道：「哪裡棒？」

「等等再解釋，我們還沒找到夠多東西。但妳是不是該先休息一下了？」他焦急地看著略顯疲態的妻子。「我的兒子應該不會想在這堆灰燼裡出生喔。」

「但我的女兒跟我一樣非常享受找東西的樂趣，所以應該並不會想要我停下來。」貝絲說。

「華威克太太，妳是不是有什麼事情沒跟我說？」威廉站在灰燼堆成的小山丘裡，錯愕地盯著眼前的妻子。

「噢，華威克先生，是我忘記告訴你了嗎？你要當雙胞胎的爸爸了喔。」

威廉和貝絲開始抱著彼此上竄下跳，一旁的克里斯蒂娜則放任手中的袋子滑落，舉起雙手為兩人鼓掌。他們過了好一段時間才又繼續手邊的工作，但威廉卻難以集中精神，腦海裡全是剛得知的喜訊。

「這個有用嗎？」克里斯蒂娜遞給威廉一個畫框掛勾。

威廉還沒平復心情，但依舊專業地回答道：「這是我們目前找到最關鍵的東西了，能找到越多掛勾越好。」他把這個小掛勾放進他的收藏品堆裡。

「為什麼？」

「等等再解釋。」

一個小時之後，三個大垃圾袋已經裝滿了數不清的各種物品，威廉堅持要大家休息一下。

「我們該去林普頓紋章酒館吃個午餐，犒賞一下自己。」克里斯蒂娜將袋子抬進後車廂。

「那也要威廉有找到他想找的東西，我們才能去慶祝。」

「找到了，總共六十一個。」威廉說：「我想我現在有辦法證明畫作在房子燒起來之前就被移走了，但要百分之百確定的話，我還得先去菲茲墨林博物館一趟。」

※　※　※

週一的例行會議中，拉蒙特回報道：「上校幫我們解決其中一個問題了。我上星期五去觀摩他們在克洛敦一區廢棄公寓裡的演練，我很確定史考特・凱恩斯督察組長和他的小組只花了不到五分鐘就完成整趟任務。」

「真了不起。」獵鷹說：「但我們還沒解決一樓的問題，把風的人在一英里之外就能看見我們，然後他們就有充足的時間可以關掉工廠並躲進藏身處，我們根本都來不及闖進前門。」

「有沒有可能我們想錯方向了？」威廉說：「也許解決辦法很簡單。」

「願聞其詳。」

「我們目前的計畫是把十二名武裝精英藏在B棟租下的公寓裡，一旦命令下達，他們就會控制住空橋，逮捕任何試圖從那裡逃走的人。」

拉蒙特不留情面地說：「有什麼問題嗎？」

「我們為什麼不反其道而行？在拉希迪躲回B棟的公寓之前，我們幾乎不可能有辦法破壞或甚至只是靠近那扇強化鐵門。」

拉蒙特：「所以我們才安排反恐小組在空橋裡堵他啊。」

「但這會讓我們從一開始就處於劣勢。」威廉說：「首先，我們必須在不會被人發現的情況下，把至少十二個人和他們的裝備帶到B棟的二十三樓，這能成功就已經是個奇蹟了。其次，就算我們真的在拉希迪和他的手下試圖從走道逃走時逮捕了他們，我們又能以什麼罪名指控他們呢？如果他們的代理人是像布斯·華生那樣的人渣，他絕對能提出讓陪審團信服的辯論，像是說他守法的善良委託人們只是剛好要從A棟走去B棟而已，他們當天就會被保釋出去了。所以，我們只能在拉希迪還在屠宰場裡的時候逮捕他，不然我們就只是在浪費時間。」

「每個人都能提出問題，華威克偵緝巡佐。」拉蒙特說：「想出解決方法才是最困難的。」

「要把十二個人和槍枝等裝備帶進我們B棟的公寓裡一定會有風險，我們何不把風險從十二個人減到一個人呢？」

獵鷹沉思道：「難不成要那個人像赫拉修斯[42]一樣，獨自在橋頭奮戰？」

「長官，我們的任務不需要赫拉修斯，只需要一個技藝精湛的木匠，你一下令，他就要在幾分鐘之內把三大塊厚木板釘在空橋的門上。如此一來，他們就會被困在屠宰場裡，要逃跑就只能走剩下的唯一路徑，也就是前門。等到他們發現只能從前門逃走的時候，我們早就已經在外面守著了。」

「聰明。」拉蒙特說：「但我們還是有兩個問題沒有解決，那四個把風的人和那個守著電梯的惡棍。我們的人爬樓梯爬到一半的時候，拉希迪已經搭電梯下樓了。一旦他滿臉無辜走出這裡，我們就沒有辦法再指控他任何東西，整個行動也就會徹底失敗，因為堂堂馬塞爾奈夫公司的董事長怎麼可能會把毒品帶在身上？」

保羅回應道：「不會的，只要我們能確保把風的人不會發現就可以了。」

「你是要怎麼做到這件事，阿達加偵緝警員？」獵鷹說：「我一下令開始行動，十幾輛武裝車和警車就會警笛大響地往這裡過來，把風的人就會警告多諾霍，然後他就會警告拉希迪。我們是要怎麼躲過把風的人，胡迪尼？」

「眾目睽睽的假象就是我們最好的偽裝。」威廉說：「我得先承認，這一個多月以來我苦熬了好幾個徹夜未眠的晚上，最後才發現這個其實一直都近在眼前的答案。」沒有人打斷他的話。「我們根本沒必要像約翰．韋恩一樣全副武裝地衝進去，我們完全可以直接開車停在大門外面，沒人會多看一眼。」

拉蒙特說：「看來你是要變身成隱形人了是吧？你說得對，就連約翰．韋恩都做不到這件事。」

「不是的，長官。」威廉說：「假如我們自己開一台公車，保羅裝成車上的售票員，我們所有人就能像隱形一般地出現在大樓門口了！」

獵鷹和拉蒙特轉頭看向彼此。

「華威克偵緝警員，你失眠的每個夜晚都值得了，廳長一定會非常佩服我們的這個新主

---

42 赫拉修斯（Horatius）：羅馬軍官，以率領少數人守衛橋樑，成功抵擋敵人入侵羅馬城而名留後世。

意。」大隊長說。

所有人頓時高興地拍桌叫好。

「好了。」獵鷹的話讓大家安靜下來。「我們有售票員了，還缺一個公車司機。」

「丹尼・艾夫斯。」威廉二話不說就推薦了熟悉的人選。

拉蒙特說：「還有十六位精挑細選的武裝人員，讓他們待在下面那層，一下令就能立刻出動。」

「但是先下車的那幾個人之中，第一批出去的人不能穿制服或扛裝備，他們得穿著運動服和運動鞋，這樣才不會引起把風的人的注意。然後，他們得在十秒內解決掉四個把風的人，同時另外三名警員擒抱多諾霍並控制電梯。」

「同時間，十二名全副武裝的乘客們會開始爬樓梯上去二十三樓，這個就交給反恐小組的專家們來大展身手了。」

「我們車上還需要幾個女警員。」威廉說：「穿著便服，不是制服。」

獵鷹再次說：「願聞其詳。」

「假如有一台公車裡全部都是剃平頭又身材健壯的男人，而且看起來不像是要回家休息而是準備要去幹架，把風的人一定會起疑。所以應該要讓車上有幾個女生會比較符合現實，可以讓女警員打扮得像是在通勤的人、出門買東西的人或是要回家的家庭主婦，總之就是要讓人看不出來是警察。」

「這招不錯，威廉。」大隊長說：「然後我們也還得把上層的座位全部移走，因為要架設一個指揮中心，我才可以在上頭監督整個行動。這就是我得處理的難題了，我得想辦法弄到一台雙層巴士。」

「你終於有事可做了，長官。」保羅一說完就知道自己玩笑開過頭了。

「你也是，阿達加偵緝警員，因為這次行動之後你說不定就能直接去應徵公車售票員。但在那之前，別忘了誰才是老大。」

※ ※ ※

會議結束，眾人散會之後，霍克斯比坐下來仔細思考該如何提高這次行動的成功率。片刻過後，他拉開最底層的抽屜，拿出一盒未開封的萬寶路和一支氈頭筆。他撕開透明塑膠包裝，打開菸盒，把菸全部倒到桌子上。

他抽出菸盒內側的銀紙，謹慎地思考該如合言簡意賅地傳達訊息。幾分鐘後，他寫下「十二號，晚上十一點」，然後把銀紙歸位。他闔上菸盒，放進內側口袋裡，接著走出辦公室搭電梯去到地下室。他從後門離開，右轉往西敏主教座堂走去。他這次從前門正大光明地進去，不再是神父，只是個普通的教徒。

他沿著左側走道慢慢前進，欣賞柱子上艾瑞克．吉爾的《耶穌被釘在十字架上》。抵達目的地之後，他左右確認過沒人才打開了奉獻箱，將菸盒放到角落裡。最後，他將蓋子蓋好並鎖好奉獻箱，為了減輕罪惡感丟了五十便士進去。

他決定走路回家，路途很遠，但他是該趁機運動一下了，而且他也需要時間來想一下他的演說內容。

＊　＊　＊

「拉蒙特警司來聯絡我們了。」布斯．華生再次來到他的委託人專用的會客室裡，他坐到福克納對面，打開公事包，拿出幾份文件放到兩人之間的玻璃桌上。「他以《一九八四年警察與刑事證據法》向法庭申請了交出令[43]，說要盡快與你會面。」

福克納說：「所以我終於要被轉移到開放式監獄了嗎？還是因為表現良好所以我的刑期可以減半了？」

「都不是，拉蒙特是要來審訊你的，他們懷疑你犯了兩起罪行。」

「哪有什麼罪行？」福克納說。

「第一項是縱火罪，他們有理由懷疑是你自己放火把你家燒掉的。」

「但我明明就被關在這裡面不是嗎？」

「他們還說你在房子起火之前就先把那七十二幅畫偷走了，總價值三千萬英鎊的竊盜罪。」布斯．華生無視他那正在發脾氣的委託人。

「那些畫明明就跟房子一起被燒毀了。」

「拉蒙特不吃你這一套，而且他說他有證據。」

「鬼才信，就連福爾摩斯都不可能找到。」

「但威廉．華威克找到了。」

「怎麼又是這該死的男人。」

「他花了一整天翻了林普頓大宅裡的所有灰燼，最後找到了六十一個畫框掛勾。」

「這只證明了火災當下畫作就在現場。」

「剛好相反，他說這反而證明了畫作在火災之前已經不在現場了。重點是他沒找到的東西，而不是他找到的東西。我話先說在前頭，邁爾斯，在你跟我演練完我猜拉蒙特一定會問的問題之前，我建議你先練習保持緘默。」

43 經過授權的人員可以向法庭申請「交出令」，要求案件相關人員交出與案件有關的文件。

福克納不情願地閉上嘴。

「假如畫作當時被掛在畫框掛勾上，那麼是什麼東西將畫固定在畫框裡的呢？」

「那還用說，當然是掛畫專用的金屬線啊。但比較大的畫作就不是了，要用黃銅鏈——」他像是突然意識到了什麼，停頓了幾秒才說：「啊對了，我都忘記了，我好幾年前就不用金屬線了，我改用麻繩。」

「你可以先拿麻繩去上吊了。」布斯．華生說：「因為你前妻——」

「她說什麼我就反駁什麼，看法庭要信誰。」

「我也希望可以這樣。但很不幸地，華威克最近去了菲茲墨林博物館一趟，克里斯蒂娜捐贈的那幅維梅爾畫作是用鋼和黃銅交織編成的掛畫線固定的，而你去年好心捐給博物館的林布蘭和魯本斯畫作都是你當年自己用黃銅鏈條固定的。所以，邁爾斯，在我和拉蒙特警司談好會面日期之前，你最好想出一個比麻繩更有說服力的答案，否則你唯一能離開彭頓維爾監獄的機會就是出去接受新的審判，也就是縱火罪和七十二幅畫作的竊盜罪。這樣的話，你到下個世紀都會繼續住在現在這個鬼地方。」

26

「一個小時之後，無論成敗，我們的戰鬥都會告一段落。」以大隊長為首的軍隊即將出征，鼓舞士氣的行前喊話開始了。

獵鷹的精銳部隊聚集了來自警察廳各個領域的專家，所有小組都在倫敦各處的小型舞台排練過許多次他們各自負責的重要角色，但今天是眾人第一次匯聚一堂，浩大的陣仗看起來就像是倫敦最大的黑幫。

前一天晚上，所有小組都穿戴正式裝備各自彩排過了，大隊長是他們昨天唯一的觀眾。今天晚上十點整，在這個一日當中毒品與金錢交易最猖獗的黑暗時刻，所有人員避開大眾的視線，集合於巴特西發電站。現場總共有四輛裝備齊全的裝甲車、六輛囚車、十二輛警車、四輛救護車和一輛雙層巴士。發電站裡有八十三名男男女女，他們在前一天就接收到嚴格的命令，絕對不能向任何人甚至同事提起，今天晚上會集結於發電站的這支秘密軍隊。

大隊長仔細確認每個小組的備戰狀況，他已經演練過無數遍和這次特洛伊木馬行動有關的任何細節，當然也包括他準備已久的演說內容。

「各位警官同仁，我們即將參與倫敦警察廳有史以來最大型的其中一場行動。你們每一位都是精心挑選出來的專家，因為你們都是各個領域當中最優秀的佼佼者。毒品是現今社會的禍患來源，也是幾十年來造成犯罪率提高最多的惡因。毒品肆意橫行，殘害年輕與脆弱的靈魂；卻有那麼一群殘酷無情的罪犯靠著毒品中飽私囊，完全不在乎他們帶給受害者的苦痛，並且傲慢地認為自己凌駕於法律之上。」

「今晚，我們有個機會可以打擊這些狠毒的兇手，拿下他們最惡名昭彰的其中一位犯罪首腦，阿塞姆．拉希迪，然後毀滅他遍布倫敦的毒品大帝國。今晚，就讓我們把這個禽獸關進監獄一輩子吧。」

眾人起身歡呼，威廉則再一次想起自己為什麼會想當警察。片刻過後，現場才恢復安靜讓大隊長有辦法繼續演說。

「如果行動按照計畫進行，我們還能逮到他的四個得力助手。他那如同九頭蛇般的大組織，一旦被我們砍下其中四顆關鍵的頭顱，就沒辦法輕易復甦。最後，我們還能徹底關閉他的製毒工廠，防止拉希迪繼續將那些致命的商品流入街頭。」

現場的反應依舊非常熱烈，大隊長稍等了一下。

「如果我們今晚的行動大功告成，你們每一個人都能夠到處講述今晚屬於你們的英雄事蹟，這些故事都將成為人們未來耳熟能詳的警察傳說。羨慕你們的同事會宣稱自己也是這晚倫敦幫的一員，他們會說我們將大毒梟推下他現在的寶座，我們讓年輕的一代從不可一世的加害者手中就此解脫。但是你們根本不用與外人多談今晚的功績，因為你和你身邊的每一個人都最清楚自己今晚有多麼光宗耀祖。」

「我被選中帶領你們上戰場，而今晚的戰役絕對會是場硬仗，現在這一刻毫無疑問是我從警生涯的最高峰。所以，就讓我們浩浩蕩蕩地展開這次行動吧。秉承警察廳的偉大傳統，讓我們改變世界吧。」

獵鷹光榮地走下台，台下的歡呼聲如暴風雨般襲捲整個發電站，一直到他爬上戰鬥巴士之後才慢慢平息。大隊長來到他的核心小組身邊，他坐鎮於上層的指揮中心，天知道他們花了多少個月的時間才迎來這一刻。

「今天不會剛好就是聖克里斯賓節[44]吧？」大隊長踏上巴士上層，威廉忍住不偷笑。

「如果真的那麼剛好，那就希望我們能和亨利五世一樣迎來最終的勝利吧。」霍克斯比在指揮中心的中間位置坐下，眼前琳瑯滿目的設備看起來更像是要將人送上月球，而不單只是將幾十位武裝人員送上布里克斯頓區一棟大樓的樓頂。

44 莎士比亞的名劇《亨利五世》中，亨利五世在阿金庫爾戰役前夕，發表了慷慨激昂的演說，成功激勵軍隊士氣讓英國成功打敗了法國。演說當天是天主教節日「聖克里斯賓節」（St Crispin's Day），該著名演說也被稱為「聖克里斯賓節演說」，威廉在此引用來比喻霍克斯比的演說有多激勵人心。

「該來試試看這個新設備有多方便了。」大隊長將無線電調整到能一次與現場所有人保持聯絡的頻率。不過他現在沒有接收到任何聲音，因為所有人都被下令在車隊開始移動之前不准出聲。

丹尼駕著這台特洛伊木馬，腳已經踏穩在「馬鐙」上，心癢難耐地等著催動猛獸出閘，拉蒙特、威廉和潔琪則安穩地坐在大隊長旁邊。保羅已經到下層的門口就定位。他知道稍晚當巴士開到大樓外面，裝扮成售票員的自己必須是第一個下車的人。

大隊長看了一眼手錶，按下無線電收發器的按鈕，說：「戰鬥開始。」

一一八號公車帶領大軍駛入布里克斯頓路，井然有序的車隊緊隨其後。車燈未亮，警笛未響，連煞車時的輪胎都悄無聲息。沿途經過預先安排的各個定點，其中幾台車輛陸續駛離，消失在黯淡無光的街道上，等待下一步指令。

離目的地只剩一英里，獵鷹說：「華威克偵緝巡佐，你該到下層準備指揮地面行動了。在任務完成之前，別向我回報。」

「遵命，長官。」威廉跑下旋轉梯，來到下層與保羅會合。等待上場的武裝部隊已經蠢蠢欲動，只等著大隊長下令。有位年輕警員曾在十秒之內完成一百碼短跑，如今被選中的他就站在售票員旁邊，身負重任地等待起跑的槍聲響起。保羅沒有告訴他自己早就下定決心要比他更快衝到電梯口，然後要在多諾霍按下警報之前親自把他撂倒。

飛毛腿的後方蹲著兩位虎背熊腰的大個子，他們每個星期六都會在橄欖球賽中擔任搶球的前鋒。大隊長下達給他們的命令簡潔有力，把人當成球來踢就對了，現場不會有裁判來罰他們犯規。

巴士後方的兩排位置坐著八名身穿運動服及運動鞋的年輕警員，他們唯一的目標是要在那四個把風的人有機會警告守門員之前就把他們幹掉。接下來的三排位置則是十二名來自特種槍械司令部的警官，背上掛著液壓裝置，一下公車便會直奔樓梯。他們立志要在七分鐘內抵達二十三樓，誰能第一個爬到終點的賭盤正在熱烈進行中。

前排位置上，一大群男男女女相較之下平靜許多。他們都是緝毒組訓練有素的鑑識專家，等著收集現場的所有證據送回實驗室分析。刑期長短並非取決於部隊的勇氣，而是他們採集到的證物。

警官之中散布著零星幾位女警員，獵鷹唸唸有詞道：[45]「只坐著等待的人，也有他們的貢獻。」威廉笑了出來，因為老大誤用了米爾頓的詩句。

那位技術一流的木匠已經在B棟二十三樓的空橋附近就定位了。大隊長的命令一下，他就要瞬間往門釘上他親自打造的「禁止通行」標誌，這樣從屠宰場逃跑的其中一條路徑就徹

45 米爾頓的原句是「只『站』著等待的人，也有他們的貢獻。」（They also serve who only stand and wait.）

底被截斷了。

現在還看不見特勤團的幾位精英，但霍克斯比有十足的信心，他們會像不速之客一樣在最意想不到的時候登場。

目前為止，一切都像發條裝置一般順利地運作中，但獵鷹很清楚行動永遠不可能百分之百照計畫進行，這世上唯一不變的就只有變化。巴士沿著冷港街穩穩前進，車上一大群沒付費的乘客就這樣沉默地前往目的地。丹尼前一天清晨就試跑過兩次這段路，他瞭如指掌每個紅燈會有幾秒、哪裡會有人行道、哪條車道會慢慢變窄，所以他不會需要超別人的車，也不可能被別人超車。每開過一個公車站牌，他們都會經過一些困惑又惱怒地揮著手的人。明天，當這些被拒載的乘客看到早報的頭條時，他們會想通昨晚的公車為什麼沒有停車嗎？

「離目的地還有五分鐘。」霍克斯比第二次打開無線電。威廉可以看見下一站就要下車的乘客們正緊張地坐在座位邊緣，等著大隊長大喊「衝啊！」的口令。

飛毛腿已經就位，急切地想要衝出眼前的車門，後頭兩位身材魁梧的同行人也已經迫不及待。保羅仍舊心繫著要第一個衝到多諾霍面前，他隨手丟下售票機，拿下專用的大檐帽，脫掉西裝制服外套。他們四個人已經反覆練習過如何從公車一躍而下，以免有人跌倒或在奔跑的時候相撞。

「還有三分鐘。」大隊長說。他們轉過眼前這個彎，兩棟大樓第一次出現在眾人眼前。

他們越來越靠近目的地。威廉能感受到體內急劇上升的腎上腺素，伴隨著心裡恐懼和不安的情緒。

霍克斯比看了一眼碼錶，拇指輕放在按鈕上。他心知肚明，再過幾秒鐘，這次行動的成敗即將事成定局。

時間還剩兩分鐘。大隊長下令：「把門封起來。」

木匠走出他過夜的住處，他今天白天的時候就在這裡先完成了初步作業。他把三大塊厚木板摁在牆上，接著從工具袋拿出電鑽和一大把螺絲釘。他把第一塊木板橫放在門上，尺寸完美貼合。他再把第一顆螺絲插入預先鑽好的孔中，然後開始他的工作，他知道這道加厚鐵門另一側的人絕對不可能聽見任何聲響。

時間還剩一分鐘，大隊長宣布：「準備降落。」

大樓裡的木匠正在用螺絲固定第二塊木板；這時，一架瞪羚直升機從雲層裡出現，陡然傾斜向下，來到A棟屋頂上方。

還剩三十秒。

木匠已經釘好第三塊木板了，他往後站了幾步欣賞自己巧奪天工的傑作，屠宰場裡想從這道門逃走的人可以死心了。他背起工具袋，吹著口哨往樓梯走去，他有先跟妻子說過今天會晚一點回家，但他沒有說為什麼。

還剩十五秒。

快要抵達大樓前的公車站牌了，丹尼開始放慢速度。史考特・凱恩斯督察組長躍出直升機，沿著繩索垂降到屋頂上；另一名警官緊隨其後，機上還有兩位也等著下來的警官。

丹尼踩下煞車，A棟的大門口到了。

「衝啊！」大隊長一聲下令，釋放大軍從特洛伊木馬裡一湧而入敵軍陣地。獵鷹明白，從這一刻開始，這場比賽就已經不受教練的監督了，球員們的一舉一動會決定成敗，而他只能留在邊線乾焦急。

保羅和飛毛腿衝出車門，往電梯的方向全力狂奔；兩名強壯的前鋒盡全力試圖跟上他們的步伐。同一時候，八位運動裝扮的年輕警員分頭往四個方向前進，準備要去解決四個把風的人。

第一個人看起來已經嗑藥嗑到呈現迷茫狀態了，就連有架太空船出現在眼前他也不會注意到。第二個人正忙著和一個女人聊天，她說要是能給她一點大麻，她就願意和他睡一晚。第三個人還沒意識到發生什麼事就被壓制住了。可惜，第四個把風的人目睹他們的行蹤，所以來得及聯絡彼特・多諾霍，他正坐在電梯旁邊用收音機聽平克・佛洛依德樂團的歌。

「有人來襲！有人來襲！」對講機裡傳來的聲音將多諾霍瞬間拉回現實。他伸手正準備按下對講機上的緊急通話按鈕；這時，飛毛腿就像要衝過終點線一樣，頭朝下俯衝過來。他狠狠朝多諾霍的腹部揍下去，打掉他手中的對講機。多諾霍向後倒下，但很快就站了起來，精準地用膝蓋重擊飛毛腿的下巴，把他撞出界外。

兩名前鋒還剩下幾碼的距離才能抵達終點，他們只能眼睜睜看著緊抓著對講機的飛毛腿從電梯裡滾出來。多諾霍踉踉蹌蹌地走進電梯，迅速按下二十三樓。電梯門緩緩關上，只剩一碼遠的兩名大漢錯過了，他們當晚唯一的任務就此失敗。其中一個人大力敲著電梯門洩憤，但也只能無助地望著樓層指示器的指針從二樓移到三樓。另一個人跪在倒地的飛毛腿身邊，受到重擊的警員正痛苦地翻滾著。「警員倒地！」他朝著對講機大喊：「救護車快來啊！我重複，有警員倒地！」

八名反恐小組的成員全數落地，而十二名武裝人員爬上了六樓。

電梯經過七樓的時候，多諾霍聽見樓道裡傳來打雷般的腳步聲。他四處尋找對講機，卻完全不見其蹤影。他咒罵了一句，卻也深信自己能在條子抵達之前趕到屠宰場警告眾人。

電梯經過二十一樓，反恐小組從樓頂上垂降下來。他們知道屠宰場裡絕對沒人能料到會有人從上方出擊，畢竟這三層樓的窗戶都被緊密的黑色百葉窗遮蔽，就連飛過的鴿子都無法看見他們在做什麼。

電梯抵達二十三樓，緩慢打開的門被多諾霍硬生生掰開。他衝出電梯，緊握著拳頭瘋狂地敲打前門上的格狀鐵窗。守門人從另一頭往門外查看，一瞥見多諾霍布滿汗珠的臉，他立刻解開三把門鎖，拉開這道厚重的強化鐵門。

「我們被突襲了！」多諾霍使出全身力氣大喊，他撞開守門人，四處尋找那位他唯一需要負責的雇主。這時，特種槍械司令部的成員爬上十四樓。

拉希迪正忙著把一大堆鈔票按照每疊一千英鎊疊好，接著放入大運動袋中；這時，他私人辦公室的門被大力推開。他一看見多諾霍的表情，不用等他開口就知道他們被突襲了。他知道這一刻總有一天會到來，所以早就為此排練過好幾次。

拉希迪跟著多諾霍走到鍋爐室，卻迎面看見讓他愣在原地的一團亂象。他的工人們慌張地往前門衝去，他在多諾霍和兩名保鑣的陪同下往反方向走去。這時，特種槍械司令部的成員來到了十九樓。

拉希迪火速抵達那道門，只要走過空橋他就能回到他在B棟安全的公寓裡。然而，無論三名壯漢怎麼用力，他們的逃生通道都無法開啟。現在只剩下唯一的出路了。身邊的工人們依舊驚慌地四處亂竄，拉希迪則保持冷靜往前門過去，只希望自己能在他的敵人出現之前趕快搭電梯逃到一樓。他的律師說過，雖然這會是個比較不理想的選擇，但只要拉希迪能搭上電梯，他們就能在法庭上說他只是個被捲入戰火的無辜居民，他一輩子都沒吸食過任何毒品；這後半句聲明也的確是事實。

回到鍋爐房，拉希迪發現他的路被鳥獸散的工人們擋住了，他們就像拚命掙扎的旅鼠，絕望地一直擠進眼前這個狹窄的通道，只為了快點逃到樓梯口或電梯。他的保鑣和多諾霍把他們一個個推到旁邊，為他們的主人騰出一條路。就在拉希迪離通道只剩下幾英尺距離的瞬間，第一位反恐成員撞破窗戶衝了進來，把多諾霍擊倒在地。幾秒後，第二位入侵者也加入了這場派對，朝著門內丟了一顆煙霧彈，他高喊著：「都給我跪下！」

拉希迪剛擠到前門，第三名士兵就放倒了他的其中一個保鑣，他只能無助地看著電梯門關了起來。他剩下的那名保鑣將手臂伸進電梯門的縫隙，試圖拖住電梯；但是那只能容納八位乘客的電梯早已擠滿至少十幾個絕望的逃亡者，電梯內交雜著各種不同語言的喧譁聲。拉希迪發現一名武裝人員從樓道裡走了出來，他當即選擇了最後一條出路。他跑回鍋爐房，脫下他的皮革外套，戴上從地上撿來的口罩，最後加入那些工人們的行列。他們溫順地跪在地上，雙手抱頭，消極地接受自己的命運；而他也得接受同樣的命運。

第一位武裝人員衝向拉希迪僅存的那名保鑣，用他衝鋒槍的槍托重擊他的下巴，一擊就把他撂倒。現在只剩多諾霍還在反抗了，但警察廳裡的輕重量級拳擊冠軍三兩下就將他打倒在地，給他上銬並宣讀他的權利，但昏迷的他已經一個字都聽不見了。

更多武裝人員持續湧入屠宰場，開始圍捕還沒逃走的工人們。總共六名警官負責把多諾霍和兩個保鑣毫不客氣地拖下樓梯，一樓的第一台囚車已經在等著他們了。威廉總算爬到二十三樓，他失望地發現就連最後一批反抗的人都已經被壓制住了。

他大步走進屠宰場，經過一名正在被人帶走的工人。這名拉希迪的下屬不停地破口大罵，下一秒竟朝他臉上揮了一拳，威廉暈了一下但很快就恢復神智，另一名警官趕緊過來將犯人上銬。煙霧漸漸散去之後，威廉開始著手觀察拉希迪的帝國遭到襲擊過後的殘缺面貌。十幾個戴著口罩和橡膠手套的工人跪在地上，他們幾乎都是被逼迫來這裡工作的非法移民，說不定這場行動對他們而言反而是一種救贖。毒品世界的底層人民總是得為主人背黑鍋，他們也知道自己絕對不能開口說出真相。永遠都會有下一個圖利普，也永遠都會有下一顆被挖出來示眾的眼球。

威廉很確定自己爬上樓的時候沒有遇見拉希迪，潔琪也在對講機裡確認了電梯裡那群害怕的乘客們之中沒有拉希迪的身影，他們一抵達一樓就被圍捕了。結果只剩一種可能性，威廉開始仔細觀察所有還留在屠宰場裡的烏合之眾。接著，他注意到有幾個工人正面露恐懼地偷瞄著某個人。威廉湊近看了那人幾眼，卻看不出他和旁邊也跪著的其他人之間有什麼顯著的差別，他點了點那個人的肩膀叫他站起來，但他一動也不動。

「巡佐，他可能聽不懂英文。」一名年輕警員走過來將那人拉起。

「我記得他精通各種語言。」威廉喃喃自語。他摘下眼前這個嫌疑人的口罩，但是就連這樣也無法確定他的身分。

「巡佐，您在找誰？」

威廉回答道：「毒蛇本人。」但是他對眼前這個人的臉完全沒有印象。他語速放慢並清楚地說：「脫掉你左手的手套。」但他依舊沒有任何回應。

警員一把將他的手套摘下，只見那人的無名指少了一節，他驚呼：「您是怎麼知道的？」

「他母親告訴我的。」

眼前的男人依然呆滯地看著威廉，就好像他什麼都聽不懂。

「要不是你每次都會抱她，我可能永遠也不會認出你就是她的兒子。」

他還是沒有任何反應。

「真想知道我明天一早去博爾頓街找她的時候，她會有什麼反應。我會跟她說，她的兒子從哥倫比亞運回來賣到倫敦街頭的產品根本就不是茶葉；她兒子的真實據點根本就不是倫敦城裡橡木材製成的豪華辦公室，而是布里克斯頓區裡的一處毒窟；而她兒子的真實身分根本就不是受人尊崇的馬塞爾奈夫董事長，在道上人人都稱他這個大毒梟為『毒蛇』。」

他依舊無動於衷地站著，連眼睛都沒眨一下。

「這個孝順的兒子每週五下午都準時與母親見面，卻毫不在乎他毀掉了多少年輕人的一生，他只在乎自己每個星期能賺進多少錢。」

還是一動也不動。

「有一件事我可以確定，拉希迪。等我告訴你母親未來十年或二十年她得去哪裡探望你之後，你可別指望她會去監獄裡找你，因為她根本丟臉到不想再看到你了，她不會向她在布朗普頓聖堂裡的朋友坦白：他們最近都沒看見阿塞姆的真實理由是因為她的寶貝兒子為邪惡這個詞賦予了新的定義。」

拉希迪向前傾，朝威廉的臉上吐口水。

威廉說：「我還真是受寵若驚，拉希迪先生。」警員往前走了一步，把拉希迪的手臂拉到背後將他上銬，威廉則開始宣讀他的權利。他還是不發一語。

「別讓他離開你的視線。」威廉說：「外面有台裝甲車在等著拉希迪先生，布里克斯頓警局裡也有個牢房在等著他。我們過幾天可能得幫警局噴一下殺蟲劑，因為有隻臭蟲在那裡睡了幾晚。」

拉希迪向前傾，說：「你剩下的日子不多了，巡佐。我會親自去告訴你母親你的死訊。」

「你錯了，拉希迪先生。你的日子才所剩不多了，而我明天一早就會去找你母親。」拉希迪被兩名武裝人員冷冷地帶走，一起搭上原本差一點就能讓他逃走的那台電梯。

威廉聽見上方傳來直升機的聲響，他走向破掉的窗戶往外一看，一架直升機消失在雲層中。上校一定會很欣慰，反恐小組新的一批成員確實和他們當年一樣優秀。

他將注意力轉回屠宰場裡，現在犯罪現場已經被各種領域的警員接管了。眼前有一名負責記錄證物的警員，他今晚應該沒辦法和他妻子一起睡覺了，可能也沒辦法一起吃到明天的早餐。好幾位攝影師正努力拍下所有物品。而一大群犯罪調查人員身穿白色的工作服並戴著乳膠手套，正在小心翼翼地搜集證物並放進包裝袋裡，就連一顆薄荷糖都會被他們帶回實驗室分析。現場還有處理古柯鹼的機器、磅秤、篩子、橡膠手套和口罩都等著被帶回去調查，後方站著的男男女女可能會是最晚搭電梯離開這棟大樓的人。

威廉在筆記本裡寫下拉希迪剛剛說的話，他是不會回去告訴貝絲的。他走向一處只有可能是拉希迪辦公室的地方，三個看起來沉甸甸的大運動袋被放在牆邊。他拿起其中一袋，驚訝地發現它的重量超乎想像，他把袋子放回地板上，拉開了拉鍊。

他以為袋子的重量已經夠驚人了，沒想到現在眼前多到不可思議的鈔票又讓他訝異了一次，這還可能只是他們一天的收入。他回想起來為什麼如今罪犯幾乎不會想搶銀行了，只要有了毒品，多的是心甘情願把大把鈔票交給你的受害者。

他打開第二個袋子，裡頭出現更多整齊疊好的五十、二十和十英鎊鈔票。他正要打開第三個袋子，後頭卻突然傳來聲音說：「這裡交給我吧，華威克偵緝巡佐。」

他轉過頭看見拉蒙特警司站在門口。

「大隊長要你趕快去找他回報。」

「遵命，長官。」威廉裝作不驚訝地回答。

「對了，恭喜你，華威克偵緝巡佐。我知道你聽到這個消息會很高興，拉希迪已經在去往最近的警局的路上了，那裡的人會熱烈歡迎他的。」

威廉回應道：「謝謝長官。」潔琪正好也走進了辦公室。

「恭喜您，巡佐。今晚的勝利屬於所有人。」她停頓了幾秒。「好吧，阿達加偵緝警員除外。」

「為什麼？他怎麼了？」

「我覺得讓他自己來告訴您會比較好。」

威廉面對著眼前的一片狼藉，看了最後一眼，這個地方曾經貴為拉希迪帝國的核心。他不情願地離開鍋爐室，慢慢跑下階梯，經過滿是塗鴉的牆壁，牆上不斷重複出現同一個詞。他無視尿臭味繼續走向一樓，一路上經過幾個被上銬的罪犯，他們應該一段時間都不能再靠毒品獲利了，也有可能一輩子都沒辦法。

當威廉終於來到大街上，他深吸了一大口新鮮空氣，看著一輛載滿了犯人的囚車開走。他走向巴士，爬到上層的指揮中心。

「你在這裡幹麼，華威克偵緝巡佐？」獵鷹一開口就是斥責。「我明明說過你在任務結束之前都不能離開犯罪現場。」

「警司已經接管樓上了，他說你要見我。」

「什麼？」

27

星期六

最後一幅畫被安全地放入船艙，船長這才下令啟航。

他一年都會出發去英國好幾次，每次都是停在基督城的港口，但明晚會是個例外。克里斯蒂娜號在今天早上就順利出航，一路上都沒引起別人注意，因為周遭還有許多更大艘的遊艇，他們都是為了下週的摩納哥大獎賽特地來蒙地卡羅的賽車迷，所以怎麼會有人懷疑他們呢？

船長已經鎖上了別墅，把鑰匙都交給了房地產仲介，也再三囑咐過出售之後該把款項存到哪一個瑞士的銀行裡。

所有值錢的東西都已經裝到遊艇上了，當然也包括那傳說中的收藏品們。拍賣掉所有畫作之後，他的老闆將有充足的資金可以隨意挑選要去哪個國家開啟嶄新的人生，而警方會以為他已經死了。

克里斯蒂娜號這次只會去接一位乘客，而他會告訴船長該去的下個港口是哪裡。環繞著比斯開灣的航程比平時平靜許多。明天，當他駛入英吉利海峽的時候，那團紅色的火球就會從西邊沉下；而等到它又再次從東方升起，他的任務就大功告成了，否則他就又得駕船返回蒙地卡羅。

星期日

朱利安爵士說：「平時對警察褒貶不一的《觀察家報》這次還真抬舉你們，威廉。去年從來沒聽你提過特洛伊木馬行動，你真是保密到家。」

「連貝絲都是今天早上看到報紙才知道的。」

「你們甚至上了第一篇社論。」朱利安爵士說：「『將阿塞姆．拉希迪緝拿歸案是警方掃毒之戰的一大里程碑，倫敦警察廳堅持不懈地追捕這些危害社會的毒犯，本次勝利功不可沒。』」他盯著報紙的頭抬了起來。「這裡有一張霍克斯比大隊長坐在公車上的照片，這應該不是他平常的交通工具吧。」他放下報紙望向他的兒子。「你的臉上沒有絲毫勝利的喜悅。」

「媒體只看到了光鮮亮麗的一面。」

「那另一面呢？」

「就沒那麼可喜可賀了。老實說，我想針對這件事情尋求您的建議。」

「你慢慢說，記得交代所有細節。」父親向後躺到椅背上，閉上了雙眼，這是他在幫委託人諮詢時的習慣。

「我當時在屠宰場裡——」

「屠宰場？」

「鍋爐室或製毒工廠的意思。總之我當時看見牆邊有三個大運動袋，裡面裝著滿滿的鈔票，可能有上百或甚至上千英鎊。但我回到總部之後，證物只剩兩袋鈔票。」

「所以你在猜是誰拿了第三袋？」

「我百分之百確定是誰拿走的，但我沒有證據。」

朱利安爵士評論道：「至少能確定那個人一定不太聰明。」

「怎麼說？」

「聰明的人會從三個袋子裡各拿走相同金額的現金，這樣就不會有人發現了。」

「您也太了解罪犯的思路了。」

「我可是御用大律師，罪犯在想什麼我怎麼可能不知道。」朱利安爵士說：「你當時有把那三個袋子拿走嗎？」

「沒有，就放在原位。」

「那你為何離開了鍋爐室？」朱利安爵士依舊閉著眼睛。

「拉蒙特警司說大隊長要我下樓去公車上找他回報，他說很緊急。」

「結果根本沒有這回事？」

「對，獵鷹甚至很不滿意我沒經過他同意就離開犯罪現場。」

「這些充其量只能算是間接證據，要是你沒有其他更確鑿的證據了，你這次應該先相信拉蒙特。但我也懂你在為難什麼，你有跟霍克斯比大隊長說你懷疑有高級調查人員從犯罪現場偷走大筆現金嗎？」他依舊沒張開眼睛。「我沒記錯的話，拉蒙特警司幾個月之後就要退休了。」

「是啊，但這又有什麼差別？套句獵鷹的口頭禪，比罪犯更不可饒恕的就是貪腐的警察。」

「我同意他的那句話，但我得知道事情的全貌才能做出判斷。」

威廉緊抿著雙唇。

「拉蒙特有被偵訊過嗎？」

「很多年前有一次，但在那之後他已經得過三次嘉獎了。」

「啊，我有印象。他還是個年輕巡佐的時候曾經包庇過上司，而你現在也在猶豫是不是該像他當年一樣。」

威廉正準備反駁，朱利安爵士就問了下個問題：「你和拉蒙特平時關係怎麼樣？」

「不怎麼好。」威廉坦承。

「那就更麻煩了。假如你去檢舉一位高級調查人員做出那麼嚴重的罪行，他就必須經歷最高層級的調查程序。不過我覺得就算調查結果是有罪，拉蒙特在第一場懲戒聽證會之前就會先辭職了，他一定會被逐出警界，失去退休津貼，甚至還有可能進監獄服刑。」

「我已經考慮過這些了，我發現視而不見可能會是最輕鬆的對策。」

「對你來說，那反而會是最煎熬的對策吧。」父親說：「不過假如你真的去檢舉他了，不管結果是有罪還是無罪，你都得考慮一下自己的未來。」

「為什麼？我又沒做錯事。」

「我知道你沒做錯事，但你檢舉上司的這件事會成為同事們對你的既定印象，他們也許不會當著你的面說什麼，但背地裡你會被罵是抓耙子、叛徒或其他更難聽的詞；而拉蒙特的朋友會不惜一切代價攔截你晉升的機會。別忘了，警界就像一個部落，有些人會大力驅逐出賣自己人的叛徒。」

「只有那些寧可違反誠信的人會這樣做。一談到警界的這塊黑暗面，我可還真是選錯職業了。」

「也許吧，我只是希望你不要太快下決定然後做出會後悔一輩子的事。」

「父親，如果是您，您會怎麼做？」

「我會——」門口傳來敲門聲，貝絲走進來說：「午餐好了喔，然後瑪喬莉需要人去幫忙切一下肉。」

「兒子，我們得再找個時間繼續討論這件事，越快越好。」朱利安從座位上起身。

「您不覺得威廉眼睛周遭的瘀青其實還挺迷人的嗎？」貝絲挽起她公公的手臂，和他一起走入廚房。

星期一

福克納對著拉希迪微笑，揮手示意他坐下一起吃早餐。這是他第一次平等對待另一個囚犯，不過他一點也不信任拉希迪。

「你怎麼穿著便服？」拉希迪坐到福克納對面。「你要出獄了嗎？」

「沒有，我要去參加葬禮。」

「誰的？」

「我母親。」

「我很景仰我的母親。」

福克納說：「我跟我母親已經超過二十年沒聯絡了。」一名獄卒將一杯茶放到他面前的桌上。

「那何必特地去參加她的葬禮？」

「我就能藉機離開這鬼地方一天。」福克納往茶裡放入幾顆方糖。

「在案件結果出來之前，這六個月內我都沒辦法見到外面的世界。」

「你勝算如何？」

「微乎其微。我有一個同夥，但現在不該這麼叫他了，他以減少刑期為條件變成檢方的證人了。」

「這裡多得是人來幫你解決這個小問題。」

「還有另外兩個人也和警察談好了，要是第一個證人沒有如期出庭，他們很樂意遞補上去。」

「那你不在的時候，誰來代替你掌管你的帝國？」

拉希迪指向在隔壁桌抽著煙的那個男人。「那天大禍臨頭時少數還站在我身邊的人。」

「但他也被關在這裡面，阿塞姆。」

「不久後就會出去了，他認了持有毒品罪，警方只在他身上搜到已經抽了半支的大麻菸和一包萬寶路香菸。他沒有其他前科，所以頂多只會被判六個月，還有可能更少，所以他過不久就會被放出去了。」

「但你不在的時候總得有人接管生意吧？」

「被突襲的那天，我的副手根本不在現場，他平常都等到午夜之後才會接替我的工作。他現在應該已經在幫我維持生意了。」

「你能信得過他嗎？」

「說到底，我又能信得過誰呢？」拉希迪說：「不過來這裡之後也不全是壞消息，我發現監獄裡有更多需求更高的買家。你知道國內有一百三十七座監獄嗎？它們全部都會成為我新公司的分支。」

福克納看起來很感興趣。

「給我一年的時間，我就能控制每座監獄的毒品供應鏈。我已經物色過能當中間人的監獄官了，而圖利普會是監獄裡主要的毒販，我現在只缺電話。」

「小事一樁。」福克納說：「星期日做禮拜的時候，我會告訴你該去哪裡。」

「但我是羅馬天主教派的。」

「不行，你現在改信英國國教了。如果你打算掌控這裡頭的毒品生意，星期日早上的禮拜是所有人唯一會聚在一起的時間。牧師在台上講道的時候，你就可以在底下和其他人串通好下個星期要做的事。」

「牧師會有什麼反應嗎？」

「他只會繼續回報給內政部說一切都很好。」

「說到內政部，你上訴得怎麼樣了？」

「糟糕透頂。警方現在在指控我燒了自己的家，然後在那之前還把畫都偷走。」

「你有什麼動機能做出那些事？」另一位獄卒為他倒了杯咖啡。

「復仇，為了要讓我前妻身無分文。」

「你成功了嗎？」

「還沒，但我的復仇還沒結束。坦白說，我今天早上才剛幫她準備了個小驚喜。」

「你逃過那兩項指控的勝算有多高？」

「目前看起來不高。我的律師說警方有足夠的證據能把我埋了，而且這個案子的負責人是一個叫做華威克的偵緝巡佐，他又剛好是我前妻的朋友。」

「威廉．華威克偵緝巡佐？」拉希迪氣急敗壞地確認他有沒有聽錯，咖啡都打翻了。

「對，就是他。」

「他就是逮捕我的警察，但我可不打算讓他活到出庭作證那時候。」

福克納笑著說：「他的葬禮我就很樂意出席了。話說回來，如果你有缺律師，我可以推薦給你適合的人選。」一名獄卒來到他身邊。

「福克納先生，您的車子來了。」

「旁邊一定還跟著三台警車、六台警用機車和一台武裝車。」

「還有一架直升機。」獄卒回答道。

拉希迪大笑。「只有你和皇室能享有這種待遇，看來我得趕快安排個能讓我從這裡出去參加的葬禮了。」

「內政部規定只能出席父母或兒女的葬禮，連近親都不行。」

「那我就沒有葬禮可去了。」拉希迪說：「因為他們絕對不可能讓我去參加華威克偵緝巡佐的葬禮。」

❊　❊　❊

「妳怎麼了？看起來悶悶不樂的。」

「就是今天了。」貝絲回答。

「妳今天就要生了？」威廉的語氣驚訝又興奮。

「才不是，你這傢伙。今天克里斯蒂娜會來取走《白色蕾絲領子》。」

「我很遺憾，真是辛苦妳了。」他伸手摟住妻子。「難怪妳昨天一整晚都坐立難安。」

「我知道克里斯蒂娜現階段有多需要錢，但我沒辦法裝作很期待的樣子，我們可是要送走建館以來數一數二獲贈的傑作。」

「她會親自來取走畫嗎？」

「不會，佳士得今天早上會派人來，因為她已經敲定好要降價拍賣了。提姆會負責把畫作交給他們，但我也想在現場看著，畢竟這可能是我最後一次見到那畫中的女子了。」

威廉想不到更多安慰的話，只能緊緊地抱著她。

＊＊＊

朱利安爵士提議他們隔天早上八點在他的辦公室會合，因為他十點的時候還與賈斯帝斯·巴弗斯塔克法官在法庭裡有約。

威廉老早就抵達林肯律師學院廣場，他慢慢走向另一側的一棟維多利亞式建築，那棟建築看起來就是棟時髦的私人住宅，或許一百年前也同樣走在潮流的尖端。

他走進艾塞克斯園大律師事務所，停在門口看著白色磚牆上整齊印著的一長串黑色名字。御用大律師朱利安·華威克爵士是名單上的第一個名字。他的視線繼續往下移動，直到看見葛蕾絲．華威克大律師時才停下來。不知道還要多久她的名字前面才會加上御用大律師的稱號呢？父親一定會以她為榮，只不過他不會親口說出來。威廉花了一點時間沉浸在思緒裡，要是他當初聽父親的建議來律師學院接受他的指導，而不是去倫敦警察廳當警員，不知道他的名字現在會排在名單上的哪裡。

威廉踏上那歷經歲月的石階，來到二樓敲了敲眼前的那扇門，他還記得自己小時候第一次站在這裡的心情，他現在還是跟當初一樣忐忑不安，不過這次是因為他不知道父親對於他的決定會有什麼反應。

「進來。」父親還是一樣不多費唇舌說不必要的話。

威廉走進他記憶中從未變過的那個房間。父親桌子的角落擺著母親年輕時美麗的相片，牆上掛著三幅版畫，分別是謝爾本公學、牛津大學青銅鼻學院和林肯律師學院的景色，旁邊還有他和王太后於高桌共進晚餐時的合照，他當時是林肯律師學院的財務主管；甚至還有一張威廉大學時候在白城參加一百公尺賽跑的照片，他沒告訴過父親他那時候是最後一名。

朱利安站起身來與他的兒子握手，就好像威廉是他的委託人。葛蕾絲則給了他一個大大的擁抱。

「兒子，你肯定需要兩個頂尖大律師來給你建議。諮詢費用已經開始算了所以你注意一下時間，不過考慮到你當巡佐的薪水只有那樣，我們少算你十分鐘好了。」

「我整個早上都有空喔。」葛蕾絲露出笑容。

「我可沒空。」威廉回應道：「我九點就得回到總部，我們要開特洛伊木馬行動的檢討會。可是在我去找大隊長之前，我想先告訴你們，我要辭職了。」

朱利安看起來並不訝異，他只淡淡地說：「我很遺憾聽到你這麼說。」

「我以為你會很開心。」威廉說：「畢竟你當初不希望我去當警察。」

「沒錯。但過了這麼久，很多事情都不一樣了。」

葛蕾絲補充道：「像是這次你作為特洛伊木馬行動負責人的勝利，最近還有人在說你就快成為警察廳有史以來最年輕的督察了。」

「就是因為妳所說的這些功績，我現在才會這麼糾結。」

「什麼意思？」葛蕾絲問道。

「我發現其中一名參與行動的高級調查人員，和罪犯一樣貪贓枉法。」

「週末討論完之後，我思考了很久。」朱利安說：「最後我只得出了一個結論，你或許只能揭發他。」

「我知道。」威廉回應：「但我猜他會在退休之前的這十八個月裡都裝傻蒙混過關。」

「這種特殊情況下，在他退休之前，獵鷹可能會考慮把他調去比較不引人注目的部門。」朱利安爵士提議道。

「像是入室盜竊的部門嗎？」威廉的諷刺的話讓他父親笑了出來。

葛蕾絲倒沒有笑：「那你接下來有什麼打算？畢竟你還夠年輕，可以重新找一份工作。」

「我會去做父親之前就希望我做的事，去申請倫敦國王學院的法學院。雖然最近時機不太好，雙胞胎就要出生了……」

「你不用擔心錢的問題。」朱利安爵士希望兒子能放心。

葛蕾絲說：「而且你畢業之後可以直接來我們的事務所。」

「前提是你要和你姊姊一樣以一等榮譽學位畢業。」朱利安說：「我不會讓你靠關係進來的，我們事務所裡沒有『包伯是你的叔叔』這回事。」

「父親，請聽題。」威廉玩起了他從小就喜歡的搶答遊戲，他們經常互相考對方一些小知識。

「羅伯特．塞西爾，也就是索爾茲伯里勳爵，擔任首相的時候讓他的姪子直接進入內閣。羅伯特這個名字的小名就是包伯，而『包伯是你的叔叔。』就演變成形容事情很好辦或者很簡單就能完成的俚語。那麼，請問那位後來也當上首相的姪子叫做什麼名字？」

「亞瑟．貝爾福爵士。」葛蕾絲搶答成功。

「答對了。」朱利安說：「回到正題，你得趕回去總部了。那不然等到你和貝絲星期日和我一起吃午餐的時候，我們再繼續討論你的未來生涯吧？」

「那個時候我已經辭職了。」威廉起身。

「那你可得趕快去國王學院申請，才有辦法趕在九月開學的時候進去法學院。」

威廉說：「我已經填好申請表了，現在只需要送去學校。」

「你需要我去幫你和法學院的教授說一下嗎？榮恩．莫德斯里是我在青銅鼻學院的同學——」

「父親，如果您去找他的話，我就會去巴特西工藝學院學怎麼編織籃子。」他在朱利安有機會反擊之前就關上了門。

「太可惜了。」葛蕾絲說：「我和您想得一樣，父親，我覺得他最初選擇當警察是個正確的決定。」

「但現在這樣也不全然是壞事。他會是個很優秀的大律師，而且他從警生涯裡學到的知識可以讓他在面對證人席裡頑固的罪犯時能夠應付自如。」

「證人席裡的也可能是警察。但我還是覺得他應該留在警察廳裡繼續把罪犯抓進監獄，而不是像我們一樣試圖把罪犯放出來。」

「你可別跟他說那句話。但我也同意妳的想法，我星期日的時候再多勸他一下。」

「到時候可能已經為時已晚了。」

＊＊＊

提姆．諾克斯接起電話。

秘書說：「樓下有一位來自佳士得拍賣行的德拉蒙德先生，他說您們有約。」

諾克斯看了一眼手錶。「他提早到了。不過換作是我要來拿走價值上百萬英鎊的傑作，我也會早一點到。幫我跟他說我已經在下樓的路上了，然後也麻煩你通知一下貝絲。」

館長不捨地離開辦公室，緩緩走下寬廣的大理石階梯來到一樓。他看見一位穿著時髦的男人，手裡拿著佳士得專用的藍色大袋子。

「早安，諾克斯館長。」兩人握手示意。「我是艾力克斯．德拉蒙德，戴維吉先生請我今天代替他過來，因為他本人正在紐約處理秋季拍賣會的事情，但他保證起床過後會立刻致電關心。」他將名片遞給館長。「您可能不記得我了，但我們在去年佳士得舉辦的夏日宴會上有過一面之緣，您當時還問我特尼爾斯的《夜與晝》會賣到多少價格。」

提姆說：「最後賣了多少呢？」

「一百多萬。」

「完全超出我們的預算，就跟我當初預測得一樣。那它最後被哪家博物館收藏了呢？」

「加州的蓋蒂博物館。」

「對他們來說一百萬根本不算什麼。」提姆心酸地說。貝絲這時也來到了現場，戴著一副白色棉質手套。「這是貝絲，我們博物館的畫作助理主管。」

「而現在我們將要把畫送走，我的職稱可真是諷刺。」

德拉蒙德說：「很高興認識您，華威克太太。」

貝絲小心翼翼地把畫從掛勾上取下來交給館長。一旁的德拉蒙德從他的帆布袋裡取出一個小木盒，接著打開木盒讓貝絲把畫放進去。

「尺寸剛剛好。」她說。

德拉蒙德闔上蓋子，把鐵扣關好，最後將盒子放回袋子裡。

「您覺得它能賣到多少價格？」

「至少會有一百萬，不過戴維吉先生覺得可能甚至能賣到兩百萬。」

「拿來解決克里斯蒂娜的問題根本綽綽有餘。」貝絲喃喃自語。

「離婚、過世和債務是拍賣行的三大好夥伴。」德拉蒙德說：「不過諷刺的是，這次買下拍賣品的可能會是我們客戶的前夫，福克納先生已經表明過他會以任何價格買回這幅畫。」

「那就希望他得花上一大筆錢。」貝絲的話帶有怨氣。「明明監獄也不可能讓他把畫掛在牢房裡。」

德拉蒙德簽完授權書後笑了出來。「如果需要我在拍賣會上幫您們留個位置，可以直接通知我。」

「我應該沒辦法到現場目睹畫被買走。」

「我也是。」提姆說：「更何況我們根本沒那個資金可以競標。」

「那我就先走了。」德拉蒙德和兩人握手後就離開了。

「今天對我們博物館來說真是個悲傷的一天。」提姆和貝絲一起走上樓。

「我們也無可奈何。」貝絲回應道：「畢竟福克納把克里斯蒂娜手上的其他畫都偷走了，至少就最後一幅畫而言她贏了。」

＊＊＊

威廉離開父親在林肯律師學院廣場的辦公室，沿著岸濱街走去，又再猶豫了一下才走進國王學院。

他將申請九月就讀法學院的表格交給警衛室裡一位年長的員工，那個人的表情似乎在懷疑他看起來比大學生老太多了。

威廉看了一眼手錶。他今天就要揭發拉蒙特，所以可不能遲到。

＊＊＊

提姆．諾克斯回到了辦公室，開始翻閱早上收到的信件，幾乎都是帳單而不是捐款的收據。他心想：「這就是博物館館長一輩子的難題。」這時，電話突然響起。

「前台有一位戴維吉先生在等您。」

「什麼？他不是應該在紐約嗎？」提姆立刻打電話給貝絲請她和他一起下樓，他們這次不再慢慢走了，直接往前台奔去。

「早安。」戴維吉先生看著氣喘吁吁的他們。「我知道今天早上對您們來說很煎熬，所以我才決定親自來博物館取走畫作。」

「但你們拍賣行的某個同事早就把畫帶走了。」提姆指向牆壁上空蕩蕩的地方。

「同事？您在說些什麼？」

「艾力克斯．德拉蒙德，他說您在紐約。」

「我確實在紐約處理事情，但我連夜搭飛機趕回來了，我剛剛從機場直接過來的。而且我可以向您保證，佳士得沒有員工叫做艾力克斯．德拉蒙德。」

三個人尷尬地沉默了一陣子，直到貝絲平靜地說：「福克納又擺了我們一道，而且他根本不用競標就直接拿走畫作了。」她停頓了一會又繼續說：「我那時候真該問他說——」

「問什麼？」館長嚴肅地問道。

「問他為什麼知道我是華威克太太，您明明只介紹我是貝絲。」

「還有那個木盒。」諾克斯憤怒地跺腳。「他把畫放進去的時候，尺寸也太剛好了。」

貝絲說：「沒錯，一定就是畫作原本的主人提供的盒子。」

「但福克納被關在監獄裡。」戴維吉先生說。

「他還是能繼續叫在外頭的小嘍囉幫他辦事。」貝絲說：「就像那位艾力克斯・德拉蒙德。」

提姆說：「現在沒時間討論我們是怎麼搞砸這件事的了。貝絲，妳或許該馬上打給你丈夫，告訴他發生了什麼事。」

貝絲扶著走廊的欄杆，六神無主地走回她的辦公室。她擔心《白色蕾絲領子》現在已經在別人的手裡了。

28

「毒梟永不見天日！」《太陽報》的頭條寫著大大一行字。

眾人圍坐在大隊長辦公室的桌子旁邊，閱讀著早報。威廉挑了《太陽報》，因為在家裡貝絲都不會讓他看。「於布里克斯頓區的一處毒窟逮捕三十人，查獲五十萬現金和五公斤的古柯鹼。」她一定會唸說這篇文章裡只有布里克斯頓區這個地點是正確資訊。

潔琪拿了《每日郵報》，頭條寫著：「倫敦警察廳午夜突襲逮捕大毒梟。」封面頁是大隊長的照片，第十六頁還有專欄詳細描述了大隊長的生平。

拉蒙特選了小份的《每日快報》，頭條生動了一點：「毒蛇受困於巢穴！」，下方是拉希迪被兩名武裝人員從大樓裡押出來的照片。

獵鷹正在閱讀《衛報》裡一篇標題為「對抗毒品的戰爭」的社論文章，只有保羅在一旁看起來一點也不滿意現在這個環節。

「好了，自我陶醉也該有個限度。」獵鷹說：「我們該繼續工作了。」

「這封面照片選得還真不錯。」拉蒙特將《每日快報》扔回桌子中間的一大疊報紙上。

「不過，我仔細找了很久，還是沒有看到有記者鄭重表揚阿達加偵緝警員在這次行動中扮演的關鍵角色。」

「怎麼可能沒有。可能那欄印得比較小，要花時間慢慢找一下。」獵鷹忍住不笑，裝作正經的樣子。

保羅把頭低下，沒有要回應的意思。

「華威克偵緝巡佐，你有目擊那個慘況嗎？」

威廉疑惑地回答：「沒有，長官。我最後一次看到阿達加偵緝警員的時候，我們還在公車上。」

「他就應該乖乖待在公車上的。」拉蒙特說。

「潔琪，妳呢？」

「長官，我目睹了整個慘劇的來龍去脈。公車還沒停好，阿達加偵緝警員就跳了下車，他落地之後向前跑，但很不幸地被自己絆倒然後跌倒在地上。幸好我來得及將他拉到路旁邊，不然他可能會被後方奔跑的武裝人員踩到，我當時大喊：『有警員倒地！』幾分鐘後就有救護車趕來把他帶去聖托瑪斯醫院的急診室了。」

「那他們檢查完病患的傷勢之後，有什麼診斷呢？」大隊長壓不住笑意的嘴角已經開始抽動。

所有人轉過頭看向保羅。

「腳踝扭傷了。」他最後不甘願地吐出這幾個字。「事實就是這樣，這次行動的成功跟我一點關係都沒有。」

「瞎說什麼。」獵鷹說：「別忘了你為了跟蹤拉希迪所花費的那些心力和時間。要不是有你的調查，我們的行動根本無從開始。」

眾人開始用掌心拍桌為保羅的貢獻叫好，片刻過後他的臉上就又露出那平時熟悉的笑容了。

獵鷹轉過頭看向威廉。「華威克偵緝巡佐，你的眼睛周圍怎麼會瘀青？」

「我當時在跟拉希迪的幾個手下搏鬥，不小心被其中一個人打了一拳。」威廉驕傲地說：「但沒關係，因為我最後把那混蛋逮補上銬了。」

「原來是這樣啊。」獵鷹看破不說破。「其實那個混蛋就是萬寶路。」

威廉愣了一下，但很快就恢復冷靜。「您的意思是臥底警察其實那天一直都在屠宰場裡嗎？」

「沒錯。而且你在逮捕他的時候，他其實一直在試圖告訴你拉希迪在哪裡。」

「那我根本就是眼瞎了，好蠢。」威廉說：「那他現在人呢？」

「他接下來的幾個星期都會待在彭頓維爾監獄裡等庭審。」

「不會太辛苦嗎？」

「他該做的事還沒做完，這也是為什麼他和拉希迪會被分配到同一區。」

「但要是拉希迪發現他——」

「他怎麼會發現呢？在他的認知裡，萬寶路就只是個忠誠的副手，那天還幫他一起逃跑。我們還仰賴他在監獄裡聽到更多情報，這樣我們就能一舉捕獲其他還在外頭的混蛋們。」

「但是假如他被無罪釋放，不會看起來很可疑嗎？」

「他不會被無罪釋放的，他會因持有大麻菸被判至彭頓維爾監獄裡服刑六個月。」

「那身體傷害罪呢？」威廉指著自己瘀青的眼框。

獵鷹笑著說：「法官可能還會讓幫他減刑。」阿達加偵緝警員放聲大笑。「萬寶路幾個星期之後就會被轉移到開放式監獄，不久後就會先被放出來，我們會先讓他找個溫暖的地方去度假一下，之後再回來繼續他的工作。」

潔琪露出笑容，她知道他會去哪裡。

「這樣才好，這是他應得的獎勵。」拉蒙特評論道。

「沒錯。」獵鷹說：「好，我先告訴你們我和廳長開會時討論了什麼。」

＊＊＊

「塵歸塵……」神父吟詠著。

母親的棺材被放入土裡，邁爾斯．福克納的內心卻毫無起伏，畢竟他已經好幾年沒有和那女人說過話了，而且他現在手邊還有更重要的事。克里斯蒂娜有遵守離婚協議書裡布斯．華生所列的條件，只要她不來聯絡他，他就會每週給她一千英鎊，所以負荷不起後果的克里斯蒂娜絕對不會貿然和他接觸。

邁爾斯沒有向任何朋友或生意夥伴提過，他的父親是一名鐵路搬運工，在他獲得哈羅公學的獎學金之前就過世了；他的母親則是一名在艾塞克斯郡切爾姆斯福德工作的美髮師，他從畢業之後就再也沒回去過那裡，即使他會獲得邱吉爾母校獎學金的唯一理由就是因為他勞動階級的家庭背景，哈羅公學當時試圖要迎合新上任的工黨政府。

邁爾斯看向墳旁站著的一小群人，沒有一個是熟悉的面孔，但他們所有人都知道他是誰。

葬禮儀式上，三名獄警坐在他後面一排，還有另一名守在教堂門口。他們陪他進去教堂之前偷偷鬆開了他的手銬，這是邁爾斯花了一大筆錢才換到的特殊待遇。見證下葬儀式時，那幾名獄警盡力融入其他來送葬的人，可是他們一身黑色西裝、黑色領帶和不合身的同款雨衣實在太過於顯眼，所以在場的其他人都看穿了他們的身分。不過，至少他們還知道要後退幾步讓下葬儀式進行，雖然頭頂上警用直升機的噪音幾乎要淹過了神父的朗誦聲。

「土歸土……」

神父正在唸誦最後的祝禱詞。這時，一輛白色福特箱型車緩緩駛過墓園遠處的大門。其中一名獄警小心翼翼地盯著，那台車慢慢開過他們身邊，在五十碼外的地方停了下來。箱型車的側面標著三行黑色的大字：

戴斯蒙德．李奇一家

石匠與雕刻師

創於一九六三年

司機從車上一躍而下，走到車子後方打開了車廂的門。年長的那位獄警仔細觀察著他們。過了不久，車上又下來了另一位年輕人，他爬進了車廂裡。四個獄警繃緊神經，等待他們的下一個動作，只見那名年輕人搬著一塊墓碑走了出來，另外一個人也幫忙抬起墓碑，最後兩人合力把墓碑拖向墓園的另一側。

他們將注意力轉回邁爾斯．福克納身上，自從棺材被放進土裡之後，他的頭就沒有抬起來過。神父做出十字架的手勢，第一鏟土被拋上棺材。下一秒，三台機車從箱型車的車廂裡衝了出來，他們滑行到墓邊停下，引擎發出轟隆隆的聲響。

年長的那位獄警沒有動作，但他很清楚接下來的三十秒內會發生什麼事。眼前的犯人猛地轉身，奔向中間那台唯一後座無人的機車。三台車的騎士穿著相同的黑色皮革套裝，頭戴黑色安全帽，蓋下護目鏡遮住他們的臉。而第一台和第三台車後座的乘客們一身深灰色西裝、白色襯衫和黑色領帶，和福克納的穿著一模一樣。

福克納跳上中間那台車的後座，一手接下駕駛遞來的安全帽，另一隻手抓住了駕駛的腰。他大喊：「衝啊！」年輕的獄警在三台車起步的瞬間衝了上去，卻晚了一秒所以撲了個空，他在地上滾了好幾圈，差點就跌進墳墓裡。

年長的獄警忍不住笑了出來。這時，三台機車來回穿梭於墓碑之間，朝著隱蔽的人行道駛去，那裡會直接通到繁忙的街道上。獄警只好快步走向警車，只可惜年老的步伐實在快不了多少；一坐上副駕駛座，他立即向司機發號施令。司機往大馬路開去，心裡卻明白這個任務注定會失敗，因為等到開上大馬路時，對方早就已經領先一英里的距離了。所幸，直升機上的兩名警官也目睹了全程，而那名唯唯諾諾的獄警也警告過福克納別想逃走了。

直升機的飛行員陡然下降朝著三台機車前進，緊跟在後方掌握他們的行蹤；另一名警官則聯絡倫敦警察廳總部的指揮中心，向他們稟報現況。片刻過後，方圓五英里內的巡邏車全都接到了緊急通知，並開始聆聽直升機上傳來的指示。但警方的動靜似乎正好在那三名機車騎士的意料之內。

一騎到大的十字路口，三台機車開始上演街頭賭徒常用的「三張撲克牌」戲法，他們每過幾秒就調換位置。僵持一陣子過後，飛行員還是看丟了。再也無法確定哪台車上的乘客是福克納。

三台機車來到了下一個路口，領頭的那位向左轉，第二台向右轉，第三台則繼續直行。

飛行員決定追上往高速公路騎去的那台車，也同時通知總部另外兩台車的確切位置和行進方向。警方的運氣不錯，車列中的第一台巡邏車遠遠就看見直行朝他們過來的機車。司機拉響警笛，甩尾掉頭追捕嫌犯。沒想到駕駛卻突然自己放慢速度，在路邊緩緩停下。兩名警員下車，戰戰兢兢地朝嫌犯走去。

駕駛早在警察過來之前就已脫下安全帽，但警方只在意乘客的身分。後座的人緩緩拿下安全帽，她露出無辜的笑容嬌滴滴地問道：「警察大人，有什麼事嗎？」

第二台機車騎上高速公路，隨即切到外側車道加速前進，時速已經遠遠超過一百英里，直升機則緊追其後。一聽見響起的警笛聲，騎士往後照鏡看去，只見一輛警車已經以相近的車速漸漸逼近。他開始放慢速度，切回內側車道，然後騎下最近的交流道離開高速公路，只可惜出口早已被埋伏好的三輛警車堵住了。

這次總共有十二名警員圍住了機車，騎士脫下安全帽悠哉地說：「我記得我沒有超速啊，警察大人。」

有名警察大喊：「我們對你沒興趣。」他一把拉開乘客的護目鏡，卻只看到一位咧嘴笑著的青少年。

「老爸，你明明就有超速好嗎？不過能被這麼大陣仗歡迎可真是太值得了。」

第三台機車在接近地下道時開始放慢速度，確認後方沒有警車過後，騎士滑行並急煞在了路邊。這時，第四台機車從地下道底下朝著原本的行進方向衝了出去，天衣無縫地替補了上一台車，就像是個接力賽中的優秀跑者。這名新騎士在下一個路口左轉，朝著與直升機相反的方向疾馳而去。他接到的命令簡潔有力：竭盡所能把追兵們耍得團團轉。

地下道下方，邁爾斯爬下機車後座；一輛福特護衛汽車開進地下道，來到他身旁。

他把安全帽遞給司機後下令：「在這附近繞個十五分鐘，然後再照你剛剛來的方向原路開回去。」

「早安，先生。」司機下車，彷彿正在公司大門口準備接送老闆離開。

「早安，艾迪。」福克納回應道。他的專屬司機打開副駕駛座的車門。

一台福特護衛汽車從地下道開了出來，艾迪在下一個路口右轉。邁爾斯轉頭往後望去，直升機朝反方向開走了。

＊＊＊

大隊長翻開眼前厚厚一本檔案。「首先是最重要的消息，如你們所知，阿塞姆．拉希迪已經被安置在彭頓維爾監獄裡了。還有另一個好消息，他被拒絕保釋了，所以接下來的六個月他都會待在監獄裡等待審判，這段時間內就只有他的律師可以去探訪他。」

「我們這次會有可靠一點的證人嗎？」拉蒙特問道。

「檢方會傳喚一位已經在證人保護計畫之下的醫生。以從輕判決為條件，他答應會在證詞裡鉅細靡遺地告訴法庭拉希迪幹過的所有勾當。」

「很好。」拉蒙特回應道：「我們經不起另一個艾德里安．希斯了。」

獵鷹說：「我能保證這次的證人會像王室成員一樣安全。而且就算他在最後關頭改變心意了，我們還有另外兩個人願意當遞補的證人，他們的律師正忙著和皇家檢控署談條件。」

「拉希迪的母親還好嗎？」威廉發問。

潔琪回答道：「她把自己關在博爾頓街上的住處裡，完全沒有出來露面。」

「也不能怪她。」威廉說：「要是突然發現自己的獨生子根本不是茶葉進口公司受人尊敬的董事長，反而是個臭名昭著的大毒梟，任誰都會需要一點時間才能緩過來。」

「太諷刺了。」大隊長說：「要是拉希迪沒有每週五都在她家門口抱她，我們根本沒辦法破解他的身分。」

威廉緩緩添了一句：「母親出賣了唯一的兒子，但她和猶大不一樣，她不是故意的。」

大隊長翻至下一頁。「拉希迪以外共有二十七名嫌犯遭到逮捕並起訴，包括萬寶路和拉希迪的四個副手，其中一個人就是我剛剛提到的醫生，他已經全盤托出了。另外，潔琪還抓到一個跑腿的毒蟲，他在行動結束之後才出現在屠宰場裡，身上有好幾包古柯鹼，說是想和其他人一起被送去彭頓維爾監獄。」

「這次有漏網之魚嗎？」威廉問道。

「多虧了木匠和反恐小組的協助，似乎沒有任何人從我們手裡逃掉。但被逮捕的犯人裡有其中三個人被保釋出去了，現在正威脅說要告警方。」

「我猜猜看。」威廉搶答：「是其中三個把風的人嗎？」

「他們想怎樣？」拉蒙特問道。

「他們聲稱當時剛在附近喝完酒，然後正在悠閒地走回家的路上，結果根本沒有做出任何挑釁行為就被警方襲擊了。他們的律師揚言要指控我們非法逮捕和暴力執法。」

拉蒙特埋怨道：「饒了我吧。」

「可是我們一旦撤銷控訴，這件事就沒有下文了，他們不會再被追究。」

「除非他們有夠多前科。」潔琪說。

「沒錯。」獵鷹回應：「不過老實說，他們也只是在食物鏈最底層的小嘍囉，我們這次已經逮到了大鯊魚，所以放走幾隻小魚應該沒關係。」

拉蒙特發問：「剩下那一個把風的人呢？」

「他已經嗑藥嗑到不省人事了。」大隊長說：「他應該被送去病房而不是牢房裡。」

「那多諾霍呢？」又換威廉發問了。

「他被指控襲警而且被拒絕保釋。以他的前科來說，他這次至少會進去蹲個四到六年。」

拍桌叫好的聲響持續了好一陣子。

「不過，我這裡還有一件難過的消息。」大隊長接著說：「那個差點攔下多諾霍又搶走對講機幫我們爭取到四十二秒的小伙子受了重傷，可能這輩子都只能在輪椅上度過。」

「還只能拿一般警員的退休津貼。」威廉說：「而且最後只會成為報告上的又一筆數據，幾天過後就會被大眾遺忘了。那三大袋現金應該要分給他才對，這是他應得的回報。」

「兩大袋才對。」拉蒙特糾正道。「第三個袋子是空的，他們可能還來不及把晚上的所得裝進去。」

「我的確沒有三袋都打開來看。」威廉直視著拉蒙特的眼睛。「但我三袋都有拿起來過，我可以發誓第三袋就和前兩袋一樣重。」

一陣尷尬的沉默籠罩桌子周圍的所有人。

「你可能記錯了，華威克偵緝巡佐。」拉蒙特堅決地說：「第三袋是空的，羅伊克羅夫特偵組警員可以作證。」

潔琪微微點了一下頭，但是沒有說話。

「說不定有人也想和萬寶路一樣，找溫暖的地方度個假。」威廉再也壓抑不住怒火。

「小兔崽子，你說話給我注意一點！」拉蒙特大吼：「我已經說過了，第三個袋子裡面什麼東西都沒有，你最好不要再給我講一些有的沒的。」

「兩位，你們冷靜點。」大隊長出聲緩和氣氛。「我們的行動才剛大功告成，現在可不是同事們反目成仇的時候。」

「除非我們之中有某個人就像罪犯一樣不可饒恕。」威廉意有所指地再次看向拉蒙特。

警司猛地站起身，握緊拳頭就要往桌子另一側的人狠狠地揮過去。這一瞬間，大隊長辦公室的門口卻傳來敲門聲，獵鷹的秘書快步跑了進來。

「安琪拉，妳晚點再過來，現在不太方便。」大隊長說。

「可是菲茲墨林博物館的諾克斯先生剛剛打電話過來，他說華威克偵緝巡佐的妻子被送去醫院了。」

威廉從座位上跳了起來。「哪家醫院？」

「切爾西和西敏醫院。」

「還有另一通電話是你們應該會想知道的緊急消息……」安琪拉還沒說完話，可是威廉已經衝出辦公室了。

他沿著走廊狂奔，跑下樓梯到大街上，揮手招了第一台看見的計程車。

＊　＊　＊

一輛汽車的車頭燈照射在水面上，下一秒就立刻暗了下來。

船長已經下令放下小艇。過了不久，他和另一名年輕水手爬上了那艘搖搖晃晃的汽艇。他們往岸邊駛去，導航儀指引他們航向一處狹窄的入海口，船長四處巡視周遭有沒有不該出現的人或物，這不是他第一次接到命令來這裡了。幾隻海鷗在他們頭上嘎嘎叫，似乎很喜歡這些新來的訪客，旁邊山丘上的幾隻綿羊倒毫無反應。

然後他們就看見了站在岸邊的那個人。

船長調整好航向，往岸邊過去。

＊　＊　＊

「警察先生，您要去哪裡？」

「切爾西和西敏醫院。」威廉說：「我已經遲到了，所以越快越好。」

司機熟練地鑽了好幾條小路，拚盡全力要讓乘客火速趕到醫院，他的技巧可能連丹尼看了都會忍不住誇讚一聲。

威廉遞給司機一張五英鎊的鈔票。司機問道：「有小孩要出生了，對嗎？」

「而且是兩個小孩。你怎麼知道？」

「『我已經遲到了。』是第一個線索，然後你糾結又焦慮的表情讓我更確定答案了。」

威廉正打算爽朗地請他不用找零了，這名司機卻將鈔票還了回來，說：「車錢就免了，警察先生。假如您知道昨晚是誰抓到那些混蛋的，再幫我跟他說聲恭喜。」

威廉回應道：「沒問題。」他轉頭衝進醫院，往服務台跑去。

「華威克，貝絲・華威克。」他向坐在服務台後方的女士說：「我是她丈夫。」

她確認了一下眼前電腦螢幕上的資訊。「卡維爾[46]病房，五樓的第三間。祝您好運！」

威廉避開了在電梯前面排隊的一群人，他知道醫院裡的電梯都開得特別慢，所以他一步跨兩階地衝上了樓梯。等到終於跑上了五樓，他已經上氣不接下氣，走廊裡站著一位手拿著

46　卡維爾（Cavell）是一戰時著名的護士，英國的許多醫院會以名人的名字命名病房。

寫字夾板的護理師。

她說：「我只希望您是真的因為有重要的事所以才耽擱到了，華威克先生。因為您妻子剛剛生下了雙胞胎。」

威廉高興地上蹦下跳，著急地發問：「男生嗎？女生嗎？還是各一個？」

「先出來的是個小女生，六磅三盎司；再來是個小男生，六磅一盎司。我想他們姊弟可能這輩子都會是這樣的順序了，弟弟跟在姊姊後頭玩耍。」護理師笑著說。

「那貝絲呢？她還好嗎？」

「跟我來，您可以自己看看。不過您不能待太久，華威克先生，您妻子現在很累，需要多休息。」

她帶著威廉走到病房裡，貝絲坐在床上，兩隻手各抱著一個小寶寶。

「你遲到了。」貝絲說。

「是因為妳突然就生了。」威廉說。

「還真是抱歉喔，他們可能迫不及待想來到這個世界，一定就是遺傳到你的急性子。來，這個是爸爸喔。」她滿臉慈愛地看著兩個寶寶。「他剛剛錯過了你們人生中的第一件大事，因為他覺得拯救世界是他的使命，他是現代版的超人。不過因為這樣，他也錯過了你們人生中的第二件大事。」

「什麼事，女超人？」威廉伸手抱住三個他生命中重要的人。

「我們鄭重地討論了很久，最後決定好名字了。」貝絲把其中一個寶寶放到威廉手裡。

「你們三個趁我不在的時候想了什麼名字？」

「你的兒子，我們決定叫彼得．保羅。」

「魯本斯[47]。取得真好，我批准了。」威廉說：「那你希望他當個藝術家還是外交官？」

「只要他不要當警察就好，我都可以。」

「那他姊姊的名字呢？」

「阿特蜜西雅。」

「真蒂萊希[48]？那個生不逢時的天才。」

「更重要的是，她有個賞識她的才能又支持她發揮所長的父親。所以你要加油一點。」

「妳好呀，阿特蜜西雅。」威廉輕輕撫摸著手裡嬰兒的鼻子。

「猜得好，但那是彼得．保羅，他想知道你有沒有多考慮一下菲茲墨林博物館的那個職

47 彼得．保羅（Peter Paul）取名自法蘭德斯著名畫家兼外交官彼得．保羅．魯本斯（Peter Paul Rubens）。

48 阿特蜜西雅（Artemisia）取名自義大利畫家阿特蜜西雅．真蒂萊希（Artemisia Gentileschi）。

缺，館長跟我說申請日期只到這週五。」

「你可以跟提姆說我最近有開始在認真考慮了。」威廉小聲地回答。

貝絲一臉疑惑。「為什麼是最近？怎麼了？」

「我們組裡出現了個見錢眼開的貪腐警官，我跟他只能留下其中一個。」

「那為什麼會是你要走？你又沒做錯任何事。」

「因為我不打算包庇他，但是如果我想留在警察廳裡，我就得裝作視而不見。」

「怎麼會這樣，太難過了。」貝絲低聲哀嘆。

「我以為妳會很開心，因為我可能不當警察了。」

「我當然很開心。但我可不想要每天早上起床就看到旁邊躺著一個心懷怨恨的野蠻人，更何況最近媒體都在說你可能要成為警察廳有史以來最年輕的督察了！」

「但我得付出多少代價？」

「你或許該和你父親討論一下，以免太快下決定接著後悔一輩子。」

「他也跟我說了差不多的話，可是我實在想不到還有什麼會讓我不想辭職的理由了。」

阿特蜜西雅開始大哭，彼得．保羅也接著哭了起來。

貝絲說：「他們兩個串通好要來吸引我們的注意力。」

兩人把雙胞胎交給產婆，她很快就安撫了他們的情緒，把他們輕輕地放回旁邊的小床上。離開之前，她說：「您的妻子是時候該休息一下了。」

「那我們得先確認一下今天的新聞裡是不是還有你。」貝絲打開電視，只見一台紅色的雙層巴士從螢幕的另一邊消失不見。

她嘆了一口氣。「看來那就是你的最後一個新聞版面了。」她正要關上電視，卻突然聽見新聞播報員語氣嚴肅的聲音。「我們剛剛收到了最新消息，有名囚犯從彭頓維爾監獄裡逃走了。」

螢幕上出現邁爾斯・福克納的臉。

迷霧中的祕密 / 傑佛瑞 . 亞契 (Jeffrey Archer) 著 ;
李冠慧譯 . -- 初版 . -- 新北市 : 惑星文化 , 遠足文化
事業股份有限公司 , 2024.10
面 ; 公分 . -- (威廉華威克警探系列 ; 2)
譯自 : Hidden in plain sight

ISBN 978-626-98987-3-2(平裝)

873.57 113014343

威廉華威克警探 II

迷霧中的祕密

Hidden in Plain Sight

作　　者　傑佛瑞．亞契（Jeffrey Archer）
譯　　者　李冠慧
副總編輯　黃少璋
特約行銷　黃冠寧
封面設計　張巖
排　　版　宸遠彩藝工作室

出　　版　惑星文化／遠足文化事業股份有限公司
發　　行　遠足文化事業股份有限公司（讀書共和國出版集團）
地　　址　231 新北市新店區民權路 108 之 2 號 9 樓
郵撥帳號　19504465　遠足文化事業股份有限公司
電　　話　(02)2218-1417
信　　箱　service@bookrep.com.tw

法律顧問　華洋法律事務所 蘇文生律師
印　　製　成陽印刷股份有限公司
出版日期　2024 年 10 月初版一刷
定　　價　500 元
I S B N　9786269898732